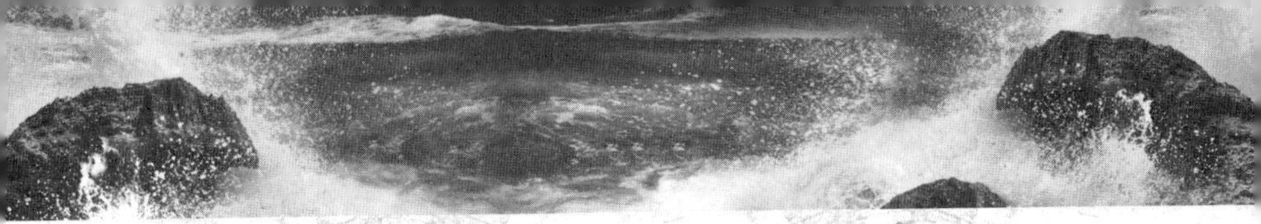

非常人傳奇之

魚人

· 魚人 · 泥沼火人

倪匡 著

魚人

非常人傳奇
CONTENTS

自序

在超過三十年的創作生涯之中，不斷在小說的取材方面，尋求新的變化——再沒有比千篇一律的故事更悶人的了。

在尋求的過程之中，有時會有「神來之筆」，有時苦苦思索之下，忽有所得。

很有趣的是，所得的效果好或壞，和得到的過程是信手拈來或是辛苦得來完全無關。

一系列「非人協會」故事，就是隨手偶得的，忽然想到了，寫成了故事，怪誕莫名，百分之一百的幻想，可是故事卻又十分熱鬧。

這個題材，可以一直寫下去，但不知道為了什麼，寫了六個故事，就沒有繼續。

一定有原因的，但真的不記得了。

重新整理出版時，回想當年寫下這些故事時的情形，竟連片斷都不記得，悵然良久，無可奈何。

倪匡

魚
人

非人協會

聽說過「非人協會」沒有？當然沒有，因為，一來，「非人協會」並不是一個公開的組織；二來，「非人協會」只不過是一個簡稱，它的正式名稱很長，是「有過非常人所能忍受，達到，經歷者協會」。

意思就是說，一個人要有異常的經歷。

在這個經歷的過程之中，他或者完成過一件事，或者忍受過什麼，都不是普通人所能夠忍受或做得到的，是世界上獨一無二的，那麼，他就有資格，成為這個協會的會員。

「非人協會」的存在，據說已有兩百年的歷史，但真正情形如何，由於這個協會的會員，一直守口如瓶，所以外人也不得而知了，只是「據說」而已。

據說，在開始的二十年，「非人協會」一直只有三個會員，接著，又接受了一個新會員。

再往後的三十年中，三個老會員（也是創辦人）逝世，這個協會，就只有一個會員，直到他快要死了，才又接納了另一個新會員，接下來的情形也是如此。

所以一百多年來，「非人協會」實際上只有一個會員，到了二十年前，才增加了幾個會員，一共是六個。

「非人協會」要增加新會員，條件十分苛刻，要全體會員毫無異議地通過，才能夠成為新會員。

據說，當年林白上校在駕機首次橫渡大西洋之後，曾經申請加入「非人協會」，但是他的申請，幾乎立即遭到了否定。

因為，儘管世人認為林白上校建立了不世功勳，但是在「非人協會」錄取會員的標準來看，他距離能夠作為「非人協會」會員的資格，還相差太遠了。

因為林白上校所做成功的事，就算是換了另一個有經驗的飛行員，也一樣可以做得到的。

當時，他所駕的飛機，已有了長足的進步，足可以應付較遠程的飛行，而且天氣良好，有助飛行，也就是說，他做成功的事，並不是只有他一個人才能做成功的，所以他不合格。

從這件事上，也多少可以看出，這個協會錄取新會員的原則了。

所以，當第一個步上月球的太空人阿姆斯壯，在回到地球之後，曾有一次表示，他可以成為「非人協會」的新會員之際，當時恰好有三個「非人協會」的會員在場，他的話，換來一陣哄笑。

理由也是相同的，阿姆斯壯固然完成了人類從未完成過的壯舉，但是在整個事件中，他個人的力量並不是主要的，他只不過是恰巧被選中了而已。

如果不選他，而選了另一個太空人，一樣可以完成這樁任務。

大家對這個「非人協會」，總多少有點概念了。

這個協會的六個會員，自然各有他們「非人」的能力，要不然，也不能成為會員了。「非人協會」錄取新會員的資格如此之嚴格，那麼，加入了這個協會之後，有什麼權利可享呢？

在未談權利之前，得先談談義務，「不要問國家能給你什麼，先問你能替國家做些什麼。」前美國總統尼克遜的名言，也適用於「非人協會」。

從兩百年前，「非人協會」創辦時起，會址就在一座古老的堡壘型建築之中，兩百年以來，會址就在那裏。

當年，這座古堡看來，可能雄偉壯麗，但現在看來，無論維護保養得如何努力，總給人有一點陰森之感了，不過，各會員既然沒有另覓新址的意思，這座古堡就一直得保養在最佳狀態之中。

龐大的保養費，來自會員的會費，也就是說，會員要繳納巨額的會費，究竟數字是多少，連「據說」也沒有。

不過，有人曾經算過，要維持這樣的一座古堡，再加上其他的種種活動費用，每一個會員，一年至少支出會費超過三百萬瑞士法郎。

對於平常人來說，這種巨額的會費，自然是一項極大負擔，不過別忘記，「非人協會」的會員全是「非常人」，常人認為根本不可能做到的事，他們也能做到（那是他們的入會資格），常人認為困難的事，他們看來，根本是輕而易舉的事情。

會員的義務之一，是繳巨額會費，那不成問題，義務之二才真正要命。

由於有一段相當長的時間，「非人協會」只有一個會員，而由這個會員在臨死之前，接納了另一個新會員，才使協會得以持續下去，所以，這就成了一種傳統：每一個會員，在他們臨死之前，要為協會找到至少一個新會員，來代替他的位置。

前面已經說過，這個協會錄取會員的資格是如此之嚴，要找一個全體會員認可的新會員，真正不是容易的事。

但既然會員全是「非人」，他們也自有決心，所以，他們在會址聚首的日子並不多，一年一次，其餘的時間內，他們都風塵僕僕，足跡遍及世界各地，在尋找新的，夠資格加入「非人協會」的人。

以上，是「非人協會」會員的兩大義務，至於權利是什麼呢？

說出來，常人一定覺得很好笑，「非人協會」的會員，唯一的權利，就是他是非人協會的會員。

常人或許覺得可笑，但是「非人」卻十分認真，他們認為，那是一種無上的榮譽，使他們感到極度的滿足感。

全世界有超過三十億人，但是真正在智力和體力，凌駕於三十億人之上的超人，就是他們。在他們看來，其餘三十萬萬人，只不過是一種動物，而他們才是萬物之靈，這種心理上的滿足，就是他們的權利。

「非人協會」的會員，每一年只在阿爾卑斯山麓，瑞士境內的那座古堡之中聚會一次，別的時間常年在外。

而古堡是需要人來管理的，所以，協會聘請了一位總管。

這個總管，管理著五十名工人，維持著古堡的整潔，和整理巨大的花園。

這個總管的職位，也決不是輕易可以獲得的，據說（又是據說），被視為傳奇人物的阿拉伯的羅倫斯，其實在奇蹟似地離開阿拉伯之後，就曾當過一任非人協會的總管，他甚至不夠資格成為會員。

現在的總管，是一個老頭子；這個老頭子，只怕除了六個會員之外，再也沒有人知道他的來歷了。

事實上，那六個會員，是不是真知道他的來歷，也成疑問。

這位總管無名無姓，所有的人都將他的職位，當作了他的姓名，就稱他為「總管」。

他看來超過六十歲，究竟有多少歲，沒有人知道，也沒有人能在外表上，看出他是什麼地方的人。

至少，可以說他並不是白種人而已，不過，就算這一點，也只好存疑；因為總管先生的左眼，是碧藍色的，只有白種人才有這樣的眼珠。

總管先生平時沉默寡言，但是，他幾乎精通一切地方的語言，所謂「精通」，並不是能說就算了，而是說起來，和那個地方的土著完全一樣。

總管先生的日子看來很悠閒，他養了十多隻狗，他每走到一個地方，那十幾隻狗總是跟著他。除了一年之中會員聚會的日子之外，他就是這座古堡的主人。

不過，在聚會的日子快來到的時候，他也夠忙的了。

聚會是每年的三月一日，從二月中旬開始，總管先生就要準備起來；花園中的玫瑰花應該及時開放，古堡中有什麼不妥當的地方，應該及時修葺，地中的酒窖應該預先安排好，那些應該先喝，那些還要蘊藏幾年。

而總管先生對這一切，都指揮若定；到時候，六個會員來到，對他的工作都表示極度的滿意，絕不會有半點指責的。

「非人協會」的大致情形，已經介紹得差不多了，好像應該介紹一下這個協會的六個會員。

不過，真正對不起，這六個會員是無法介紹的，他們憑什麼入會，除了他們自己之外，沒有人知道。

而他們又是絕不肯告訴旁人的，如果只描述他們的外形，那也沒有多大的意義。

連他們聘請的總管，都是如此神秘莫測的人物，他們本身，當然更加深不可測了；所以，還是看看他們怎樣發現新會員的情形吧。

在印度的極南端，哥摩令角的東面，有一個沿海的小村莊，叫著林曼村。

「林曼」在當地的印度土語的古語之中，大抵是「盡頭」的意思，因為這個村所在的位置，已是印度大陸的盡頭，隨便抬頭一望，就可以看到茫茫無涯的印度洋，彷彿世界上所有的陸地到了這裏，就完全到了盡頭一樣。

不過，印度的土語之多，沒有一個人能完全弄清楚，在土語之中，又有古代的讀音和慢慢轉變而成的現代讀音之分，所以這個村名的真正含意是什麼，也沒有人弄得清楚。

印度是一個人口眾多，十分貧窮的國家，自北到南，貧窮的情形和人口擁擠的情形，全是一樣的，林曼村是一個小村莊，可是也有上五百人。

這五百人，大概屬於六十家人家，而這六十家人家，幾乎毫無例外地，全部用最原始的方法，捕魚為業，他們所過的原始的日子，幾乎是和外界完全隔絕的。

在這六十戶人家之中，有一家漁民，男主人叫辛加基，是一個滿面風霜，又瘦又黑，但是卻精壯得像鋼條一樣的男人，他三十五歲，他的妻子加曼，三十歲，看來已經像是老婦人一樣，自然，那是因為她在嫁給了辛加基之後，六年之中，連生了八個孩子之故。

天氣悶熱得一絲風也沒有，辛加基蹲在屋子前的空地上，在一個土製的缽中，一把一把抓起蕃薯根和葉煮成的，再加上魚肉的異味食物，送進口中，一面怔怔地望著前面。

在他的面前，是一片石崗子，石崗子過去，是一片極大的沙灘。

沙灘的盡頭，則是無邊無際的海洋，辛加基就那樣蹲著，抓起食物，送進口中，望著海洋。

辛加基沒有受過任何教育，他望著海洋，當然不是在冥思人生有何意義，他只是在想，加曼的肚子又很高挺，第九個孩子快出世了。

第九個孩子出世之後，在第八個孩子和牆腳之間勉強擠一擠，還可以擠出一個空隙來放下一只籃子，讓他在籃子中長大；就像第八個孩子出世時，在第七個孩子和土牆間擠出一個空隙來，放下一個籃子一樣，現在，第八個孩子已經會爬了。即將降生的孩子，並沒有使辛加基增加什麼憂慮，而令得他憂慮的是，看上去，天和海洋好像總有一點什麼不對勁的地方。

海洋看來極其平靜，在陽光的照耀下閃著光，幾乎是靜止不動，沙灘上散發著熱氣，天上的雲，也靜止著不動，一切全像是靜止了。

海水靜止，天上的雲靜止，甚至沙灘上小洞中鑽出來的小蟹，也舉著螯，一動也不動，這一切，全是因為一絲風也沒有的緣故。

辛加基是在林曼村長大的，他一出世，就在他哥哥和土牆之間的竹籃中長大。當他會爬行的時候，他就懂得去舔凝結在土牆上的鹽花，使自己的口中，可以有一種鮮美的感覺；當他會搖晃著身子走路的時候，他就在海邊，捉食一切可以吃的東西，而且，很快地就學會了游泳，熟悉了海洋。

不過，在他的記憶之中，海洋好像從來沒有這樣靜止過，那一定有什麼不對頭了，不過，是什麼不對頭呢？辛加基搖搖頭，他也說不上來。

缽中的食物抓完了，辛加基用手指在缽中刮著，又刮下一點來，送進口中，站了起來。

加曼也在這時候，挺著大肚子，自屋中走了出來。

加曼看來永遠是那樣愁眉苦臉的，連她講話的聲音也像在嗚咽，她喃喃地道：「辛加基，我覺得，我覺得有點不對——」

辛加基轉過頭，望著加曼，加曼也就停了口，辛加基也沒有再問下去。

他向前走去，他要找村裏旁的人商量一下，海洋那樣靜止，一絲風也沒有，已經有整整兩天了，事情總有點不尋常。

當辛加基向前走去的時候，加曼的雙眼之中，充滿了無助的神采，在一塊大石頭上坐了下來，汗漿順著她的臉淌下來。

不過，她沒有出聲，因為她知道，就算出聲，也沒有用處。

辛加基向前走去，海邊上傳來了一片叫嚷聲，打破了寂靜，幾十個孩子從海水中冒了出來，踏著水，在沙灘上奔著、叫著，一起在追逐奔在最前面，手中拿著一隻大海螺的男孩子。

辛加基無法分辨得出在這群孩子中，哪幾個是他自己的孩子，而哪幾個是別人的，因為所有的孩子看來全一樣的，赤身露體，皮膚黝黑。

當他們從海水冒出來的時候，身上全是水珠，而當他們身上的海水乾了之後，身上就全是斑斑點點的鹽花。

村中的人，全在同樣的情形之下長大，孩子們自己是知道屬於哪一個屋子的，當他們覺得疲倦的時候，就會回到他們的家裏去。

不過，在這群孩子之中，最後面的那一個，辛加基倒是認識的。跟在那群孩子後面的那個，還不到五歲，是辛加基的第四個孩子。

辛加基特別記得他，是因為這個孩子長相十分奇特，他的腳一出生就大得異樣，簡直就像是兩片鴨掌，而當他漸漸長大之際，大腳板就格外惹眼。

那一對扁平、畸形的大腳，使他在陸上行走之際，身子搖搖晃晃，不是走不快，就是心急起來奔跑，自己踏到了自己的腳而絆跌上一跤。

這對大腳板，成為這個孩子被其他孩子嘲弄的目標，不過自從那次事情發生之後，其餘的孩子，都不敢再嘲弄大腳板了。

大腳板在陸地上行走雖然極不方便，但是在水中，他那對畸形的大腳，卻使他靈活得像魚一樣。

那一次，他被幾個孩子按在地上打，他掙扎著退向海邊，幾個孩子追出去，他逃進海水中游了出去，幾個孩子也追出去。

可是一到了海中，他就像是一條魚一樣，幾個孩子追他追得很筋疲力盡，全在海水中翻白眼，結果還是被他一個一個拖上海灘來的。

辛加基在那次事情之後，才替他取了一個同村的人認為大逆不道的名字，辛加基叫那孩子叫「都連加農」。

同村的人之所以反對這個名字，是因為「都連加農」是一個神的名字。

這個神，是大海之神，林曼村的人，認為一個孩子叫這樣的名字，是會觸怒神靈的。

不過，辛加基固執起來也相當固執，他一定要叫那孩子「都連加農」，不怕神會發怒；而一年多來，海神好像並沒有發怒，村中的人便也不再追究了。

都連加農從那時候起，也特別喜歡海，他浸在水中的時間，比在陸上的時間還多。

他潛水比任何成年人潛得更深，時時可以在較深的海底，找到稀古奇怪，村中人見所未見的古怪東西。

這時，都連加農搖搖晃晃地跟在一大群孩子的後面，他畸形的大腳重重踏在平坦的沙灘上，發出「啪啪」的聲響，一面叫著：「還給我，那是我找到的，還給我！」

可是，他越來越落後，當辛加基來到他身前的時候，那群孩子早已奔得看不見了。

都連加農停了下來，大聲地咒罵著，辛加基走過去，輕輕拍著他的頭，道：「別吵了，一個螺不過煮一缽湯，別吵了！」

都連加農抬著頭，大聲道：「我不喜歡他們，我不喜歡陸地，我喜歡魚，喜歡海洋！」

辛加基沒有說什麼，都連加農這樣說，已不是第一次了。

辛加基還想安慰都連加農幾句，而當他抬起頭來時，已經看到有七八個人向他走過來，他揮了揮手，都連加農又向海邊奔過去，跳進了海水之中。

來的那七八個村人，和辛加基會合之後，交談了幾句，表示了同樣的憂慮，然後，他們一起向一間殘破的茅屋走過去。

在那間殘破的茅屋之前，有一個老年人，一動也不動地坐著。

那老年人老得幾乎和海邊的石頭一樣，身上的一切，連眼珠在內，看來都是那種灰濛濛的顏色。

各人來到了老人的面前，辛加基先開口，道：「老爹，我們覺得有一點不對，海為什麼那麼靜？」

老人開始不出聲，過了好久，他才用模糊不清的聲音道：「來了，暴風雨要來了！」

和辛加基同來的那些人中，有幾個立時笑了起來。

他們全是在海邊長大的，海邊的暴風雨，是他們生活中的一部分，他們全都知道，暴風雨要來之前是什麼樣子的。

而現在這種情形，是他們以前從來沒有經歷過的，所以，有人忍不住笑了起來。

老人像是根本沒有聽到笑聲一樣，灰白的眼珠轉動著，緩緩地道：「來了，都連加農震怒，天動地搖，人可以看到海底，水會湧上陸地，什麼都會消失無形，一切全都化為烏有，一切全完了！」

辛加基也笑了起來，他們從來沒有聽過那樣的事情，當然覺得好笑；大家都覺得，這個老人可能已經太老，老到了不能再指導村人的地步了。

他們於是散了開去，只剩下那老人，仍然一動不動地坐著，瞪著灰白的眼珠。

當天晚上，當村民全部擠在殘破的茅屋中時，一種奇怪的聲音，突然從海面上傳了過來。

那種奇怪尖銳的嘯聲，使得林曼村全村的人，都從夢中驚醒，抹著滿是汗漿的臉，茫然不知所措。

辛加基的一家，也不能例外，他們都坐了起來，加曼點著了油燈，孩子都害怕地擠在一起；只有都連加農，卻現出一種極其興奮的神情來。

尖銳的嘯聲漸漸加強，村子中很多人都離開了屋子，拿著火把，毫無目的地走來走去。

辛加基也覺得在屋中待不下去，他打開了門。

而他才一打開門，都連加農忽然發出一下呼叫聲，向外直奔了出去。

辛加基叫了他一聲，追了出去。

都連加農本來是奔不快的，但這時候，他一定盡了他所有的力量，在向前奔著，以至辛加基一面叫著，一面追他，竟然追不上他。都連加農向著海邊直奔過去，辛加基奔過舉著火把，經過滿臉徬徨無依的村民身邊，向前追去。

當辛加基來到了沙灘之際，眼看都連加農向海水奔去。海水看來還是很平靜，只不過有著異樣的黑暗，而在極遠之處，有一道白線，正在迅速向前推進。

辛加基立時發現，那種尖銳的嘯聲，就是這一道奇長無比，迅速向前推進的白線捲來的。

只不過呆了極短的時間，白線挾著厲嘯聲，已經來到了眼前。

辛加基也看到，那不是白線，而是一排奇高無比的巨浪，那是他從來也未曾見過的巨浪。

海水翻騰著，除了嘯聲之外，什麼聲音也聽不到，整個沙灘都在震動。

辛加基目瞪口呆，在巨浪奔騰前來之際，他恍惚看到，都連加農好像從浪中冒了出來，站在巨浪的最高端，看來就像是海神一樣。

但是辛加基並沒有機會看清楚，巨浪已經捲了上來，淹沒了他，淹沒了一切。

那是一次驚人巨災，一次大海嘯。

辛加基當然不知道什麼是海嘯，他當時只覺得巨浪像是一個其大無比的怪物的口，向他直衝過來，浪頭還未曾到，他的身子已濕透了。

奇怪的是，就在那一剎那間，他真的看到，他的兒子都連加農，站在那其高無比，比他所看到的任何東西還要更高的浪花尖端。

辛加基在被巨浪捲進去之後，身子就不斷在浪花中翻浪，他幾乎完全喪失了知覺，只是本能地掙扎著，他究竟被浪頭捲出去了多遠，連他自己也不知道。

而印度政府在事後發表的公布如下：印度洋福回魯島以北的海底，發生了強度達里克特地震級別第九級的地震。

這次地震，引致海水在本國南岸潮汐失常，巨浪由於海嘯，而捲上沿岸的土地，淹沒了村莊、城鎮，造成巨大的損失。

據統計，死亡人數約在三千人左右，而巨浪捲入內陸的距離，達到八十公里。

不論是什麼政府的政府公布，和事實總有多少出入的，印度政府在公報上，倒也不是有意隱瞞事實，而是根本無法確知詳情。

那許多人在幾秒鐘之內，就叫高度超過一百尺的巨浪沖擊而吞噬，之後，也無法知道究竟喪失了多少人命了。

至於印度政府公報中提及的「海水捲入內陸達八十公里」這一點，則肯定是不正確的。

但是，公報所以如此說，也有它的理由，理由是為了掩飾一件事，不想這事太廣泛地傳開去。

事情是這樣，當地震的餘波平息，捲上陸地的海水，又退回到原來的位置之後，軍隊首先到達災區。

軍隊先來到海邊，海邊所有大小石塊，全像是被豹子的舌頭舔過一樣，乾淨得什麼也不剩下。

沒有人確知，在海邊原來有多少村莊城鎮；但是這時，當軍隊排列成五十公里的橫隊，向前推進之際，指揮官之間相互聯絡的結果是：一無所見，什麼都沒有了，經過海浪侵蝕的陸地上，就只剩下光禿禿的陸地。

軍隊自海邊開始，在劫後的大地上向內陸推進，一直到推進了一百公里之後，才看到了一點叢林，和破敗但未曾全部消滅的房屋，再過去五十公里，他們才找到了一個生還者。

那個人居然還活著，這真是奇蹟！

當那個人被發現之際，全身赤裸，一半浸在泥潭之中，上半身和頭臉積著厚厚的鹽花，白色的鹽花，甚至掩蓋了他的五官，使他看來活像是一個怪物。

但是這個人無疑還未曾死，他還有呼吸；發現這個人的軍隊，立時以最快的速度，將他送到救急站去急救，又轉送到最近的醫院之中。

開始的三天，這個人除了急速的喘氣和不時眨著死魚一樣、毫無光彩的眼珠，發出一兩下呻吟之外，什麼也不會做。

一直到了第三天，他才能開始說話，一組政府官員立即來探訪他。

那被救的人所講的語言，即使是印度本國人聽來也有困難，但是總算漸漸弄清楚了。

這個人自己說了姓名，他叫辛加基，是在南端沿海，一個小漁村中居住的。

不過，令探訪的官員所不明白的是，獲救之後的辛加基，為什麼一直在重複著的那幾句話。

辛加基不斷說著：「我看到都連加農站在浪頭上，就好像都連加農一樣，真的，他站在浪上！」

他在這樣說的時候，一面用手比著浪頭的高度，另一方面，臉上竭力現出要使人相信的神情來。

只不過，沒有人知道，他話中第一個「都連加農」是他兒子的名字，第二個「都連加農」，則是海之神。

他兒子的名字，本來就是照著海之神的名字來取的。

辛加基竭力想使人明白，不過始終沒有人明白。

印度政府撥出了巨大的款項，重建被海嘯破壞的地區，辛加基可以說是近海的唯一生還者，所以他成了政府援助接濟的主要對象。

有一個時期，辛加基很出風頭，他回到海邊時，有記者和政府官員跟著他。他在建造簡陋的屋子時，也有政府官員和記者跟著他；他走進建造好了的屋子時，圖片刊在報紙上。

不過，漸漸地，辛加基又被人遺忘了。

不但辛加基被人遺忘，連那場驚天動地的大海嘯，也漸漸被人遺忘了。

沿海地區的生活，雖然是一樣不見得好，但是總還有著取之不竭食物的大海，所以，幾乎每一天，都有新的移民向海邊遷移。

漸漸地，在有著淡水溪河的附近，新的村落又一個一個地建立了起來。

一樣簡陋的房屋，一樣原始的捕魚的工具，一樣黝黑而瘦弱的大人和小孩。

一切完全一樣，大海也照樣慷慨地供應著他們能維持生活的食物。

魚背上的海神

一晃眼，過了十二年。

十二年下來，海邊的一切，和十二年之前，未發生那場大海嘯之前，幾乎是完全一樣了。

所不同的，只有一個人，就是辛加基。

辛加基老了許多，自從五年前，他的第二個妻子生熱病死了之後，他幾乎已經不能出海捕魚了。

他第二個妻子，並沒有替他再生孩子，辛加基變得極其頹喪，而且，終日喝著味道劣而性烈的烈酒。

要不是他編織漁網的技術還是第一流的話，他真的無法再生活下去了。

他不能出海捕魚之後，就在新村子中，編織漁網過日子。

那一天中午，天氣悶熱得一絲風也沒有，辛加基赤著上身，他的身子不怕炎炎的烈日，但是，用來編織漁網的麻上的許多小刺，和著汗漿，沾滿了他的身上，卻使他感覺到很不舒服。

他又大大地喝了一口酒，抬起頭來，看到天際有一大團烏雲，狂馬一樣捲過來。

同時，海水也顯得很不平靜。

向遠處看去，藍色的海水變得渾濁，而且捲起一陣一陣的白花。

辛加基吸了一口氣，身子搖搖晃晃地站了起來，他知道，有暴風雨來了。

暴風雨往往是突如其來的，浪頭又會捲起老高的，不過，在經歷了十二年前的那一場海嘯之後，對於普通的巨浪，辛加基已經有點麻木了。

所以，當其他人叫著、嚷著，紛紛躲避之際，他仍然抓住了酒罐，呆呆地立在海邊。

天上的烏雲，挾著狂風驟雨，捲了過來，老大的雨點，急驟地灑了下來。

辛加基的皮膚，雖然因為飽歷風霜而粗糙不堪，但是大滴大滴的雨敲下來，落在他的身上，他還是感覺到一點疼痛。

不過，雨水也清洗了悶熱和身上的刺癢，辛加基再喝了一口酒。

雨越來越大，眼前已經是一片朦朧，海面上響起了轟隆的聲響，在一片水花中，已經可以看到一個十幾尺高的巨浪，向岸上捲了過來。

浪頭的頂端，海水因為急速地向前滾動，而變成一片耀目白色。

辛加基在浪頭快要捲上來的一剎間，突然看到，在雪花的浪頭尖端，有一個巨大的黑影。

辛加基一時之間，幾乎不相信自己的眼睛，那是一條魚，一條極大的鯨魚。

辛加基和沿海的漁民，不常遇到這樣的大鯨魚，但如果遇上的話，他們都知道，這樣大的鯨魚，只要魚尾輕輕一擺，就可以將一艘漁船拍上半空中去。

眼前這樣大的一條鯨魚，隨著浪頭壓了過來，辛加基不禁目瞪口呆。

可是緊接著他所看到的事，更令他不由自主，大聲嘶叫了起來。

他看到了一個人，那個人，就站在那條在浪頭頂端，雪白的浪花飛濺之中的那條大鯨魚的背上。

那實在是一個人，穩穩地站在鯨魚背上，看來，就像是魚背的一部分一樣。

但是，辛加基還可以清楚看到，鯨魚背上站著一個人！

辛加基不斷地叫著，自然，風雨交加，海浪洶湧，他的叫聲，連他自己也聽不見。

他叫著，佇立著不動。

眼看著浪頭捲到了岸上，由高而低，浪花迸散；那條巨鯨一個轉身，又沒入了海中。

在巨浪後退，第二個浪頭還未曾捲到之際，水有一剎那的平靜；辛加基也看得更清楚，而且確定鯨魚的背上，站著一個人！

他不但看到了那個人，而且還看到那個人是赤身露體的，穩穩站在魚背上，隨著向後退去的巨浪，沒入了海水之中。

等到那條魚和那個人消失了之後，辛加基大叫著，衝回村中，他拍著每一家緊閉著的門，將村中的所有人全叫了出來。

他像是瘋了一樣，揮著手，用嘶啞的聲音叫道：「海神，我看到海神！」一面叫，一面指著海邊。

當然，一開始沒有人相信辛加基的話，但接著，所有人全叫了起來！

海邊，在接連幾個浪頭之後，又是一個大浪頭捲了過來。

這一次，不僅僅是辛加基一個人看到，所有被辛加基叫出來的人全看到了。

在浪頭的頂端飛濺翻滾中，有一條大魚；在大魚的背上，筆直地站著一個人，真正的人！

那個在魚背上的人，顯然也看到了聚集在海邊的村民，他在魚背上，向眾人揮著手。

所有的人全跪了下來，在暴雨之中頂禮膜拜，大聲呼叫著：他們看到了海神，海神大顯神通，讓他們看到了真像！

當所有的村人，連辛加基在內，重又抬起頭來之後，那個巨浪已經退了回去，他們還看到大魚和魚背上的那個人，迅速地沒進洶湧的海水中的情形。

暴風雨在第二天就平息了，接下來的兩天中，辛加基和這一村的人看到了海神的事情，傳遍了沿海的幾十個村落。

不過，其他村子的人，對於他們看到海神的事，還是不怎麼相信，一直等到一艘沿海最大的捕魚船脫險歸來，船長和船員講起他們在那場暴風雨之中的遭遇，所有的人才真正相信了。

那艘漁船，不屬於辛加基所在的那個小村落。

像辛加基所生活的那種小村落，幾乎是與世隔絕的，不論有什麼事發生，至多也不過在相類似的小村落中傳來傳去，是傳不出他們的生活範圍之外的。

不過那艘大漁船卻不同，它是屬於一個有上萬人口居住的港口漁鎮的。

那艘漁船雖然不見得如何先進，但是比起小村落中人的捕魚工具來，可說是進步得多了。

它有六十尺長，有三十個船員，有很大的拖網，可以遠航到印度西南海域中的一連串列島。

漁船叫「瑪泰號」，船長是一個極有經驗的捕魚者，叫作摩里。

摩里船長是在暴風雨發生前的兩天出海的，目的地在二百里外，所以，當暴風雨侵襲之際，他的瑪泰號，根本找不到任何躲避風雨的機會。

六十尺長的漁船，在怒濤翻湧的大海上，和一片小樹葉，完全沒有分別。

摩里船長脫險回來，回到了那個漁鎮之後，對很多人敘述這次事情的經過。

他說，在開始的時候，他的船完全失了控制，在海中，被一個一個浪湧起又跌下，幾乎每一秒鐘，全船都有被浪頭震成粉碎的可能。

他已盡了他的一切力量，但眼看已經完全絕望了；漁船被一個急浪所引起的大漩渦，捲進了海底，四面全是壁立的海水。

只要這些海水一壓下來，那就一切全都完結了。

摩里船長自己也記不清楚是第幾次重複他的敘述，這一次，他是對著十幾個來自全國各地趕來的新聞記者們面前，這樣敘述著：

「當時，每一個船員都知道，海水湧上來，只不過是一瞬間的事，這些海水一壓上來，所有一切全都成為碎片。我們每一個人都發出了絕望的呼叫聲，然後就在這時，奇蹟出現了——」

儘管摩里船長已經對他的經歷，講了不知多少次，但是一講到這裏，他仍然情緒激動，不由自主地喘著氣，停了片刻，才能夠繼續下去。

他先重複了一句，道：「就在這時，奇蹟出現了，一大群極大的章魚，自海中冒了出來；那些章魚的腳，至少有手臂粗細，有十幾尺長，有的更巨大。對了，牠的八隻腳，緊緊地纏住了船頭，那隻章魚，牠的眼睛比……」摩里船長的手比了一比，大約是直徑二尺，又繼續道：「比這個更大，牠纏住了船頭，其餘的章魚纏住了牠的身子，在四面的海水未曾壓下來之前，將漁船硬拖進了海水之中。我們每一個人在一剎那之間，都抱住可以抱住的東西，船很快穿出了海水，又被浪花湧了上來，已經脫離了險境。」

摩里船長講到這裏，停了一停，一個年輕的記者問道：「你以為這是奇蹟麼？在大風大浪中，章魚本身也要找附著物來避難的，那不過是一種巧合而已。」

摩里船長怒視著那個記者，道：「你等聽完我的話，再發議論！」

摩里船長揮了揮手，又道：「這一大群章魚，在大風浪之中，一直和我們在一起；我們的船員之中，有好幾個被巨浪捲進了海中，也是章魚將他們再捲上船來的。幾百隻大章魚擁著我們的船，我們只當是奇蹟，一直到了風浪漸漸平靜之際，我們才看到了他！」

摩里船長在講及「看到了他」之際，神情之間，充滿了虔敬之色。

所有的記者全不出聲，摩里船長停了片刻，才又道：「我們看到了都連加農——那是南部沿海對海神的稱呼，我們看到了海神！」

記者仍然不出聲，目光集中在摩里船長的身上；摩里船長道：「他站在一條大魚的背上，大魚穿過章魚群，向船游來，保護漁船幾乎二十小時的章魚，一起向他噴著水箭，他發出一種奇怪的嘯聲，揮著手，章魚就紛紛沉進了海中，消失不見了。」

摩里船長講到這裏，幾個記者異口同聲問道：「他——那海神，有沒有繼續接近？」

摩里船長道：「有！這時，我們已經看出，那一群章魚完全由他指揮的，是他救了我們，大部分船員已經膜拜起來。大魚繼續接近我們，我呆住了，站著；我看得很清楚，他和我們幾乎一樣，全身好像有鱗又好像沒有。浪花飛濺，他站在魚背上，一直來到離我二十碼處，才向我揮手；接著，大魚掉頭向前游出去，我們就再也看不到他了！」

摩里船長在講完之後，可能看到記者之中，大多數還有著懷疑的神色；所以，他又極其莊嚴地補充了幾句，道：「我的三十個船員，他們全看到的。」

一個記者道：「在那次暴風雨中，有一個小漁村的居民，也看到了海神，你是不是以為你們看到的，是同一個海神？」

摩里船長道：「我相信只有一個海神！」

另一個記者拿著速寫簿和筆，來到了摩里船長的面前，道：「船長，請你詳細說明海神容貌，我根據你所說的畫，你覺得有不對的地方，我盡量畫得像你看到的一樣！」

摩里船長點點頭，道：「好，他大概和我一樣高……」

摩里船長站了起來，他大約有六尺一寸高。

摩里船長詳細講述著海神的外表，那個精於素描的記者用心聽著，急急地揮著筆，在紙上畫著。

四十分鐘之後，摩里船長看著那記者的作品，點了點頭。

所有的記者全湊了過來，看了根據庫里船長的描述而畫出來的「神像」，所有的人都呆了一呆，毋寧說他是一個人更來得貼切一點。

在經過了記者的訪問之後，「海神」出現一事，就登載在報紙上，引起了外人注意。

但是這種注意，也只不過是興趣而已，看到了「海神」的畫像，人們也沒有加以多大注意。而且，這一類新聞，作為人們茶餘飯後的資料，時間也不會太長，大約是一年半載吧；除非他再度出現，不然，是不會再有什麼人記起的。而「海神」卻又未曾再出現過。

一年之後，已經沒有什麼人再提起這個海神了，除了曾見過他的人之外，其餘的人，幾乎不承認他的存在，也沒有人去深入研究這件事。

就這樣，又過了兩年。

印度的貧困是舉世知名的，但是印度富翁的窮奢極侈，也是舉世聞名的。

在孟買的近郊，經常擠滿了衣不蔽體，面有菜色的貧民；骯髒而狹窄的街道之後，可以找到許多豪華的別墅。

這些別墅游泳池的水，看來比窮人喝的湯更要講究。

這些豪華別墅，有的屬於印度富翁所有，也有的屬於外國富翁所有。

在這些別墅的其中一幢之中的一間書房中，這時有四個人正坐著，神情很嚴肅，看來正討論著一件十分關係重大的事；而他們的目光，集中在一幅掛在牆上的大照片之上。

照片拍的是一幅人像素描，放得和真人幾乎一樣大。

那是一個赤身露體的男人，身體部分有點潦草；最奇怪的是，他站在大魚的背上，而魚則在浪花洶湧的海浪之中浮沉。

那個人的腳十分奇特，看來像是很寬的鰭。

他所站立的那條魚，分明是一條大海豚；而那人的雙腳，就像是這條海豚背上的一部分一樣。

一個神色很莊嚴，看來有點激憤的男人，手中拿著一根短棒，不斷用力點著那幅畫上的人，道：「誰要說這不是一個人，我敢和他拚命！他不但是人，而且看他的臉，有著明顯的人種學上的特徵。我敢肯定說一句，他是印度南部沿海的人！」

一個約莫五十五歲左右，一頭銀髮的中年人，在沙發上欠了欠身。

他是這間別墅的主人，另外三個人，全是他請來的客人。

那個剛才發言的，是著名的人種學家，優生學的世界權威，林達教授。

坐在主人旁邊，不住淺酌著美酒的，是一個看來很瀟灑的中年人；衣著隨便，皮膚黝黑，他是海洋生物學家保傑士博士。

還有一個，衣著整齊，咬著煙斗，態度很安詳，不時皺著眉，看起來很有思想的，也是一位生物學家，他研究的專題是生物的化生。

這是一個十分冷僻的研究專題，是以提起雷色慕教授，很多人並不知道；但實際上，他是一個學問極其淵博的人。

至於主人，主人的身分很神秘，大家只知道他叫「范先生」；也只知道他在亞洲大陸上，有著極大的影響力，尤其是在西藏的喇嘛和印度土王之間，影響力更大，他有權隨便參加前後藏最高級的喇嘛會議。

要知道范先生擁有數不清的財富，他本身或者並不富有，但是有他的土王朋友作後盾，他所能調動的財富之多，自然無可比擬。

除此之外，旁人對范先生，就所知無多了。

當林達教授發表了他的見解後，范先生微笑著道：「教授，沒有人懷疑那是一個人，他絕對不可能是其他的生物；可是問題是，這個人何以會在海中，而且，看來像是附著在海豚的背上？」

林達教授並沒有立時回答，看他的情形，好像是要想上一想，才能夠有答案。

在這時候，海洋生物學家保傑士喝乾了杯中的酒，道：「正確地說，他是站在一條

『沙滑』的背上；沙滑是海豚的一種，體型較大，牠的特點是不喜歡合群，而且智力比其他種類的海豚更高。」

范先生感到滿意地點著頭。

林達教授這才道：「是的，這個人站在魚背上，這並不算是什麼奇怪的事，你們看，這個人有一雙畸形的腳，看來他一定十分善泳；而且，扁大的腳也使他容易附著在魚背上，如果經過長時期的鍛鍊，這一點是可以做得到的！」

范先生雙眼一眨也不眨地，望著那幅素描人像，道：「可是別忘記，這個人，據我初步的調查所得，曾經目擊過他的人的談話，他幾乎是生活在海裏的——」范先生講到這裏，略頓了一頓，才加重語氣地道：「就像魚一樣！」

他說完了那句話，向雷教授望了一眼。

雷教授取下了煙斗，小心地說：「只憑一幅素描，很難下什麼結論！人的呼吸器官和魚的呼吸器官截然不同，嚴格地來說，海豚也並不是魚，和人一樣是哺乳動物；不過，由於長期在海中生活，所以有了魚的特性。牠的呼吸器官和人也是不一樣的。」

雷教授的話，說得緩慢而謹慎；他又吸了一口煙，才又道：「至於人的呼吸器官，會變化到和魚一樣，使人能在海中生活，完全沒有這種先例。」

范先生笑了一下，道：「有一種方法，水性好的人，可以用它在水中換氣，以致吸取水中的氧；那種方法，使他們可以長期潛伏在水底。你看，是不是適用於這個人？」

雷教授指著那幅素描，道：「有可能，你看他，胸膛看來比普通人大得多，就算他不會這種方法，他吸上一口氣，也一定比常人可在水中潛伏更久；這種情形，在一種水狸的身上，可以找到例子！」

林達教授的性子比較急，對於雷教授緩慢的語調，他顯得有點不耐煩。他道：「范先生，究竟你想證明什麼？我看，就算有人說見過這樣的一個人，也不可靠；事實上，人是不能和魚一起生活的！」

范先生並沒有立即回答，只是眉心打著結。

過了片刻，范先生才道：「林達教授，事實上，的確是有人見過他；在大海嘯中，這個人還指揮著一大群章魚，救了一艘魚船！」

三位學者雖然沒有表示公然的異議，不過從他們的神色上，可以看得出來，他們深不以為然。

范先生卻不在乎他們的反應，繼續道：「這些年來，我致力於尋找一個人，一個非常人所能企及的人；我這樣做，是我私人的，不便公開的原因的。所以，我想證明這是一個人；不過，這個人實際上是和魚生活在一起，他和海洋中的生物能夠互相溝通，也就是說，他會講魚的語言，他是魚的一份子！」

三位學者都不出聲，范先生望著他們。

過了半晌，保傑士博士才道：「范先生，這只是一個民間傳說，你竟然要去證實它？」

范先生點著頭，三位學者互相看了一眼，雷教授道：「要是你堅持一定這樣做，我們沒有意見。」

范先生現出很遺憾的神情來，道：「本來，我想請三位一起參加我的行動的；現在看來，三位好像並沒有什麼興趣了？」

雷色慕教授先道：「我退出。」

林達教授嘆了一聲，道：「這是沒有意思的事！」

范先生的目光望向保傑士，保傑士攤了攤手，道：「你搜索的範圍是哪裏？」

范先生道：「以南端的哥摩令角為中心，半徑五百里作半圓的海域！」

保傑士先生皺著眉，道：「那可能要幾年的時間。」

范先生道：「是的，不過，你可以不必全部時間都參加，隨你喜歡！」

保傑士道：「好的，我在大學的研究工作告一段落之後，我來與你會合。」

范先生搓著手，道：「三位雖然不能和我一起參加，但是，我仍然希望和你們保持聯絡；有難題的時候，好隨時向三位請教！」

三位學者一起點頭答應，小型的聚會結束，范先生送走了三人，回到了客廳之中，小心翼翼地取下了那張照片來，平放在桌面。

當他在那樣做的時候，他一面在喃喃自語：「這是沒有意思的事？也許是，但是我必須找到這個人，因為我們的協會，該有一個新會員了！」

魚人號

在那幢豪華別墅中的小型聚會之後的第五天，一艘漆成金色，三百尺長的船，緩緩駛離了孟買的港口。

從外型看來，很難看得出這條船是屬於什麼種類，它有點像超級豪華的遊艇，也有點像是設備最現代化的漁船，而船的名字也很古怪，叫著「魚人號」。

在「魚人號」出發的那天，報上有新聞記載著它的出航，稱魚人號為「海洋生物研究專船」，並且說明，那是一個海洋生物研究委員會資助的一項科學研究，研究印度洋大型海洋生物，而作遠程航行。

當然，所謂什麼委員會者，只不過是掛上一個名義而已；范先生行事不怎麼喜歡出面，就用了這樣一個委員會名稱，來作為掩飾。

不過，他出海的目的，是為了作科學上的研究，倒不是假的。

而且，他要研究的對象舉世無二，是一個像魚一樣的人！

這艘長三百尺的船，有著當時所能辦得到的最佳設備，其中有十餘間房艙，全是一流的遊艇佈置，可以和皇宮媲美。

另外，船上有馬力極大的機器，和設備精良的遠航儀器、潛水用具，各種研究海洋生物用的科學儀器等等；自然，還有各方面的工作人員，包括有經驗的海員，對海洋生物認識的青年人。

和范先生在一起的，則是一個很古怪的老頭子，一隻眼是藍色的，一隻眼是黑棕色的；船上的任何人，都不知道他是什麼人，不過，范先生對他十分尊敬，稱呼他「總管」。

一般來說，船上是不應該有一個總管的；但是范先生向船上的六十五名各級工作人員解釋過，在「魚人號」上，總管全權代表他，管理一切。

總管是從瑞士飛來的，「魚人號」啟航前半小時才到；或者說，「魚人號」是等他來了才開航的。

「魚人號」離開港口之後，一直向南駛。

總管和范先生在第二層甲板之上，迎著海風，舒服地坐著。

范先生已將此行的目的，完全告訴了總管，然後問：「你的意見怎麼樣？」

總管在考慮了大約兩分鐘之後，才道：「那更是一項簡單的技術，不過，人要是能和魚生活在一起，那麼，除非他是個超人！」

范先生呵呵地笑了起來，望著西沉的夕陽，說道：「你說得有理，我所要找的，就是一個超人。」

總管沒有再說什麼，他的習慣是，除非有人問他，不然他絕不會多開口的。

「魚人號」在平安無事地航行了五天之後，已經駛出了阿拉伯海，進入了印度洋。

自印度向南航行的那一片印度洋，是除了大西洋之外，第二個最大的、不見陸地的海域。

太平洋雖然浩瀚，但是大洋之中島嶼眾多，不像那兩片海域那樣，連一塊露在海面上的石頭都找不到。

進入印度洋之後，開始的三個月中，「魚人號」就在海洋上打著轉，效法蜜蜂找目標的方法，將打轉的直徑漸漸擴大。

在這三個月中，范先生一無所獲。

大海看來無邊無際，可以容下一切匪夷所思的東西，包括他要找的魚人在內。

可是，魚人究竟在哪裏呢？

三個月之後，「魚人號」沿著印度西南部，那一連串連綿百里的小島行駛。

那一列大大小小的島嶼，有的有人居住，有的根本只是荒島，「魚人號」幾乎在每一個有人居住的小島上都停泊一兩天，向島上的居民探詢有關海神都連加農的傳說。

開始的一個月內，沒有什麼結果。

到了第二個月，第一天傍晚，「魚人號」駛進一個港灣，面對港灣的，是一座青翠的山峰。

范先生從航海圖上，已經知道這個島的名字，這個島，叫費里杜島。

總管說，島名就是「清澈見底」的意思；真的，那一帶的海水不是太深，海水清得可以看到海底。

當「魚人號」慢慢駛近港灣之際，船上有幾個人將食物拋進海中，引來了大群各種各樣的魚，圍在「魚人號」的旁邊轉。

有一種背上有著長鰭的飛魚，成群結隊在海面上跳躍著，有的落在甲板上，回不到海中，就在甲板上跳騰著，發出難聽的聲音來。

「魚人號」停了下來，這個島和其他的島一樣，根本沒有可以供停泊船隻的碼頭；島上的居民看來，也是以捕魚為主，近海邊曬著魚網，也有幾艘殘舊的漁船停著。

「魚人號」停下之後，范先生和總管轉搭小快艇上岸，岸上早已齊集了很多人在看著，小孩子尤其多。

兩個水手抬著一只大木箱上岸，岸上那些人，個個都在黝黑的臉上綻開笑容。

他們早就聽說過了，有一艘白色的大船，在每個島上派送禮物給島上的人；所派送的禮物，是島上居民，或者說是婦女最需要的布。

如果要博得一個地方的歡迎，送禮物給這個地方的女人，當然好過送給男人；所以范先生已成了大受歡迎的人物。

兩個水手抬上了箱子，范先生和總管站在箱子旁邊。

而一個很瘦，但是很莊嚴，唯一的上身也有布片的男人，牽著一個大約十六、七歲的小姑娘的手，向他們走了過來。

那小姑娘看來也很瘦，有點發育不良，不過身形相當高挑，一雙眼睛極大；這時，正現出一臉不願意的神色，倔強而又不敢反抗。

老年人來到了范先生的面前，咭咭呱呱地講了起來。

范先生對於印度語言的瞭解程度，已經是專家級的了；可是對於這個島上居民的話，他還是一句也聽不懂，那只好依靠總管了。

總管用心聽著，間中和老者對講幾句。

范先生看到老者不斷指著那小姑娘，而那小姑娘的神色卻越來越倔強，緊抿著嘴，一聲不出；而總管的目光，也停在那小姑娘的身上。

老者講完，用力推了小姑娘一下；一直不出聲的小姑娘，大聲叫了起來，講了兩句話，一轉身，就奔了開去。

老者伸手想去抓她，但是沒有抓中；小姑娘奔得極快，轉眼之間，就奔得看不見了。

老者現出很不安的神色來，總管向他講了幾句，他才高興了起來；四周圍的人也發出歡呼聲，一擁而上，將那兩只大箱抬起，向前奔去。

海邊只剩下了范先生、總管和那個水手。

范先生對於總管和那老者的交涉，仍然不明白，只是猜想到，那老者可能是島上的長者。

總管先吩咐那兩個水手回去，然後，在海灘上踱了幾步。

范先生跟在他的身邊，總管抬起頭來，望著海，道：「看來，我們要找的人，真是存在的！」

范先生高興地問道：「怎麼樣，有什麼線索？」

總管道：「剛才那老者是村長，他們等我們來，已經等了很久了；他們也知道我們會送禮給他們，和打聽一個站在魚背上的人。和他在一起的那個小姑娘，叫做阿里；在阿里的身上，發生過一件怪事！」

范先生吸了一口氣，海風吹來，空氣十分清新，范先生也感到格外興奮。

總管繼續道：「阿里是一個孤兒，日常在海邊拾蜆蛤度日；她和島上別的人不大合得來，自己住在島上西邊，一個臨海的岸洞中。」

范先生知道總管的脾氣，一定要從頭講起，所以也不去催他。

總管停了一停，伸腳在沙灘上踏下去，沙中的一隻蜆子，立時射出了一股水箭來。

總管繼續道：「阿里在半年前，曾經失蹤好幾天；當時，完全沒有人知道她到什麼地方去，也沒有什麼人特別注意。幾天之後，她忽然又出現了；自從出現之後，她變得更古怪了，常常一個人自言自語的。

「本來，她有一個十分要好的朋友，叫作巴奴；可是從那次之後，她就不再理睬巴奴了。巴奴曾向她追問過幾次，她說自己已另有朋友；巴奴追問她是什麼人，阿里先是不肯說，後來說了一句：『他是住在海裏的，是海神！』」

總管向范先生望了一眼，范先生沉聲道：「她……她還維持著和……海神見面？」

總管搖頭道：「村長說，關於這一點，沒有人知道。但是巴奴不死心，曾經在暗中窺伺過阿里。有好幾次，他發現海水湧上岸，湧進阿里住的岩洞中，等到大浪退走，他奔進洞去看，阿里就不在那裏了；第一次，他認為阿里給巨浪捲走了，曾經傷心一陣子，不料第二天，阿里又出現了。」

范先生喃喃道：「太有意思了，剛才，她叫了兩聲，叫些什麼？」

總管道：「村長要她講出來，她叫的是『我不會說，我死也不會說！』」

范先生怔了一怔，苦笑了一下。

總管道：「范先生，我們是去找阿里，詳細問一問她，還是——」

范先生搖了搖頭。他剛想說什麼，就看到一個少年，在海邊的一塊大岩石旁邊，探出頭來向前望，身子仍然縮在大石後面。

范先生向總管道：「我想他就是巴奴了，請他過來談談，先進一步瞭解一下。」

總管高聲叫了兩下，那少年開始有點猶豫，但立時向前走了過來。

范先生伸手，在他的肩頭上拍了一拍，總管已經和他談起話來。

巴努的神色很憂慮，總管和他談了很久，巴奴才低著頭，停止了談話。

總管轉過頭來道：「巴奴認為，海中的某一條大魚變成了妖怪，迷住了他的阿里。」

范先生道：「他沒有見過那個人？」

總管道：「沒有，但是他希望我們去救阿里，他也願意帶我們到阿里住的地方去；看來，他是一個很多情的少年人。」

范先生有點可惜地道：「不過，看來阿里的心，已經全在那人的身上了！」

總管說道：「這很難說，或許，阿里是一個想像力極豐富的人，可能幻想自己和海神發生了戀愛。」

范先生笑道：「你認為一個從來沒有離開過這個小島，沒有機會接受任何教育的少女，會有那種豐富的想像力麼，總管？」

總管現出極其不以為然的神情來，道：「范先生，人的想像力是無限的，只要他是人，就有想像力；就是因為人有想像力，才有今日世界的文明！」

范先生點頭道：「我同意。」他又笑了一下，「不過總管，你好像並不同意這個人和魚一樣的那種想像！」

總管沒有說什麼，只是望了海洋一眼，又轉身向巴奴說了幾句話，巴奴轉身向前走去。

范先生和總管跟在巴奴的後面，穿過了島上居民聚居的村落，看到島上的婦女，正迫不及待地將花布裹在她們的身上。

穿過了村落之後，來到了山腳下，循著一條小徑，一直向山上攀去，山上有許多溪澗，流水清澈，風景絕美；等到來到山頂時，已經可以看到島上西岸的情形了。

島的西岸，和島東岸的情形完全一樣，甚至山上的樹木，也顯得極其稀少，全是黑漆漆、嶙峋的怪石；而海浪沖擊著岸邊，在岸邊甚至找不到一處平坦的沙灘，全是峻峭的山岩。

巴奴在下山的時候，又講了幾句話，總管立時翻譯出他的話來，道：「巴奴說，阿里一直就是怪人，根本沒有人願意住在島的西邊，現在看來已經那樣恐怖，一到有大風浪的時候，那簡直是座鬼的世界。」

這一番話，范先生倒很容易瞭解。

天氣晴朗時，拍上岸來的浪頭，已是如此巨大，一個接一個，水花濺起好幾十尺高，越是向山腳下走去，巨浪的轟隆聲就越是震耳；當天色陰沉，狂風暴雨之際，是怎麼樣一個情景，實在是可想而知了。

到了快下山的那一截，根本沒有路，他們在巴奴的帶領下，攀下了一塊又一塊的大石，才來到接近海邊處。

那時，一個大浪打上來，水花高濺，已經可以濺到他們的身上了。

巴奴停在一塊大石上，指著一個岩洞叫了起來，他不住地叫道：「阿里！阿里！」

可是，除了浪聲之外，沒有任何聲音回答他。

巴奴叫了幾十聲，才苦綳著臉，轉過頭來，向總管不斷地說著；總管也指著洞，對巴奴說著話，巴奴卻不斷搖著頭，神色驚駭。

半晌，總管才道：「巴奴說，阿里一定又叫那妖怪帶走了；因為岩洞的口子上留著海水，只有巨浪捲進去又退出來，洞口才會有海水。」

范先生問道：「他可是不願帶我們到洞裏去？」

總管哼了一聲，道：「他不是不願意，而是不敢，他怕會被海中的妖精殺害。這小子，那麼沒有膽子，難怪他的愛人要被搶走了。」

范先生望了巴奴一眼，喃喃地道：「人總難十全十美的，別責怪他！照他說，阿里就算跟著妖怪走了，也會回來？」

總管道：「是，他這樣說過。」

范先生道：「那就行了，請他走吧，我們進岩洞去等阿里回來！」

總管轉頭對巴奴說了幾句，巴奴的神色更駭然，急急地說著話。

看他的神色，像是想阻止總管和范先生進洞去；不過，總管顯然並沒有理會他的話，只是揮著手，巴奴忙不迭地向上攀了上去。

等到巴奴上了山，總管才憤然道：「這小子是個懦夫，他想不花任何代價而取得愛情，天下最沒出息的，就是這種人！」

范先生對總管的激憤有點愕然，事實上，總管過去的一切，他也不太瞭解，但總可以想的到，他的憤然和鄙視，總有一定原因的。

他們繼續向下攀去，不一會兒，就進了那個岩洞之中。

如果不是巴奴肯定地向他們指出過，他們都無法知道這個岩洞，是有人長期居住過的；因為在洞內，找不到任何人住過的痕跡。

勉強可以證明那個洞是有人住過的，只是洞中一塊光滑平整的大石；在大石上，有一張破舊的草墊。

幾塊大石顯然被才捲進洞內的巨浪蓋過，因為大石是濕的。

整個洞，大約有三十尺深，二十尺高，完全是一個普通的海邊的山洞，沒有什麼特異之處。但整個洞呈碗形，所以對於聲波的反應特別敏感；當身在洞中的時候，聽起海浪聲來，更是雄壯，每一陣海浪捲起來，都有驚天動地的感覺。

向洞口看去，浪花只能捲到洞口，看來，只有特大的海浪，才能捲進洞中來。

范先生和總管在洞中搜尋了一陣，他們只在一個凹進去的石槽之中，找到了很多顏色美麗的貝殼；這些貝殼，看得出是小心收藏的，那可能是阿里收到的禮物。

然後，他們一起回到大石邊上，總管道：「范先生，我們怎麼做？」

范先生道：「等。」

總管道：「照巴奴說，阿里回來的時候，也有巨浪將她送回來，我們在洞中——」

范先生道：「我明白，我想，巨浪就算捲進洞來，又會退出去，時間不會太長，我們應該可以忍受。」

總管望著范先生，欲言又止；范先生道：「你有什麼話，只管說！」

總管又想了一想，才道：「范先生，我明白你要找這個……這個魚人，是想推薦他進入非人協會，作為新的會員！」

范先生點頭道：「是的，有什麼不對！」

總管吸了一口氣，道：「請恕我直言，你們六位，全是非凡的人，我衷心佩服；可是，如果這個人作為新會員，有什麼特殊之處？他最大的特點，不過是像一條魚，而事實上，一條魚，更像一條魚！」

范先生伸手在總管的肩頭上，輕輕拍了拍，道：「可是你別忘記，他是人，他有人的思想，又有魚的能力；他能指揮海中的生物，他無疑是海中之王。他的權力，可能比世界上任何人來得大，地球上四分之一陸地上，有幾十個王；而四分之三的海洋之中，只有他一個王！」

總管深深地吸了一口氣，說道：「你以為我們可以和他交談，試著瞭解他，使他接受更多知識？」

范先生道：「當然可以，只要我們能找得到他；我有這個信心，是因為他和阿里來往，這證明他是世人。」

總管慢慢踱到洞外，望著一陣一陣捲過來的浪花，和浩瀚無涯的海洋，不再說什麼。

時間慢慢過去，天色漸漸黑了下來，他們吃了一點乾糧，用岩洞中一股細小的清泉來解渴。

不一會，天色完全黑下來了。

總管和范先生一起爬上了那塊平整的大石，躺了下來，繼續他們的等待。

而不知在什麼時候起，他們全睡著了。

他們是同時驚醒過來的，使他們驟然醒過來的，是一陣轟隆的浪聲。

那絕不是普通的浪聲，他們就是在普通的浪聲中睡過去的。

那陣浪聲來得十分驚人，簡直就像是他們的身邊，突然有幾十磅炸藥爆炸一樣。

他們陡地坐起來，已經看到浪頭湧進山洞來。

他們看到的，其實並不是海水，當浪頭洶湧向前，擠進山洞之際，海水已變成了咆哮的，張牙舞爪的，無數擠在一起，發出互相傾軋尖嘯聲的怪物。

來勢之快、令人完全無法預防。

范先生和總管才一坐起身，浪花的頭陣，已經兜頭淋了上來。

他們連忙轉過身來，伏在大石上，緊緊抓住大石的角，同時屏住了呼吸。

海水壓下來，沖過去，在剎那間，他們兩人就像是完全處在世界末日一樣。

幸而這個大浪來得快，去得也快，至多不過十秒鐘，身上一輕，他們已可以聽到浪水退下去的嘩嘩聲；接著，他們轉身過來就看到了阿里。

阿里離他們很近，但是由於洞中相當黑暗，所以阿里顯然沒有看到他們。

而事實上，就算洞中很明亮的話，阿里也是看不到他們的。

因為阿里的頭上，正套著一個奇怪的球形套子；那套子是半透明的，直徑大約二尺，阿里正在用手將那套子除下來。

范先生和總管互望了一眼，都迅速地滾下了大石。

當他們兩人滾下大石之際，洞中的海水還有二尺來深，但是正迅速向外退去。

他們看到阿里除下那個套子，套子立時癟了下來，阿里向前洞口正迅速退去的浪在揮動著手，臉上滿是陶醉和依依不捨的神情；任何人都可以看得出來，一個少女有這樣的神情，那是表示她正在戀愛之中。

范先生和總管也一起向洞口看去，可是他們看到的，只是洶湧起伏的海浪，並看不到什麼。

阿里手中拿著那個套子，慢慢走向大石，她仍然未曾發現山洞中有其他的人在，她甚至就在范先生和總管兩人身邊經過。

他們兩人，不約而同迅速地伸手，在那個套子上，輕輕撫捏了一下。

他們捏了一下那套子之後，互相望了一眼，點了點頭，他們都摸出那個套子，是一隻大魚泡；阿里將之充滿了氣，套在頭上，自然是為了方便在水中呼吸之故。

阿里爬上了大石，先是坐著，然後躺了下來。

范先生和總管做了一個手勢，她就發現了他們；阿里發出了一下叫聲，從石上一躍而下。

阿里從大石上跳了下來，一面向洞口奔去。

總管疾叫道：「阿里，我們是朋友！」

可是在尖叫的阿里，顯然未曾聽到總管的話。

世上最糟糕的事，莫過於陌生的雙方無法傳達自己的態度了；因為在那樣的情形下，基於保護自己的本能，雙方一定是敵對的。

阿里奔得極快，一下就到了洞口；范先生忙張開雙臂，也跟著總管的話，叫了一遍。

可是，阿里仍然沒有聽到，她身子一側，就在范先生的身邊竄了過去；范先生連忙轉身，已看到阿里奔到海水中，海水浸到了她的腰。

總管在這時也已到了洞口，他們兩人一起叫了起來；可是才一張口，一個浪頭湧了過來，阿里整個人全看不見了，接著，海浪退走，阿里已經不在了。

范先生和總管張口結舌，說不出話來。

阿里叫浪捲走了！

他們兩人心中都有著說不出來的難過，阿里叫浪捲走了！捲進了汪洋大海之中！

就算她水性好，生存的機會有多少？

他們呆立了許久，每當有一個浪頭捲進洞口，他們就希望阿里會被捲上來，不過，他們一直等到天亮，阿里還是一點蹤影都沒有。

范先生和總管都難過得不想說話，他們都覺得極其疲倦，他們拖著沉重的腳步攀著山石，攀過了山頂，再從崎嶇的山路下山。

他們來到了島東面的山腳，就覺得事情有點不尋常，幾個島上的居民看到了他們，就奔過來叫嚷著；總管怔了一怔之後，立時道：「我們的船受到攻擊。」

范先生吃了一驚，總管已迎了上去，不斷說著，又轉過頭來，道：「還好，所有的人全部生還。」

范先生忙道：「什麼人攻擊我們的船？」

總管的臉拉得很長，說道：「不是人，是魚！」

范先生又怔了一怔，急匆匆向前走去。

來到了村落，就看到船上全部的人狼狽不堪，個個愁眉苦臉；看到了總管和范先生，一起迎了上來，七嘴八舌，講得一句也聽不清楚。

總管揮著手，道：「靜一靜，水手長，昨晚應該是你當值，你說！」

水手長深深地喘了一口氣，說道：「我……我從來也未見過這樣的事，總管，我……想退出了。」

總管沉聲道：「可以，任何人都可以自由退出；不過，你先將事情的經過講一講。」

水手長喘著氣，道：「事情是突如其來的，我在甲板上……喝了一點酒……」

總管「哼」的一聲，但並沒有打斷他的話頭，水手長繼續說道：「突然之間，我看到一大群魚，成群地游過來，只看到魚，看不到海水——」

總管問道：「什麼魚？」

水手長吞下了一口口水，道：「逆戟鯨，至少有一百條，或者更多！」

范先生不禁苦笑了一下，水手長繼續道：「我還未曾來得及發出求救聲，又看到另一邊的海水也不見了，看到的全是滑膩的白色蠕動的東西——」

總管道：「別形容了，說，那是什麼？」

水手長雙手揮著，神色驚怖道：「章魚，每一條都有十尺長，上千條大章魚，牠們的吸盤搭上了船舷，用力扯著，逆戟鯨則在另一邊撞；船身猛烈地搖晃著，船上的人都醒了，跌跌撞撞地奔上甲板來。接著，船就翻了，整個翻了過來，我們全跌進了海中！」

范先生道：「在那樣的情形下，你們跌進了海中，竟然完全沒有受傷？」

水手長嘆了一口氣，道：「范先生，當我們跌進海中的時候，我們以為一定死定了，可是海水中，早有兩三百條沙滑等著；我們跌進海中，沙滑就用頭或尾將我們彈出海面，又拋下海中，直到我們每一個人都喝飽了海水，才由牠們咬著我們的衣服，游近岸邊，將我們拋上岸！」

范先生和總管互望了一眼，范先生道：「在這個過程中，你們沒有看到人？」

水手長苦笑道：「范先生，在這樣情形下，你是不是還能注意旁的情形？」

范先生擺了擺手，道：「好了，願意替我工作的人，可以得到一年的薪水，作為這次意外的補償；不願意繼續工作的，可以得半年的薪水，你們自己決定。」

范先生說著，就向海邊走了過去。

他來到了海邊，海水看來清澈而平靜，完全不像有什麼事發生過一樣，不過，「魚人號」不見了。

范先生並不為「魚人號」的失蹤而難過，相反地，他心裏還十分高興。

范先生心中高興，有兩個原因，第一，昨晚阿里在海邊，根本不肯聽他們的任何話，叫浪頭捲走，他心中一直很難過；但現在，可以證明阿里沒有死，是叫她的朋友救走了，她的朋友為了報仇，才來攻擊「魚人號」的。

第二，這個生活在海中的人，的的確確是存在著的，那已是毫無疑問的事情了，問題只在於如何將他找到而已。

范先生望著海出神，過了好久，才聽見總管來到了他的身後；總管說：「范先生，他們都不願意工作了！」

范先生說道：「好的，我也不再需要他們了！」

總管有點很不瞭解的神情，范先生又說道：「設法安排他們回去，我和你立即開始尋找行動！」

總管用手指著海洋，道：「就在這樣的大海中？」

范先生的語氣，絕對肯定的道：「是！」

總管沒有說什麼。

范先生道：「我要一艘小船，不必帶太多的糧食和清水——」他說到這裏，才向總管望了一眼後，道：「如果你覺得不想去，你也可以退出，我一個人去。」

總管現出極為難的神色來，看來他實在是不想去，但是卻又說不出口。

范先生的語氣很誠懇，道：「總管，不要緊的，這本來就是絕少希望的冒險，我是一定要去的；你要是不去，我絕不會怪你！」

總管低下了頭，低聲說道：「我絕不會怪你！」

范先生點了點頭，說道：「你可以在孟買等我一個月，屆時，我要是不回來，你就獨自回瑞士去。」

總管仍然低著頭，答應了一聲，慢慢轉過身，急急地走了開去。

范先生望著總管的背影，心中的確絕無責怪他的意思。

因為，總管只不過是非人協會的總管，不是非人協會的會員；而他現在要做的事，只有非人協會的會員才會做，這使他有點自豪感。

范先生一直停在海邊，一小時以後，一切全準備妥當了：一艘小木船，只夠三天的清水和食物，其他，完全沒有什麼了。

范先生神情輕鬆地上船，張開了破爛的帆，小船的船頭，濺起陣陣的水花，向外駛了出去。

又一小時之後，所有島的影子，全看不到了。

范先生的安詳和輕鬆，絕不是假裝出來的，他自有他的把握；而最令他覺得安慰的是，那個魚人——海中之王，他可以肯定，他是一個心地極善良的人。

范先生之所以肯定海神是心地善良的人，不單是因為他在傳說中，在驚人的暴風雨裏救過漁船，而且為了昨晚發生的事。

不錯，昨晚「魚人號」曾受到攻擊，在阿里完全不明白他們來意的情形下，海王為了替心愛的人報仇，這種攻擊，是理所當然的。

不過，在攻擊中，一個人也沒有受傷，只不過是受到了戲弄；由此就可以證明，那個像魚一樣生活的海中之王，沒有傷害人的意圖。

范先生根據這一點，肯定如果他發現有人在海上遇險的話，他一定會來拯救。

總管當然也明白范先生的計劃，可是，大海是如此浩瀚，在大海中遇險，而又恰巧被海王發現的機會，實在是太渺茫了，要是海王沒發現，那麼，在海中遇險，就會變成真正的遇險！

而在遼闊的印度洋中遇險，所乘搭的又只是一艘小木船，那可以說是絕對沒有生還的機會。

這種事，任何人不肯做都理所當然，可是范先生他一決定之後，就再不猶豫，也是理所當然的事；因為，他是世上僅有的六個非人協會的會員之一。

在小船上，范先生盡量使自己舒服地躺著，海很平靜，風一陣緊一陣慢。

風緊的時候，破帆被風鼓著，發出啪啪的聲響來；而風慢的時候，破帆就垂了下來，像是上了年紀的女人的皮膚一樣。

一天過去了，風平浪靜，小船仍在海面中間；四面除了海水，什麼也沒有。

范先生完全無法知道自己到了什麼地方，他也不想知道。

第二天又過去了，有一場小雨，但接著，天氣放晴，萬頃碧海，萬里長空。

第三天，范先生將餘下來的食水和食物，分成了兩份；這一天，他吃了其中的一份。

第四天早上，眼看陰雲四合，風也緊得駭人，海面上揚起一道一道的白線；每一道白線，就是一個浪頭，小船在猛烈的顛簸之中，行進的速度驚人。

范先生以為暴風雨快要來了，可是到了中午，天色又放晴。

當天傍晚，范先生慢慢地吞下了最後的一口水。

第五天，小船一樣在漂流，范先生只是靜靜地躺著，沒有食水，也沒有食物；那對他來說，算不得什麼。

他曾經有過在喜馬拉雅山中，靜坐三十天的紀錄，在靜坐修禪期間，他幾乎也是不飲不食的。

第六天，第七天，第八天，第九天……

到了第十天，范先生顯然變得極其虛弱了。

在海上漂流，和在深山中靜坐，究竟是不同的。

高山之中空氣稀薄，氣候寒冷，人一靜坐下來，就彷彿進入冬眠狀態中，可以將機能的消耗減至最低限度，那情形就如同汽車滑下斜坡，可以根本不必消耗汽油。

可是在海上漂流，那情形就恰如汽車在崎嶇的山路上前進，精力的消耗，達到最大程度。

范先生舔著被太陽曬，海風吹得裂開來的嘴唇，慢慢地坐了下來。

他放眼看去，四周圍除了海水之外，什麼也沒有。

他心中暗嘆了一聲，那並不是表示他在後悔，他只表示自己可能想錯了辦法。

這一天，大海靜得出奇，小船看來，像是完全靜止在海面不動；在這樣的情形下，陽光也格外猛烈。

一直到太陽西沉，海面閃起了一片金光，范先生的精神陡地一振，他看到遠處有一個黑點，在金光閃耀的海面，向前載沉載浮移近來。

范先生用盡目力向前看去，不消多久，那個黑點就漸漸擴大；范先生也已經看清，那是一隻海龜。

而當那隻海龜來到了距離他只有十多碼的時候，范先生更看清楚，那是一隻他從來也未曾見過的大海龜。

那隻大海龜的殼，至少有十尺長，身子半浮著，昂起頭，望定了范先生。

范先生吸了一口氣，他知道，海龜體內儲有可供人飲用的清水，海龜肉生吃，滋味雖然不怎麼樣，但是像這樣的大海龜，牠可供嚼食的部分，至少也可維持十天以上；問題是，用什麼方法使牠游近，而後將牠殺死！

范先生目不轉睛地望著那隻大海龜，緩慢而小心地在皮帶上，拔出一柄小刀來。

這柄鋒利的小刀，他曾用來在雪地上殺死過三頭大黑熊，因為那些事蹟，他被西藏最驍勇善戰的康巴族人視為英雄。

但是，范先生卻並沒有和海龜搏鬥的經驗，尤其是，他必須跳進海裏去和海龜搏鬥。

他盯著那隻自從游近之後，始終浮在海面不再移動的大海龜，只希望牠能再移近些，那麼，他就可以一躍而下，舉刀直刺海龜的頸部了。

他手中的刀尖，已指正了海龜的頸部，剩餘的晚霞在刀尖上，映出鮮紅的反光。

大海龜果然漸漸游近，由於海龜實在太大，所以牠游近來的勢子雖然慢，可是小船也上下搖晃起來。

范先生又深深吸了一口氣，將這幾天他小心保存的精力集中起來。

大海龜游來得更近了，離開他只有三四碼了。

就在范先生準備奮力一擊之際，大海龜的身子陡地向下一沉，沉進了水中。

由於大海龜的身子太大，是以當牠沉進水中之際，海水向上湧起，小船立時被托高；范先生剛在一個站不穩間，大海龜又出現了。

這一次，大海龜浮出水面，龜背恰好在小船底下，小船在那一剎間翻倒了。

范先生在海水中掙扎著，令得他不明白的是，本來平靜的海水，起了大量的漩渦，將他直向海水中扯，而等到他好不容易掙扎著冒出頭來時，他的小船已經不見了。

出乎意料之外的是，那隻大海龜還在，就浮在他的身邊。

范先生只怔呆了極短的時間，立時伸手，攀住了大海龜粗糙的龜甲。

大海龜並沒有游開去，只是在海面上飄浮著不動；范先生用力一縱身，上了龜背，伏在龜背上，大海龜立時開始向前游了過去。

在這時候，范先生心中的興奮，真是難以形容。

雖然還沒有任何事實，可資證明他的想法，但是他確切地知道：那隻海龜的出現，一定是有理由的。

更可能的是，那個海中之王，像魚一樣的人，早已發現了他；只不過不動聲色，直到看出他可能支持不住了才來救他的。

而派來救他的，就是那隻大海龜。

范先生想到這裏，心中多少有點慚愧之感；因為他在一見到那隻大海龜之際，除了想吃牠的肉之外，根本沒有想到別的。

大海龜在海面上游得很快，龜身起伏；開始的時候，他還有點不習慣，但是不多久，當天色完全黑下來的時候，他已經習慣了。

那一晚的月色很好，海面上很明亮，約莫到了午夜時分，范先生看到了前面，有一件白色的東西在移動。

而等到大海龜向那移動的白色物體，迅速接近之際，范先生幾乎無法相信自己的眼睛！

那在月色下，在海面上移動的白色物體，竟是他的「魚人號」！

那簡直是不可能的事，因為，「魚人號」已在那天晚上受襲而沉沒了！

當然，「魚人號」是設備十分精良的一隻船，翻覆沉沒，會使它遭到損壞，而不是徹底的破壞，在經過修理之後，是仍然可以在海上行駛的。

可是問題就在於：誰修好了這隻船？

范先生可以相信「海神」、「海王」、「魚人」的說法；但是他卻絕對無法相信，魚人有足夠的機械知識，可以修好「魚人號」！

伏在龜背上的范先生，目瞪口呆。

但這時，「魚人號」向前駛來，大海龜向前游去，雙方迅速地接近，那的的確確是「魚人號」；而且，范先生還可以看出，「魚人號」曾經翻覆過，因為有許多在甲板上的裝備，全都不見了，而「魚人號」也的確是向前駛來。

等到雙方來得更接近時，范先生還看到一個人，從船艙之中走了出來。

在月色之下，可以清楚地看到，那是一個少女，長髮、瘦削，那是阿里！

范先生張開了口，叫不出聲來。

他也看到，「魚人號」並不是依靠機械的動力在海面上行進的，在「魚人號」的後半截，船身和船尾之旁，密密麻麻排列著至少有八十條虎頭鯨。

那些虎頭鯨，正以牠們接近方形而且笨重的頭部，頂著船身，向前游著，使得龐大的「魚人號」在鼓浪前進。

那真是稀世奇觀，而更令范先生看得眼珠幾乎要突出來的情形，還在那一群虎頭鯨的後面。

他看到了那個像魚人一般生活的人！

范先生連眼也不敢眨，唯恐自己看到的事，一眨眼就會消失掉。

那個人，和那張素描畫上一樣，站在一條巨大的沙滑上，正在向前移近來。

范先生撐起身子，這時，大海龜已經停止不再前進，所以，范先生也可以穩穩地站在龜背之上。

而也就在這時，范先生聽到那人發出了兩個極其尖銳、短促，一閃即逝的聲音，所有在前進的虎頭鯨，也一起停了下來。

那人腳下的大沙滑，繼續向前游來，一直到了海龜的身邊才停；這時候，范先生和那人之間的距離，已經不超過三碼了。

范先生看了看那人的腳，的確，那人的腳是畸形的，像一隻鴨掌；那人的皮膚很奇怪，就像在那間豪華別墅的大廳之中，人種學家所說的一樣，他是一個人，而且毫無疑問，是印度南部沿海的人！

這時，范先生和那人互望著，在「魚人號」上的阿里，用尖銳而急促的聲調叫了幾句。

范先生聽不懂阿里在叫些什麼，他也無法開口，因為，他根本不知道眼前這個人，是不是懂任何人類的語言。

阿里仍然在狂叫著，一面叫，一面沿著船舷奔了過來；那人向阿里擺了擺手，阿里立時靜了下來。

范先生覺得無論如何，應該由自己這方面先有點表示了；他先笑了起來。

笑容是全世界通用的語言，只要對方是人。

他笑著，指了指自己，道：「范！」

那人側著頭，好像是猜度范先生發出的那個聲音，是什麼意思。

范先生又指了指海龜，用他懂得的幾種印度南部方言，輪流叫著大海龜；等到他用了第四種方言時，那人興奮地跟著叫了起來，發音正確！

那人會說話的，這已是毫無疑問的事情了。

范先生忙又指著自己，就用那種方言道：「我叫范，范先生。」

那人立即回答道：「我叫都連加農。」

范先生怔了一怔，他知道，在他這時使用的方言之中，都連加農，是大海之神的意思。

他倒沒有想到，那個魚人的名字，就叫作都連加農。

范先生忙又道：「很高興見到你，我們是朋友！」他一面說，一面做著手勢。

可是，都連加農卻不以為然，向在船舷上的阿里指了一指，道：「你們害她！」

范先生忙道：「這是一個誤會！」

都連加農顯然不怎麼明白「誤會」是什麼意思，他又側起了頭。

范先生只好小心翼翼地向他解釋，花了足足有五分鐘之久，都連加農總算明白了；他咧開嘴，笑了起來，又轉向阿里打著手勢，阿里望著范先生，還是一臉驚懼的神色。

范先生道：「我可以上船麼？站在海龜的背上，我覺得不很習慣！」

都連加農略想了一想，就揮著手，又發出幾下短促的聲音；在「魚人號」旁邊的虎頭鯨，都游了開去，而海龜則向「魚人號」游去，在船舷停止，范先生靠上了船。

上了船，范先生的心情很興奮，使他完全忘記了連日來的飢渴。

那個像魚一樣生活的人是友善的，這是毫無疑問的了。

他上了船之後，向都連加農招了招手，道：「請你也上來，我有很多話要對你說！」

都連加農並沒有多猶豫，他踏定的那條沙滑向前游來，他也上了船，用他直形的大腳板踏著甲板，向前走來，發出「啪啪」的聲響。

范先生望著他，看到他先來到阿里的身邊，挽著阿里，又一起走了過來。

范先生一直使自己保持笑容，向船艙中走去，都連加農和阿里跟在後面。

進了船艙，范先生更高興起來，船艙當然曾因為船的翻覆，而浸過海水，但這時水已乾了；范先生也無暇研究阿里和都連加農是用什麼法子將海水弄走的。

他先打開了一個櫃子，櫃中大批罐頭食水和食物仍然還在。

范先生取了一罐水，打開喝了半罐，將剩餘的半罐遞給了都連加農。

都連加農接了過來，也喝了一口，立時面有喜色；阿里顯然很渴了，一接過來，就喝了個乾乾淨淨。

當阿里喝完了水之後，雖然仍一直望著范先生，但是神情已經和緩多了。

范先生又笑著，再取起一罐食物打了開來。

那是一罐白汁燴雞，他自己先吃了一匙，又遞給了都連加農。

都連加農在接過匙羹之際，有點不知所措；他用手指弄出食物來放進口中，食物才一進口，他立時現出難以忍受的樣子來，轉頭就將口中的食物吐了出去。

可是他身邊的阿里，卻顯然忍受不住食物香味的引誘，一伸手搶了過去，狼吞虎嚥，就吃了個精光。

范先生立時又開了一罐咖哩牛肉；這一次，阿里的吃相更難看了。

等到范先生也吃飽了，阿里對他也完全沒有敵意了，范先生才示意都連加農坐下來，開了一瓶酒，讓都連加農喝了一口。

都連加農先是皺著眉頭，接著，大叫了起來，跟著，就大聲笑了起來。

范先生知道，他們之間已經沒什麼隔閡，他可以開始瞭解都連加農了。

他望著那個怪人，問：「都連加農，你是什麼時候開始在海洋中生活的？」

都連加農的眼神有點迷惑，可能不懂范先生的話。

范先生指著阿里，道：「阿里在地上生活，和人在一起，你在水中，和魚生活在一起，為什麼？」

都連加農笑著，道：「我喜歡和魚在一起，我喜歡海，不喜歡地上。」

范先生道：「那是從什麼時候開始的？」

都連加農緊皺著眉，看來他是拚命在思索著，想回憶以前的事來。

但是以前的事情，對都連加農來說，實在是太遙遠，遠到了印象比夢境還要淡薄。

范先生等了片刻，才暗示道：「你有父親、母親？兄弟姊妹？」

都連加農陡地道：「父親，父親，他打開了門，我奔出來，奔向海，浪……很高，浪捲走了我；我不怕，我鑽進了浪中，我反而可以站在浪上。」

都連加農講到這裏，又停了下來。

范先生又等了片刻，才道：「都連加農，我知道了，那是十幾年前的事！」

都連加農顯然完全不明白范先生這句話，他仍然在思索著。

那次驚天動地的大海嘯，海水雖然捲進內陸好幾十哩，但是都連加農遭遇卻十分奇怪。

陡地，他長長地吁了一口氣，看來，他有頭緒了，他想起十多年前的事情來了！

他當時只有五歲，奔到海邊，第一個浪頭正捲向岸邊。

他從小就喜歡海，根本不覺得浪頭有什麼可怕，縱身就穿進了海浪中。

別看他在沙灘上那麼笨拙，一到了水中，他立時就靈活了起來。

他在水中，隨著第一個浪頭後退間，第二個浪頭又湧了過來，那是一個吞沒一切的巨浪，巨浪推散了第一個浪頭，將他湧出了水面。

那就是辛加基當時看到的情形，他的兒子，都連加農，站在巨浪的頂上。

緊接著，又一個浪頭打來，都連加農被兩個巨浪相撞引起的漩渦，一直捲了開去，捲進了海底，捲得遠離開了岸邊。

當時，他只是隨著海流在海水中翻流，海水太急，好幾次令得他幾乎昏過去，要不是那個岩洞的話，都連加農也早就死了。

都連加農望著范先生，道：「那個洞，我在又有了知覺之後，就在那個洞中。」

范先生仍然極其迷惑，道：「岩洞？什麼岩洞，就算你在岩洞中，你怎麼呼吸？」

都連加農顯然又不明白什麼是「呼吸」，范先生吸氣又呼氣，都連加農也跟著呼吸，仍是不明白。

范先生嘆了一聲，道：「你能帶我到那洞中去看看嗎？」

都連加農道：「你能去？阿里也想去過，可是，她到不了。」

范先生道：「有我幫助，她也可以去！」

都連加農用極其疑惑的神色望著范先生，范先生當然無法向他解釋壓縮氧氣是怎麼一回事；因為，要令都連加農明白什麼是壓縮氧氣，那至少得花上三個月的時間。

范先生只對都連加農笑了笑，轉身向艙中走去。

「魚人號」雖然曾經翻側過，但是所受的損害並不大，船上的東西也沒有損毀。

阿里跟著范先生走了進去，看都連加農的神情，他像是走進船艙都不願意；因為在船板上行動，他那雙畸形的腳，不但使他的行動變得蹣跚可笑，而且十分不方便。

但是他看到范先生和阿里走了進去，他還是跟了過來。

范先生來到收藏壓縮氧氣的所在，先取了一副自己戴上，又示意阿里也戴上。

阿里的神情雖然充滿了疑惑，而且她和范先生之間，言語還不能相通；不過，她很聰明，在范先生的指點下，很快也佩上了潛水的設備。

都連加農一直用極懷疑的目光，望著揹在范先生和阿里背後的潛水裝備，現出極其興趣的樣子。

范先生的心中也極其高興，因為他終於找到了都連加農，一個像魚一樣生活的人，一個被認為根本不存在，只應該在神話世界之中的人！

范先生伸手在都連加農的肩頭上拍了一下，道：「有了這些，我和阿里就可以像魚一樣，在水裏游水。」

都連加農以極其興奮的神情，望了阿里一眼；接著，又十分自傲地道：「沒有這些，我也可以像魚一樣，在水裏來往！」

范先生不建議都連加農也佩戴潛水設備，目的就是要看看，他究竟是怎麼在水裏活動的！

而且，他更想去看看都連加農所說的那個奇異的山洞——就是那個山洞，才使他在暴風雨和海嘯發生的巨浪之中活了下來，不然，他早已死了。

他們一起出了船艙，看到阿里和范先生佩了潛水設備之後那種行動不便的樣子，都連加農也覺得好笑。

到了船舷邊上，范先生向阿里做著手勢，示意她咬上氧氣罩。

他正待向水裏跳下去，可是，都連加農卻拉了他一下，道：「你等等！」

他只說了這一句，就一縱身子，向海中跳了下去。

他才一跳下去，就有一條沙滑向他游了過來；都連加農在那條沙滑的頭上拍了兩下，口中發出一下接一下，聽來很尖銳短促的聲音，那條沙滑的頭向下一沉，就潛進了水中。

范先生吸了一口氣，都連加農和海豚之間，完全有著語言溝通，那是毫無疑問的事情！

他望著在海水中的都連加農，只見他不斷在海水中翻身，身子不時竄起，可以連小腹都露在水面之外。

他想跳下水去，可是都連加農不斷做手勢，阻止著他。

大約等了五分鐘左右，那條剛才潛進水去的沙滑，陡地又冒了出來，而跟著冒出水來的，是兩隻直徑足有五尺的大海龜！

范先生明白都連加農為什麼阻止他，不讓他和阿里跳進水裏去了；他替他們召來了兩隻大海龜，好讓他們不要自己出力游泳！

都連加農做著手勢，海龜也游了過來，范先生和阿里向下跳去，水花才一濺起，海龜就馴服地向前游過來。

范先生和阿里一起拉住了海龜後腳，都連加農已經潛進了水中，海龜也向水中潛了下去。

這一帶的海水，簡直是澄澈的，在水裏望出去，可以看得老遠。

阿里在才被海龜拉進水中的時候，好像有點慌張，掙扎了一下；但是她隨即明白了，那套潛水設備，的確可以保證她在水裏面，和在陸地上一樣，所以，她也立即鎮定了下來。

都連加農游在前面，兩隻海龜跟在後面。

范先生估計，潛入海中大約有三十尺深，向前游著；他也注意到，都連加農游水的姿勢，簡直跟在身邊，像是跟著主人在散步的狗一樣的沙滑完全相同。

范先生特別注意都連加農的呼吸，氣泡不時自他的口中冒出來，但只是少量的，而不是大量的。

但不論怎樣，這種情形都證明了一點，他可以利用一種特殊的技巧，來使人肺的組織，吸取海水中無窮盡的氧——像魚一樣！

海中的章魚洞

水平靜澄澈，每逢有大魚向前游來，總是游近都連加農，要他拍拍牠們的頭，或牠們的身子，才游開去；看來，都連加農和一切海中生物，全都極其熟悉。

他們一直向前游出了至少有兩海哩。兩海哩絕不是一個短路程，可是看都連加農在水中那種輕鬆的情形，就像是一個健壯的人，在陸地上走兩里路一樣簡單。

他們游過的地方，一直可以看到海底平滑、潔白的細沙；再向前去，便是一簇一簇，長滿了各種各樣海草的礁岩叢。

等到他們在海草叢中，又前進了半哩左右，都連加農停了下來，向他招著手。

范先生也已經看到，在都連加農停著的地方，像是有一個洞口，不過，洞口生長著很多又濃又長，隨著海流在飄拂的海帶，所以一時之間，還看不十分清楚。

然而，那疑惑也只不過極短的時間，都連加農等他游近了些，身子向下一沉，就向那個洞口之中直穿了進去。

那時，一直帶著范先生和阿里在潛游的那兩隻大海龜，好像有點害怕，用力掙扎著，激起了陣陣的水，甩脫了范先生和阿里，向海面之上直浮了上去，轉眼之間就看不見了。

范先生定神，等到被海龜激起來的水花消失，他才和阿里做了一個手勢，兩個人一起向前游去。

等他們到了近前，看到了那洞口本來很大，因為海帶叢的遮掩，所以才看不怎麼清楚。

范先生撥開海帶叢，向裏面游去，可是，他還沒有游到洞口，就陡地覺得，有一股極大的力量，帶起一股暗湧，向外直湧了出來，令得他身不由主，被那股暗湧推得翻了一個筋斗。

范先生還未明白發生了什麼事時，在洞口，突然出現了兩團暗綠色的光芒。

那兩團圓形的、暗綠色的光芒，直徑在一尺以上，看來充滿了神秘和恐怖感。

范先生並不是經不起嚇的人，可是這時，他也幾乎要大叫起來。

大量的氣泡直噴出來，那表示他因為心中的驚惶，而需要更多的額外的氧氣。

那兩團暗綠色的光芒，一直停留在洞口，范先生和阿里互望著，都不知該怎麼辦才好。

范先生勉力鎮定，又看到在那兩團暗綠色的光芒之下，是一個極大的，半透明的角質的眼！

而且，那兩團光芒還在不停眨動著，那分明是一隻什麼怪物的眼睛，而這怪物，是守在洞口的！

就在范先生想進一步看清那隻怪物的樣子之際，洞口突然又起了一陣水花，接著，那兩團光芒又消失了，而都連加農游了出來，帶著他們，一起向洞中游去。

進了洞後，范先生不禁遍體生涼。

剛才在洞口那一對怪物的暗綠色的眼，已經令得范先生心悸，這時一游了進去，在水中看向前面，在黝黑的海水之中，竟有著千百對，或者說千萬對這樣的眼睛；有的大，有的小，小的像是螢火，幾千點聚在一起，大的自然比較疏落，不斷在眨動著。

明知道有都連加農帶著，不會有危險的，可是，范先生還是覺得自己不由自主在發著抖，他實在難以想像，有著那種眼睛的怪物是什麼。

向裏游了沒多久，穿過了千萬對那樣的怪眼之後，范先生只覺得身上忽然一輕，他已經冒出水面了！

那實在是不可能的事，他明明是通過了一個岩洞之中，但是，如何忽然又會冒出水面來的呢？可是在感覺上，他的確已冒出海面，范先生除下了面罩，眼睛一片漆黑。

可是，當他除下了氧氣面罩之後，他的的確確呼吸到了氧氣，而且還是很新鮮的空氣！

范先生在腹際取下了一根火棒，剝除了外殼，「嗤」的一聲響，火棒已經冒出了火光來；接著，火棒就燃著了，眼前陡地一亮。

范先生已看清了眼前的情形，一時之間，他實在無法相信自己的眼睛！

而且，就在這一剎那間，都連加農就在他的身邊一面叫著，一面撲了過來，奪下了范先生手中的火棒，拋進了水裏。

可是水中的火棒，在水裏一樣燃燒著的，亮光一樣照耀著。

不過就算是亮光照耀著，范先生也無法再看清楚眼前情形了。

他只聽到一陣又一陣極其怪異的聲音，而岩洞內的情形，也激烈地翻滾了起來，就像是置身在一架急速旋轉的洗衣機一樣，濺起的海水有好幾十尺高。

范先生陡地喝了兩口海水，當他能夠勉力再戴上面罩之前，身上突然一緊，像是被十幾道又粗又緊的繩子，緊緊地捆住了一樣。

他想再掙扎，可是卻完全無從掙扎，那種緊緊的捆紮，令得他的呼吸困難；而且，令他在旋轉著的身子被激烈地拋來拋去，不到一分鐘的時間內，他就昏了過去。

范先生不知道自己昏過去了多久，他總算自己漸漸又有了知覺。

可是，他有了知覺之後，他所感到的，是致命的痠痛。

他真懷疑自己全身的骨骼，是不是完全碎了。

他睜開眼來，眼前一片漆黑，什麼也看不到，他完全不知道自己是在什麼地方！

范先生的第一個反應是：要弄清自己在什麼地方，而要弄清自己在什麼地方，當然得要看得見四周圍的情形才行，所以他又向腰際的火棒摸去。

可是，當他的手指碰到了火棒之際，他陡地想起來了，在他昏過去之前，是好好游進一個岩洞來的；突然之間產生了那樣的變故，就是因為他燃著了一支火棒！

所以，他停了一停。

而就在那時，他聽到了都連加農的聲音，都連加農的聲音，就在他不遠處傳來，在不斷地叫著：阿里，阿里，阿里！

再接著，就聽到了阿里的呻吟聲。

范先生鎮定了一下心神，他聽到都連加農仍然在不斷叫著，而阿里在發出了呻吟聲之後，也開始講話，只不過語音很低，聽不到他們在講些什麼。

過了約莫有五六分鐘，范先生已經知道，自己是躺在一塊比較平滑的岩石之上，剛才突如其來所發生的事，和火棒在閃亮的一剎間所看到一切，在他來說，就等於是做了一場噩夢一樣。

他掙扎著撐起了身子，坐了起來。

他不能肯定都連加農是否有在暗中視物的本事，還是感覺特殊靈敏；他才坐了起來，還未曾出聲，就聽得都連加農問道：「范先生，你覺得怎麼樣？」

范先生只覺得自己全身，有說不出來的痠痛，而且，他還覺得身上的衣服，也被撕破不少，但是，他也可以肯定並沒有受傷，所以他道：「沒有什麼，阿里怎麼樣？」

都連加農舒了一口氣，道：「她也沒有什麼，真算是幸運的了。」

范先生心中覺得很難過，因為這一切發生，全是他冒失點著了火棒而引起的。

他吞了一口口水，道：「我很抱歉，剛才闖了禍。」

都連加農道：「是我不好，我沒有先告訴你；你們兩個都沒有事，我要去看看他們！」

范先生一時之間，還弄不明白都連加農這樣說是什麼意思。

因為在他語氣中聽來，彷彿另外有人出了意外，也要去照應一樣；但事實上，這裏除了他們三個人之外，沒有其他的人。

但是，范先生立即明白了！他明白都連加農所指的「他」是什麼了！

接著，他聽到都連加農跳下水的聲音，然後，一切都靜了下來；只有阿里，不時發出一下呻吟聲。

四周圍一片漆黑，范先生從來沒有如此一籌莫展過。

幸而，都連加農去了沒有多久就回來了，范先生一聽到有人游出水面的聲音，就道：「希望你那些朋友，沒有受到太大的驚嚇！」

都連加農的神情怎樣，范先生並沒有看到，可是從他隔了好久才出聲的情形來推測，他的心中一定不會十分愉快，他道：「還好！」

他講了兩個字之後，頓了一頓，又道：「你那個會發光的東西呢？還有沒有？」

范先生吸了一口氣，道：「有。」

都連加農道：「我想看看阿里的情形。」

范先生吞了一口口水，取出一支火棒來，當火棒「嗤」地一聲響，冒出火光來之際，他又看清了整個岩洞中的情形。

這一次和上一次不同的是，岩洞還是那個岩洞，可是，已經看不到都連加農的那些「朋友」了。

都連加農的那些「朋友」，其實也並不是什麼怪物，只不過是大大小小，數以千計的章魚。范先生在水中游進來的時候，在水裏看到的那一對一對暗綠色的眼睛，也全都是這些章魚的眼睛。

而當范先生第一次燃著火棒之際，突然向他襲擊的，自然也是那些章魚。

一想到這一點，范先生的心中，不禁仍有不寒而慄之感。

那麼多的章魚，最大的究竟能有多大，范先生並不能確切地說得上來；可是，他可以肯定的是，在那火光一閃的一瞬間，他看到有一條大章魚，一半身子懶洋洋地躺在一塊大岩石上，兩隻眼睛的直徑，至少在兩尺以上，觸鬚上的吸盤，每一個的直徑也超過六寸。

那麼多章魚，在驟然吃驚之下的襲擊，如果不是都連加農及時喝止的話，那簡直是不可想像的。

而都連加農居然能在這樣情形之下，在至多三秒鐘的時間之內，就制止了這場騷動，那也是難以設想的一件事；由此可知，他和那群章魚的關係，是如何之密切。

范先生將火棒插在他躺著的岩石的縫中，他看到都連加農扶著阿里坐起來，神態顯得很小心。

阿里的臉色極度蒼白，不過也看得出並沒有受什麼傷。

風暴好像已經過去，范先生可以定下神來，仔細打量這個岩洞了。

那是一個極大的岩洞，從水面到洞頂，至少有五十尺高，洞中的空氣帶著海水的腥味，但是毫無疑問，那就是地球表面上的空氣。

范先生立即明白了，這個岩洞，可以說是自然界最偉大的奇蹟之一！這個岩洞，一定是在地殼變遷時所形成的，當年如何會在海底，形成這樣巨大的一個岩洞，那實在是無法想像的事情了。

但是有一點，倒是可以肯定的，那就是，在這個天翻地覆的變化之中，岩洞的四周圍，從陸地變成了海洋。

由於變化來得太急驟的緣故，洞中的空氣，沒有「逃出去」的機會，而留了下來。正因為這個洞中有空氣，所以都連加農才能生存下來，都連加農被章魚帶到這裏之後，簡直可以說是在章魚的撫育下長大成人的！

生物學家曾證明過，章魚的智力相當高，可是高到了可以養育異類的程度，也叫人始料不及的。

范先生知道，世上曾發現過被狼撫育長大的人，可是，一個被章魚撫育長大的人，畢竟和一個被狼撫育長大的人，是大大不同的！

范先生想到這裏，都連加農已經轉過身來；范先生立時道：「我表示抱歉！」

都連加農道：「還好，牠們不過受了驚，並沒有什麼特別的意外。」

范先生停了片刻，又道：「你能和牠們完全……用語言表達意思？」

范先生一面說，一面做著手勢，都連加農總算明白了他的意思，驚訝地道：「為什麼不能呢？牠們和我們有什麼分別？」

范先生低頭看了看自己，說道：「太不同，例如說，牠們有八隻又長又軟的腳！」

都連加農笑了起來，道：「一樣的，完全一樣的！」

他在那樣講了之後，又停了片刻，才又道：「在大海中，所有的生物全是一樣的。」

范先生不想和他爭辯這個問題，事實上，這是一個想爭也無從爭起的事。

他看到阿里已經站了起來，他也站了起來，道：「我們是不是應該離開這裏了？」

都連加農現出非常奇怪的神色來，道：「離開？到哪裏去，這裏就是我的家，現在阿里也來了！」

他的意思很明顯，阿里也來了，他更加不願意走了！

范先生望著他，道：「不，這裏只不過是深在海底的一個岩洞，而你是一個人，人應該住在陸地上，過人的生活！」

都連加農的神情看來極其疑惑，范先生則用很堅定的語氣道：「你應該跟我走，我帶你回人的世界去！」

都連加農仍然沒有回答，范先生吸了一口氣，望向阿里，他看到阿里也用懇切的眼光望著都連加農。

當范先生看到阿里望著都連加農那種眼光的時候，他就覺得，自己的希望不會落空了；即使都連加農不願意離開這裏，阿里一定是願意的。

誰都看得出，他們是在戀愛之中，都連加農當然也會上陸地去！

事情的發展，和范先生預料的相同，在阿里的那種眼光下，都連加農的頭慢慢低了下去。

而當他再抬起頭來的時候，誰都可以看得出，他已經有了決定！

一枝火棒已經快燒完了，范先生又燃起了第二枝火棒。

都連加農伸手在阿里的臉頰上輕輕撫摸了一下，站了起來，望著范先生，道：「我要和牠們道別。」

范先生忙道：「我的意思，並不是要你永遠離開海洋！」

都連加農揚了揚眉，道：「當然，但我們總要離開一個時期，是不是？」

看出了都連加農那種黯然神傷的神情，范先生深深吸了一口氣，他還沒有說什麼，都連加農又已經縱身跳進了水中。

他入水的時候，簡直就像是一條魚那樣滑進去的，接著就消失了。

火棒發出的火光閃動著，令得許多凸出的岩石，在黝黑而平靜的海面之上，產生奇怪的投影。

范先生和阿里兩人互望了一眼，都保持沉默。

不一會，平靜的水面上起了一陣波紋，波紋越來越擴大，看得出在水下面，一定是有不少東西在蠕動著。

接著，兩條極長的章魚觸鬚突然劃破了水面，伸了出來，都連加農雙手抱住了其中一條觸鬚，章魚觸鬚揚了起來，將他安然舉起，放在一塊岩石上。

都連加農在離開水面之後，口中不斷發出一種尖銳、短促，令人覺得古怪的聲音。岩洞水面上的暗湧越來越甚，首先，是那兩條大觸鬚的主人——一條極大的章魚，從水中冒出了頭來。

接著，整個岩洞之中的水，就像是在刹那之間，一起沸騰了一樣，冒出了無數的水泡和水花，不知有多少條大大小小的章魚，一起從水中冒出了半個身子來。

冒出水面的章魚，暗綠色的眼眨動著，有著角質喙的口張動著，發出和都連加農所發出的同樣怪異的聲響。

都連加農自岩石上跳了下來，就在水中抱著這條章魚的頭，又拍著那條章魚的嘴，輕輕扯開了一條將他身上繞住的章魚觸鬚，又將一條小章魚觸鬚上的吸盤，貼在自己的臉頰上。

這可以說是世界最特異的一個惜別會，范先生在刹那間，留下了終生難忘的印象。

當范先生、阿里和都連加農，離開了那個海底岩洞後，又由海龜帶領著，在海中游近

「魚人號」，冒出水面之際，早就已經天黑了。

上了船，范先生和阿里吃著罐頭食品，都連加農只是隨手抓了兩條魚，生生地吞了下去。

這一晚，范先生雖然已經相當疲倦，但是卻仍然興奮得睡不著，他已經擬定了一個計劃，要將之逐步付諸實行。

首先，他修理好了「魚人號」上的無線電通訊設備，打了一封長電報給總管。電報的內容是說，因為極其重要而特殊的原因，他無法參加非人協會的年會；但是，在下一年度的年會中，他一定提出一個新會員的候選人，而且，預料一定會獲得全體會員的通過。

第二天，范先生也只睡了幾小時，然後，他花了兩天時間，修好了「魚人號」的機器。

當「魚人號」破浪前進之際，都連加農站在甲板上，現出極其訝異和好奇的神色來，而且，對這條能在海上行走的船，發生了極大的興趣，不斷提出問題。

這一次航行的時間並不長，不過兩天，他們就在一座荒島上登陸。

在這兩天的航行之中，最大的特色，是「魚人號」的周圍，有著各種各樣的「護航隊」；有時是上千的大虎鯊，有時是上千隻大海龜，還有各種各樣叫不出名堂來的大魚。

到了荒島上，范先生、阿里和都連加農，合力就地取材，建了兩間小茅屋。都連加農在陸地上，動作顯得十分笨拙，不過他工作的十分努力。

到了第十天，范先生又和總管通了一次電報，總管帶了大批供應品，在五天之後趕了來，也逗留了將近一個月。

然後，范先生就開始了計劃的第二步，讓都連加農接受現代化的教育。

這是一個相當難實行的計劃，都連加農離開人的社會太久了，對於人的社會上的一切一無所知。幸而，他在受章魚撫養之前，對人的語言，還有一定的印象。

范先生以無比的毅力，使都連加農接受教育，先從語言開始。

半年之後，都連加農和阿里已經能夠用英語和范先生交談了，然後，范先生再向他們灌輸現代知識。

生命的價值

一年很快就過去，那一天晚上，是他們上這個荒島之後的一周年紀念日。

在朝陽初升之際，就看到遠遠有一條快船駛了過來。

范先生他們知道，那個總管來了；他們早已約好的，范先生準備帶著都連加農，去出席這一年的非人協會的年會了。

快船漸漸駛近，范先生站在岸邊，都連加農早就游了出去；阿里站在一隻大海龜的背上，在近岸處載沉載浮。

這一年來，阿里已經由一個羞怯、恐懼，幾乎什麼也不懂的野人，變成了一個開朗快樂的少女。她的大眼睛，看來也格外地明亮。

她站在大海龜的背上，向游近快船的都連加農招著手，發出嘹亮動聽的笑聲。

范先主看著都連加農上了船，也看到總管在和他握手。

范先生長長地吁了一口氣，這一年多來，從開始尋找都連加農開始，一直到現在，可以和他一起離開這荒島為止，這一段經歷，他自信另外五位非人協會的會員，必然會替他高興，認為是非人協會會史上，極其光彩的一頁。

快船漸漸駛近，在接近那隻大海龜之際，都連加農伸手將阿里也拉上了船，可是，到了快船靠岸的時候，范先生卻怔呆了片刻。

因為，他看到站在船頭的總管，臉色顯得很陰沉。

這是不應該有的事，可是當總管上了岸之後，范先生已經肯定，一定有什麼重要的事情發生！

總管踏著沙灘走向范先生，在他踏到沙下藏有蛤蚌的所在，一股一股細小的海水，自沙下射了出來。

他來到了范先生的身前，第一句話是：「范先生，今年的年會取消了！」

范先生「哦」地一聲，那對他來說，是極度的意外，簡直是不可能的事。

非人協會沒有取消年會的紀錄，除非有一半以上的會員，因故不能參加；然而，有那種情形，又是絕不可能發生的。

因為非人協會的每一個會員，都是極度了不起的人物，就算一個兩個有要務纏身，也不至於半數以上的人，全抽不出空來。

范先生立時道：「為什麼？」

總管的聲音很低沉，說道：「戰爭擴大了。」

范先生挺了挺身子，是的，戰爭，他想。

他對於戰爭的消息，並不是全不知道，但是也不是知道得太多。

他有一具收音機，可是他替都連加農和阿里所編排的教育課程十分緊湊，並沒有多餘的時間，因此，他不知道戰爭詳細的發展情形。

他吸了一口氣，道：「德國已經在歐洲取得了很大的優勢，是不是？我們的會址不見得會有影響吧，瑞士是永久中立國！」

總管點著頭，道：「是，不過，所有的會員都有要務在身；他們要盡自己所能，反抗法西斯。」范先生皺了皺眉。

總管又道：「我在出發之前，接到了他們的通訊，他們既然全不能參加年會，年會當然取消了，這是我的決定。」

范先生對總管的決定，並沒有什麼異議。

總管又道：「還有一件事，英國海軍部大臣有緊急公文給你，公文是送到會所來的。」

范先生對這一點，也不覺得意外，非人協會的六個會員，只怕連他們自己也不知道，自己這一天，會逗留在世界的哪一個角落裏。

在瑞士的非人協會會所，是他們的永久通訊地址。

總管一面說，一面取出了一個密封的牛皮紙袋來，交給了范先生。

范先生接過了紙袋、向站在一旁的阿里和都連加農望了一眼，道：「請你們一起進來，慢慢地談。」

總管一面跟在范先生後面，一面用一種很不滿意的語氣道：「范先生，我不知道你和英國的海軍部有聯絡，我一直以為非人協會的會員，行動全是獨立的，不受任何限制的！」

范先生轉過頭來，笑了一下，道：「我曾經在英國海軍服役，這就是我為什麼來到印度的原因；事實上，我和英國的海軍部沒有聯繫，我也不知道這封公文的內容講些什麼！」

他們已經進了小茅屋，經過一年的整頓，小茅屋已經變得相當舒服。

范先生坐了下來，拆開了封袋，取出了公文，細細看著。

足足有十分鐘之久，小茅屋中，靜得一點聲音也沒有。

然後，才聽得范先生咳嗽了一聲，說道：「英國遠東艦隊司令官，向海軍部推薦我，要我設法籌劃領導同盟國的海軍部隊，在遠東對抗日本海軍。」

總管的反應很沉著，道：「你答應麼？」

范先生將公文順手遞給了總管，道：「當然答應！」

總管沒有什麼表示，只是向都連加農和阿里望了一眼，范先生已經立即有了決定，道：「總管，請你帶阿里到加爾各答去，我留著都連加農當幫手。」

總管點著頭，都連加農和阿里立時擁抱在一起。

范先生在小茅屋中來回踱著步，事情就這樣決定下來。

他們放棄了「魚人號」，當天就上了總管駛來的那條快船。

第二天中午，當他們還在海中航行，離目的地還有一天的航程之際，就在收音機中，聽到了日本海空軍偷襲珍珠港的消息。

戰爭迅速擴大，毫無疑問，那是又一次的世界大戰。

英國遠東艦隊的主力艦上，每一個官兵的神情，都是緊張而又嚴肅，又帶著幾分焦急。

日本海軍看來著著進逼，消息傳出來，日本的主力艦，根據情報顯示，性能最佳的是「大和艦」，那簡直不是同盟國的海軍所能抵禦的一個大怪物！

范先生在這艘英國的主力艦上，和英國遠東艦隊的司令官，傑勿生海軍中將會面，他是帶著都連加農一起去的。

都連加農在過去的一年之中，雖然已經學會了很多東西，可是有兩樣，他和常人還是有區別的。

第一，他不習慣穿衣服，只穿著一條短褲，寧願讓他黝黑、光滑的皮膚裸露在外。

第二，由於他畸形的大腳，他根本沒有法子穿鞋子。

艦上的官兵早已經列隊在甲板上相迎，儀式肅穆，禮炮高鳴，司令官先陪著范先生，在甲板上檢閱官兵。

可是這樣隆重的場合之中，都連加農一直跟在范先生的身邊，步履不穩，大腳板踏下去，發出「啪啪」的聲響，實在是太不調和了，幾乎使得這檢閱的官兵列不成隊形。

傑勿生中將也連連皺眉。不過，中將還是忍了下來。

中將知道范先生的為人，他知道，范先生既然帶這個怪模怪樣、行動笨拙的人一起來，那自然是有一定的理由。

好不容易儀式完畢，進了司令官的辦公室，另外兩個高級參謀早已在恭侯。

中將推開了遠東地區敵我雙方的海軍形勢地圖，向范先生解釋著目前的形勢，范先生用心聽著，都連加農顯得坐立不安。

等到中將說完，兩位高級參謀又補充了一下；范先生道：「中將，我所能做的，只是盡量使這位都連加農先生，發揮他的個人作用！」

中將和兩個高級參謀，向坐在一旁的都連加農望了一眼。

從他們的神情看來，顯然絕不明白范先生那樣說，是什麼意思。

過了片刻，一個參謀才道：「范先生，你的意思是，組織一個少數人的突擊隊？」

范先生道：「一個人的突擊隊！」他指著都連加農，道：「就是他一人！」

中將的神情變得很難看。

范先生已站了起來，指著地圖上的一個紅圈，道：「這裏，根據情報，有一艘日本潛艇潛伏著，是不是？」

中將點著頭，臉色仍然很難看。

范先生卻繼續問下去，不理會中將的口唇掀動，想發出問題，又道：「情報的來源是不是可靠？」

一個參謀道：「可靠，我們曾經截獲過這艘潛艇和日本海軍大本營之間的密碼通訊。」

范先生又道：「既然已經肯定了，而仍然由得這艘潛艇存在，是為什麼？」

中將嘆了一聲，道：「我們只發現了這裏的一艘，根據普通的常識，絕不會只有單獨一艘潛艇在這裏活動，這可能是一個陷阱，引誘我們去消滅這艘潛艇；而其他隱伏著的，還不為我們所知的潛艇，就可以襲擊我們的艦隊，使我們蒙受極大的損失。」

范先生一面點著頭，一面向都連加農道：「你聽明白了沒有？」

都連加農道：「明白。」接著問道：「什麼叫潛艇？」

范先生道：「一種能潛進水中去的船，可以在水底下，攻擊水面上的船！」

范先生和都連加農一本正經地在作這樣的回答，在一旁的一個海軍中將和兩個軍上校參謀，臉上表情的那份難看，真是難以形容。

傑勿生中將壓低了聲音，說道：「范先生，你——」

范先生已揮著手，道：「現在我不能向你解釋，要等事情有了結果，你才會相信我的話。現在，我只有要求一艘小快艇，任務是查明這艘潛伏的潛艇，是不是還有同夥，並且盡可能的毀滅它們！」

三位高級海軍人員一起尖聲叫了起來：「憑什麼？」

范先生鎮定地拍著都連加農的肩頭，道：「憑他！」

中將嘆了一口氣，兩位高級參謀扭動著手指，辦公室中的沉默，很令人難堪。

都連加農忽然道：「范先生，他們為什麼不相信我？」

范先生道：「不能怪他們，事實上，如果我處在他們的地位，也一樣不會相信！」

中將的神情是明顯極度無可奈何的，他嘆了一口氣，說道：「好吧，給這位年輕人一艘快艇！」

范先生向都連加農做了一個手勢，都連加農跟著一位高級參謀走了出去。

辦公室的門關上，范先生的神情變得極其嚴肅，道：「中將，即將發生的事，我要求你保持極度的秘密，而且不要向我詢問——問了，我也不會回答你！」

中將苦笑道：「怪誰呢？誰叫我自己向海軍部推薦你！——」

范先生笑了起來，中將的疑惑，他是可以想像得到的，誰又能想得到，有一個人，能夠在海中生活，而且，可以指揮海中的生物？

范先生伸了一個懶腰，從辦公室的窗口看望出去，他已經可以看到，都連加農已經獨自一個人，駕著一艘快艇，以極高的速度向外駛了出去，很快地就駛出了海軍基地所在港口。

范先生也不知道都連加農準備用什麼法子對付潛艇，可是，他卻可以肯定，都連加農一定會有辦法的。

他又伸了一個懶腰，才道：「我要休息一會！」

中將道：「已經替你準備了船艙，你有什麼要求，我立即可以照辦！」

范先生笑著離開了辦公室，他在休息之際，並不知道中將立時在辦公室中，召開了一個緊急軍事會議。

在這個緊急軍事會議中所討論的，是這個被范先生叫著都連加農的怪人，究竟是去幹什麼？

可是，會議卻並沒有結果。

雷達控制官說，雷達只推測到，快艇向已知潛艇的潛伏區駛去，已經超出了雷達偵測的範圍，而中將又不能命令跟蹤。

因為，在看來遼闊、平靜的海面之上，實在是處處充滿了危機，他絕不能夠輕舉妄動。

他只好以極遺憾的口吻道：「這位年輕人可能要無辜犧牲了！」

第二天，范先生整天都在酣睡，中將也不去打擾他，預計要犧牲的年輕人也沒有回來。

第三天，中將正在辦公室，突然一個軍官奔了進來，有點氣喘，道：「報告司令官，那青年人回來了！」

中將呆了一呆，看那軍官的神情十分古怪，他瞪了那軍官一眼。

軍官忙又道：「他是游泳回來的！」

中將想申斥軍官幾句，可是甲板上傳來的歡呼聲，令中將向窗外望去。

這時，他看到停泊在海面上所有的艦隻，甲板上全是歡呼著的海軍官兵。

而在海面上，四條快艇正在護送著一個迅速游過來的人，就是那個怪青年。

中將怔怔地呆望著窗外的狀況，范先生已經出現在辦公室的門口，說道：「我想，他已經成功了！」

中將陡地坐了下來，一時之間，他實在不知道說什麼才好。

事實上，他真有點不相信自己的眼睛，那個怪青年在水中向前游來，簡直不像是一個人，十足是一條魚！

濕淋淋的都連加農，在幾個軍官的擁簇下，來到了司令官的辦公室門口。

范先生向中將望了一眼，然後問道：「怎麼樣？」

都連加農的神情很憂鬱，道：「不好，情形很不好。」

范先生和中將呆了一呆，都連加農沒頭沒腦講了這樣一句活，他們都不知道是什麼意思。

但是，都連加農臉上那種不快的神情，是可以看得出來的。

他非但不快樂，簡直是充滿了憂鬱！

中將和范先生互望了一眼，中將忙道：「有沒有發現日本潛艇？」

都連加農卻不出聲，他只是抱怨似地望了范先生一眼，就自顧自地走了開去。

那些將他擁簇而來的軍官，看到了這種情形，也不禁呆了半晌。

都連加農的任務是什麼，雖然沒有正式傳達，但是暗地裏，人人都在談論這件事。

所以，當都連加農出現的時候，所有的海軍官兵，都當成是頭等的大事，一起用歡呼來迎接他。

但是，情形究竟是怎樣了呢？

情形究竟怎樣，一直未能從都連加農口中問出來。

都連加農在走開之後，范先生就跟著他，一起來到了船艙之中。

在船艙內，不論范先生說什麼，都連加農一直都沒有開口，而且，一直維持著他那副憂鬱的神情。

一直到當天晚上，事情究竟是怎樣的，才算是弄清楚了。

那是情報人員截聽到日本海軍基地，致海軍大將的最緊急報告。

報告有三艘隱密的日本潛艇，突然聯絡中斷，情形不明。

報告還肯定地指出，敵方絕未派遣海軍艦隻，對付這三艘潛艇。

當中將和范先生一起研究這個情報之際，中將問道：「這代表什麼？」

范先生道：「毫無疑問，都連加農已經完成了他的任務，他成功了！」

中將吸了一口氣，道：「可是，他為什麼說情形不好？是不是還有更多的潛艇？」

范先生也覺得都連加農的態度，十分難以解釋；他們作了種種假設，都覺得難以成立。

接下來的幾天中，都連加農仍然一句話也沒有說過，可是那三艘日本潛艇已被消滅，那是沒有疑問的了。

情報人員又截到了密電，是日本大本營詢問盟軍方面，是不是發明了對付潛艇的最新武器！

都連加農不說話，范先生也不勉強他，只是一直陪著他。

一直到了第五天早上，都連加農和范先生一起在甲板上，望著初升的朝陽，都連加農才突然說道：「范先生，讓我回去吧！」

范先生等他開口，已經足足等了五天，這時候，他聽得都連加農一開口，就提出了這樣的要求，也並不覺得奇怪；因為他早就看出，都連加農在這幾天之中神態恍惚，他顯然是在考慮一個嚴重的問題。

而這時候，他講了這樣的一句話，那就證明，這是他經過幾天考慮下來的結果。

范先生望著他，道：「如果你一定要回去，我也不勉強，不過，為什麼？」

都連加農的大腳板，在甲板上敲著，發出「啪啪」的聲響，他道：「情形很不好！」

還是那句令人難以明白的話，如果那是都連加農最後的回答，這個謎團，可能永遠也解不開了。

范先生想了一想，道：「我有點不明白，你所指的情形不好，是什麼意思？」

都連加農嘆了一聲，扳著手指，像是在數著數目；過了足足有兩分鐘之久，他才道：「范先生，上次我在海底，一共有三艘潛艇。」

范先生說道：「我們已經知道了！日本海軍方面，一直不知道這三艘隱藏得如此秘密的潛艇，是如何被消滅的，你做了一件很成功的事！」

都連加農揚著頭，講的還是那句話，道：「情形很不好，那三艘潛艇之中，一共有七十八人！」

范先生陡地一怔，他有點明白了！

他望著都連加農，一時之間，講不出話來。

尤其是都連加農在這五天來，幾乎沒有改變過的憂鬱的神情，使得他的心中，感到了一陣內疚！

他之所以知道，有都連加農這樣的一個人存在，而立下決心要去找這樣的一個人，是因為都連加農在暴風雨的海面之上，救了一艘漁船。

都連加農可能不止一次，在極度危險的情形之下救過遇險的人，他一直在海裏救人的，而這一次，卻負擔起殺人的任務！

三艘潛艇被毀，上面的七十八個日本海軍，自然全都死了；這就是都連加農口中的「情形不好」！

一時之間，范先生實在不知道，自己應該如何開口才好！

戰爭本來就是殺人，這一點，都連加農或者會明白；但如何叫他明白，消滅敵軍，是正義的殺人呢？

都連加農是一個心地十分良善的人，他對於人間的一切，所知的還太少。

雖然他曾在范先生那裏，接受了一年的教育，但是如果說，在這一年之中，他就能夠明白戰爭的意義，那是不可能的事！

都連加農望著范先生，過了好一會，范先生才道：「是的，殺了人，情形很不好！」

都連加農如釋重負地點著頭。

范先生想了一想，他說得很謹慎，道：「殺害生命這件事，在世界上，每分每秒都在進行；你生活在海洋裏，難道海洋沒有殺害生命的事件麼？」

都連加農的回答極其簡單，他只說了一個字，道：「有！」

范先生鬆了一口氣，道：「這就是了——」

他本來還有一大篇話要告訴都連加農，告訴他戰爭之不可避免，和誰先發動戰爭這些道理的，可是，他才講了四個字，都連加農就打斷了他的話頭。

都連加農道：「范先生，你教過我，人類是地球上最聰明、最具靈性的動物，如果是這樣，那就絕不應該自相殘害，要是也自相殘害，那麼和海洋中的魚類，又有什麼不同？」

都連加農接著道：「在海中，大魚吞吃小魚，是為了如果大魚不吃小魚，就會餓死；可是人殺人，卻是為了什麼？人是不吃人的，為什麼要殺人？」

「人是不吃人的，為什麼要殺人？」這聽來是一個十分幼稚的問題，可是，這也是一個沒有人能夠回答出來的問題！

范先生只好苦笑了起來。

都連加農有點不好意思地，但他顯然不懂得什麼叫虛偽和顧忌，所以他還是講了出來，話說得十分直率，他道：「范先生，我想你說得不對，人及不上魚，沒有魚那樣有靈性！」

范先生連聲苦笑，他像是自言自語：「對，人不如魚，人是最愚蠢的，不但愚蠢，而且是最卑鄙的！世界上沒一種動物，像人那麼卑鄙！」

都連加農可能不是十分明白「卑鄙」一詞的含義；但是，范先生已經同意了他的見解，這一點，他卻是可以看得出來的。所以，他顯得很高興：「范先生，你也不要和人在一起了，跟我一起走吧！」

范先生將手按在他的肩上，呆了半晌。

都連加農很興奮，道：「我喜歡和你在一起，你，阿里，和我，我們可以在一起，在海中生活，一定比現在來得好，是不是？」

范先生不禁有點啼笑皆非，他費了那麼多的時間，準備將都連加農拉回到人的社會中來，可是如今，看來他反倒要被都連加農拉回海洋去了！

范先生使勁地搖了搖頭，又呆了片刻，才用十分誠懇的語氣道：「都連加農，你知道的還太少，讓我來詳細告訴你，為什麼我們要去殺人。首先，戰爭是由被你所殺的那些人發動的——」

從這一點開始，范先生足足花了十天的時間，向都連加農講解侵略戰爭和反侵略戰爭之間的分別。

這對於都連加農來說，無疑是一件難瞭解的事情，但是他還是極用心地聽著。

一直到了都連加農可以弄清楚其中的道理了，他才嘆了一口氣，道：「范先生，你的意思我明白了，我殺了七十八個人，至少有七百八十個人，是被我救回來的？」

范先生總算吁了口氣，道：「或者更多！」

都連加農側著頭，道：「可是，日本人，德國人，他們為什麼要發動戰爭呢？」

范先生道：「這太難解釋了，有一些人是好戰的，或者說，好戰是人的天性；而在這些人的身上，特別明顯地表露出來──」

都連加農又問道：「就算這個人喜歡戰爭，為什麼又會有那麼多人跟著他們去打仗？」

范先生真正回答不出來了，一場戰爭結束，往往歸罪於幾個或幾十個「戰爭販子」；但是，如果沒有成千上萬的士兵去替這些戰犯打仗，幾個戰犯又如何打得起來？

都連加農深深地嘆了一口氣，道：「這就對了，魚是比人要聰明得多，知道生命的價值，我們為什麼不遠離人類，去參加魚的生活？」

在十天之前，都連加農提出這個提議來之際，范先生還根本不作考慮，以為他自己可以說服都連如農；可是這時，他卻覺得問題相當嚴重了。

都連加農的結論，是無法辯駁的；事實上，那根本是他自己的結論，而並不是都連加農的結論。

根據他自己的結論，他就應該跟著都連加農走，到海洋去，和魚生活在一起！

范先生又呆了半晌。

都連加農道：「我知道，你不肯和我一起去的，因為你和人在一起太久了！」

范先生攤了攤手，他無法不承認都連加農的話是對的，而且，他也看得出，都連加農的心意十分堅決。

更令得他為難的是，他想不出用什麼更好的理由來，阻止都連加農回去。他只好道：「我已經和你講得很明白了，這裏十分需要你，而憑你的本事，可以救很多人，如果你一定不願意，我也沒有辦法！」

都連加農帶著無可奈何的笑容，道：「如果只是救很多人，我一定會留下來，可是事實上，我卻先要殺很多人，這情形實在不好。」

范先生在剎那間，只覺得十分疲倦，他用手在臉上重重地撫摸著，神情黯然，道：「那麼，只好再見了，我安排你先去見阿里！」

都連加農很高興，道：「謝謝你，范先生，請你原諒我，我一直是喜歡大海的！」

范先生手按在都連加農的肩上，好一會，他才道：「當然，我不會勉強你的！」

他轉身走了開去，當他回頭看都連加農的時候，只見他望著大海，也不知道是海水的反映，還是他臉上自然發出來的，使人感到他的臉上，充滿了異樣的光采。

范先生回到艙中，中將來到了他的身邊，道：「剛才接到情報說，日本潛艇的增援部隊來了，你那位年輕朋友——」

中將的話還沒有講完，范先生就搖頭道：「別再提了，他對於戰爭，對於人類的看法，比你我全都透徹很多！」

中將感到有點疑惑，范先生將都連加農的話轉述了一遍。

中將呆了半晌，才道：「那麼，你呢？不見得你也受了他這套反戰理論的影響，不肯留下來幫我忙了吧？」

范先生道：「當然不會，不過我本來不是海軍的人，留下來，不見得會有多大作用！」

中將現出極其遺憾的神色來，和范先生握著手。

范先生和都連加農，甚至沒有等到午餐，就離開了這個海軍基地。

離開了海軍基地之後，范先生陪著都連加農，找到了阿里。

阿里也正為文明社會的生活而苦惱，看到了都連加農極其高興，雖然，阿里並不像是都連加農一樣，適合在海中生活，可是，她寧願在荒島上過日子，也不願意住在繁華的都市之中。

范先生買了一艘很精良的小船，送給了都連加農。

一個星期之後，在都連加農已經學會了駕駛那隻船之後，傍晚時分，在碼頭上，范先生和都連加農、阿里揮手道別。

范先生一直站到天黑，事實上，那艘船早已連影子也看不見了。

尾聲

在都連加農走了之後，范先生第二天也就離開了印度，在世界各地到處遊歷，一直到了第二年，非人協會的年會又到期召開之前，他才來到了瑞士。

那時，第二次世界大戰已經如火如荼地展開，各地的戰爭都十分地吃緊，連永久中立的瑞士，也受到了影響。

不過，非人協會的那一座古堡，卻還是十分幽靜，就像是世外桃源一樣。

范先生來到的時候，已經有三個會員到達，到了正式會期的前一個晚上，另外兩個會員也趕到。

在會期的前一天晚上，照例，他們享受著由總管安排的極其豐富的晚餐，但也照例不談會務。

第二天早上，六個會員全以十分嚴肅的神態，走進了會議室。

這間會議室，也可以說是世界上最奇特的會議室了，四面牆壁上的裝飾品，全是世上最罕見的東西，也無法一一列舉。

當他們全坐下來之後，范先生首先發言，道：「我找到了一個新的會員！」

范先生的話，使得與會的其他五個會員，都感到一陣驚詫。

尤其是范先生在講了那一句話之後，其中的一個會員——一個又高又瘦，坐在那裏，看起來比普通人站著還要高，約莫四十來歲的中年人，忍不住問道：「范，你找到的那位新會員，是一個隱形的人？」

那會員這樣問，是有道理的；因為照非人協會的會章，新會員必須全體會員同意，介紹入會者，必須將新會員帶來，讓所有的會員看過。

而這時候，范先生卻只是一個人，並沒有任何人和他在一起。

但是，范先生卻全然不理會那個會員的活，只是道：「這個新會員，是印度南端一個小漁村出世的，他的名字叫都連加農——」

接著，范先生便詳詳細細地介紹都連加農的身世，講他如何發現都連加農，以及與他成為朋友的經過。

當他敘述的時候，完全沒有人打岔。

范先生這一番敘述，足足花了兩個小時才講完。

當他講完之後，會議室中是一片靜寂，完全沒有人發表意見。

過了好一會，范先生才道：「你們同意不同意他加入非人協會？」

范先生的話，仍然沒有人回答。

又過了好一會，還是那個瘦個子道：「他人呢？你為什麼不帶他來和我們見見面——當然，我絕對相信你的話。」

范先生又將都連加農要回到海洋去的經過，講了一遍，道：「我覺得我沒有理由阻止他，事實上，和魚生活在一起，是比和人生活在一起好得多。」

幾個會員一起嘆了一聲。

一個身形臃腫的會員道：「范，你的話，總算解了我一個謎！」

所有人都向這個會員望過去，這個會員道：「去年，我曾經有機會接觸過日本的一個高級情報官，那高級情報官堅持說，盟軍方面已經發明了一種極其厲害的武器，因為他說，有三艘最先進的潛艇，在印度洋之中，突然失去了聯絡，就此失蹤，官兵一共是七十八個人，沒有一個生還，也沒有發現任何受攻擊的線索！」

范先生嘆了一口氣，道：「這就是都連加農唯一的一次任務的結果了！」

另一個會員道：「他是用什麼方法，對付了那三艘裝備精良的潛艇的？」

范先生搖頭道：「我也不知道，我猜想是許多條大章魚，將潛艇送進了深不可測的海底溝壑之中，但那只不過是我的猜想而已。」

瘦長的會員想了片刻，道：「我們沒有看到這個人，但是他有足夠資格，成為非人協會的會員，不過，他自己是不是同意呢？」

范先生忙道：「當然會同意，等到戰爭結束之後，我們可以一起到海上去找他！」

臃腫的會員說：「好的，我們接納都連加農為新會員，不過，這無論如何是破例的！」

〈完〉

兩生

未出生的會員

「兩生」有「正篇」和「續篇」，是不可分割的，當然，以「正篇」為先。

「兩生」的正篇和續篇，時間隔得相當遠，在小說的形式上，是不適宜聯結在一起的，但必須一起寫出，因為它們之間是一體的。

「兩生」的正篇和續篇，都是「非人協會」六個會員之中，最神秘的會員——阿尼密先生的經歷。

「正篇」是他在「非人協會」的會址中，對其餘五個會員講出來的，「續篇」是相隔很多年以後的事，是他的經歷。

阿尼密顯然喜歡陰暗，遠超過喜歡光亮，所以，他一直坐在陰暗的角落。

阿尼密也顯然真的不喜歡說話，但這時，他既然要推薦會員，他自然非說話不可。

他的第一句話，給「非人協會」會所的大廳，帶來了異乎尋常的沉靜，儘管他講那句話時語音清楚，語意也沒有任何混淆之處，可是聽到的人，還是懷疑自己聽錯了。

阿尼密說什麼？他要推薦一個未曾出世的人？

一個未曾出世的人，就是根本不存在，什麼也沒有；既然什麼也沒有，如何能成為推薦的對象？

但沉靜儘管沉靜，沒有人懷疑阿尼密是在開玩笑。

阿尼密是如此不喜歡說話，二十年中聽不到他二十句話，他絕沒有理由浪費一句話來開玩笑的。

還是阿尼密自己最先打破沉默，他道：「我推薦一個未曾出世的人，一個……應該說，快將出世的人，大約再過五個月，他就可以誕生了。」

這一次，大家聽得更清楚了，的的確確，最神秘的會員，阿尼密先生，他要推薦的新會員，是一個還未曾出世的人。但當然不是不存在，如果是五個月之後出世，那麼在母體之中，他已經是一個初具人形的胚胎了。

阿尼密又道：「我加入『非人協會』的時候，我的恩人，海烈根先生——」

當阿尼密提到「海烈根先生」之際，其餘五個會員，都有肅然起敬的神情。

海烈根先生，就是上一代的唯一會員，他們六個人，全是海烈根先生引進「非人協會」的，他們對海烈根先生，都有一種對父親一般的崇敬。

阿尼密頓了一頓，又道：「大家一定還記得海烈根先生對我的介紹，他說，我已經勘破了生命的奧秘，勘破了生死的界限。」

卓力克先生道：「是的，這句話是什麼意思，我一直都不明白。」

阿尼密笑了一下，他仍然在陰暗角落之中，是以，他的那對有著奇異神采的眼睛，看來有一種幽綠的光采，就像是一對幽靈的眼睛一樣。

他的語氣很平淡，說道：「其實，這一句話，一點也沒有什麼深奧的意思，我只是一個靈媒。」

阿尼密這句話一出口，其餘五個會員，不禁一起「啊」地叫了一聲。

因為，自從二十年前，海烈根先生介紹阿尼密入會以來，他們一直有討論過這個問題，當海烈根先生還沒有死的時候，他們也曾詢問過，但是，海烈根先生卻並沒有直接回答，只是說：「你們自然會知道的。」

而由於阿尼密是如此不喜歡說話，所以，他們也沒有問過阿尼密，這個謎，在他們心中一直悶了二十年，直到這時，才算有了答案，原來，阿尼密是一個靈媒。

在得知了這個答案之後，五個會員心中實在是十分失望的。

「勘透了生命的奧秘」，這句話聽來，可以引起無窮的想像；但一說穿，只不過是一個「靈媒」，就大不相同了。

「靈媒」只不過是一種走江湖者的職業，自稱可以見到死去的人的鬼魂，也可以和已死的人通消息；如果說，那可以算是一種職業，那實在不算得是高尚的職業。

各人雖然只是「啊」地一聲，並沒有說些什麼，但是他們臉上的那種神情，是可以看得出來的。

阿尼密立時道：「各位，應該相信海烈根先生的推薦。」

阿尼密這樣一說，五個會員臉上的神情，立時變得嚴肅了起來。

的確，他們本來心中已經很有點輕視阿尼密的意思了，但是，阿尼密提醒了他們，海烈根先生，是不會隨便叫人加入「非人協會」的，他，一定具有加入「非人協會」的特殊條件。

瘦長會員緩緩地道：「一般來說，靈媒可以使死人和活人之間有著某種溝通的，你——」

阿尼密道：「不錯，我有這種能力。」

范先生和那身材結實的會員，一起咳嗽了一下。

另外三個會員則互相交換了一下眼色，因為，阿尼密對這個不可思議的問題，實在回答得太肯定了。

阿尼密像是也知道自己的回答，引起了別人的疑惑；所以，他立即說道：「我必須來解釋一下，經過我的解釋之後，各位或許就會覺得，能夠和死人溝通，其實並不是如此之神秘的了。」

阿尼密先生平時不講話，這時大家才發現，他講起話來，很喜歡用「其實」如何，「其實」如何那種口氣。

范先生笑了一下，道：「正要請教。」

阿尼密略頓了一頓，黑暗之中，那兩點暗綠色的光芒忽然熄去，可以想知，他是閉上了眼睛，然後，那兩點幽綠的光芒，又接著閃動了兩下，才聽得他再開口，道：「死人和活人，根據現在的科學水準來看，實在是完全一樣的，一個人一分鐘之前是活人，一分鐘之後就死了，他整個身子的化學成分，完全是一樣的，重量相同，骨骼的數目相同，身體內的一切，全部相同，但是，死人和活人，卻是不同的。」

范先生大聲道：「當然，死人沒有生命，活人有。」

阿尼密先生笑了笑，他的笑聲很神秘，聽來有點令人不寒而慄；他道：「是的，死人沒有生命，活人有生命。可是生命是什麼？誰能看得到，摸得著？人失去了生命就變成死人，可是，生命實際上是完全虛無的東西，根本不可捉摸。」

卓力克道：「世界上有很多東西是不可捉摸，但是是存在的，例如無線電波。」

阿尼密道：「對，其實，這就是我想解釋的要點。人在活著的時候，體內的細胞全在進行活動，而其中，思想細胞的活動，是人的活動的主體。我的意思，就是腦細胞的活動，會產生一種極微弱的電波；每一個人，每一秒鐘，只要他的腦細胞還在活動，腦電波就一直在播發出去。世界上有二十多億人，實際上，就像有二十多億座，無時無刻不在發射著微弱電波的電台一樣。」

瘦長會員道：「我仍然看不出這和你靈媒這一行，有什麼關係？」

阿尼密吸了一口氣，人人都可以聽得他吸氣的聲音，道：「太有關係了，每一個人所發出的腦電波強弱不同，有的人強，有的人弱。強的腦電波，能呈游離狀態，存在於空間而不消失；而我，有著其他人所沒有的能力，我能夠接收較強的腦電波。」

范先生立時道：「那就是說，人家在想什麼，你可以知道？」

阿尼密卻又道：「不是這個意思。」

各人都不出聲，一面在細想阿尼密的話，一面在等著他繼續解釋。

阿尼密又道：「每一個人在臨死之前，都有大量的腦電波散發出來，那是一個人自知自己的生命快要結束了；在他有生之年，一定有許多事想做而沒有做到的，也有許多事，是他的見解，而還沒有發表的，全在臨死之前的一剎間散發出來。那時候，他可能連講話的能力也沒有了，但是，他的腦細胞還在活動，還有產生腦電波的能力。」

卓力克先生長長吁了一聲，說道：「我明白了，你所謂和死人溝通，其實並不是真正和死人有所溝通，只不過是如同死人生前有一篇遺囑，只不過，只有你一個人可以讀到它，是不是？」

阿尼密道：「可以這樣說，但是還不完全！根據我的心得，一個人臨死之前的腦電波特別強烈。當它迫不及待地發出來，呈游離狀態之際，它能自己重新組合，產生新的思想；而這種思想，是和這個人原來活著的時候的思想相同的。」

五個會員互望了一眼，不約而同地點了點頭，顯然他們都認為，阿尼密的解釋已經夠清楚。

或許是由於他腦部的構造與眾不同，所以，他能夠接收到呈游離狀態的腦電波，使他能和一個已死的人，作思想上的溝通。

但是，他們還是不明白，那和阿尼密要介紹一個新會員，有什麼關係？

尤其是阿尼密曾說過，他要介紹的會員，是一個還沒有出世的人。

瘦長會員站了起來，走了兩步，道：「阿尼密先生，你剛才已經說過，你要介紹的那個新會員——」

阿尼密忽然也站了起來，他不但站起來，而且，還從陰暗的角落中走了出來，使燈光可以照到他的身子和他的臉上。

他的臉色看來十分蒼白，有一種難以形容的灰色，雙頰陷下去，再配上他那一對幽綠色的眼睛，看來實在是十分駭人。

他望著各人，道：「是的，我這樣說過，我是十分認真的；因為這樣的事對我來說，也還是第一次。但是我確信這件事，是實實在在發生著。」

范先生用誠懇的語調道：「請說吧！我們對你的話，並沒有任何懷疑。」

阿尼密道：「五個月前逝世的寶德教授，你們一定知道的了？」

五個會員又互望了一下，點著頭，表示他們知道這個人。

寶德教授反手按著自己的後腰，長時間坐著不動，使他的腰際有點痠痛；但是他的雙眼，仍是湊在顯微鏡的接目鏡上，全神貫注地看著。

黃熱病的病原體，在高倍數的顯微鏡下扭動著，看來異常醜惡。

就是這些要放大三千倍才能看得到的東西，每天都奪去上千人的生命。

寶德教授已經成功地將它分離出來，培養成功了。

從明天起，寶德教授就可以開始尋找它的抗體，發明醫療黃熱病的藥物，再進一步，還可以製造防止黃熱病發生的疫苗，大約要五年的時間，熱帶性的黃熱病，就可以受到徹底控制了。

當寶德教授想到這一點時，他的心情異常愉快，直起身子來，小心地將切片取下，放進切片盒中；又將桌上的培育箱，小心地搬進一個鋼櫃之中，鎖了鋼櫃，試了一下，的確已經鎖好了，才轉回身來。

那培育箱中，有著無數的黃熱病的病原體，如果不小心讓培育箱中的病原體「逃」了出來，那麼，整個雅加達，就會成為疫區，上百萬人會死亡。

寶德教授一面轉過身來，一面脫下了白色的罩袍。實驗室中只有他一個人，陪著他的是各種儀器和書籍。

寶德教授有兩個助手，但是今天，這兩個助手一早就向他請假，離開了實驗室，以致使寶德教授這時沒有傾訴成功喜悅的對象。

也由於這個原因，他更加要快一點回家去，去見紅霞。

紅霞是寶德教授的「小妻子」，不但人家這樣說，就是寶德教授自己，也同樣以「小妻子」來稱呼紅霞。

因為他們兩人的年齡，相差了四十年。

紅霞今年才十九歲，他們是去年才結婚的。

紅霞如何會闖進寶德教授的生命之中，連寶德教授自己，也只剩下一片模糊的回憶。

在他的記憶之中，他的生活離不開實驗室、白罩袍、厚厚的書本、顯微鏡的鏡頭、試管，和一切與細菌有關的事物。

或許是他看慣了各種奇形怪狀的細菌，所以當他面對著人的時候，他的眼光總是悄然的、陌生的，好像根本不覺得對方存在一樣。

紅霞本來是他的兩個助手中的一個，是他那一系中，成績最優秀的兩個學生之一。另一個助手是倫諾，一個膚色黝黑，雙目深陷，衝動而又好學的印度尼西亞小夥子，常常自認自己是真正的棕色人種。

開始，一切都是那麼正常、刻板，在寶德教授看來，紅霞和倫諾全是一樣的，穿著白罩袍的一個助手。

寶德教授在最近的一年來，一直在從事黃熱病病原體的分離工作，工作進行得相當緩慢，但是也相當的順利。

那一次的事情，可以說完全是偶發的。

倫諾有事，早離開了實驗室，紅霞也準備離開了，正在將一組有著細菌培育試液的試管，放進安全的鋼櫃之中。

寶德教授正在記錄他研究的心得，當他在振筆疾書之際，聽到了一下玻璃的碎裂聲和紅霞的一下驚呼叫聲。

寶德教授立即轉過頭來，看到紅霞的手中，提著半截碎裂了的試管，面色白得比白色的罩袍還要白，而白色的罩袍上，染著十幾點淺黃色的細菌培養液。

寶德教授陡地發出了一下呼叫聲，整個人彈了起來。

紅霞打破了試管，沾在她身上的培養液之中，每一滴內，就有上億的細菌，都是足以致命的毒菌。

紅霞顯然也知道她做錯了什麼，所以她的臉色，才會一下子變得如此煞白，而且，她看來完全不知所措。

寶德教授大叫著彈了起來，奔向盛載消毒液的噴筒，提起噴筒來，對準紅霞，像是提著滅火筒，對準了一堆熊熊燃燒著的烈火一樣，按下噴射掣，消毒液發出「嗤嗤」的聲響，噴向紅霞。

寶德教授一面噴著消毒液，一面叫道：「脫下來，將身上的衣服全脫下來。」

紅霞起先還只是呆呆地站著，消毒液已經淋得她全身都濕透了，不過，她隨即明白了寶德教授的意思，她脫下白罩袍，脫下了身上的衣服。

當她赤裸地站在寶德教授的面前之際，寶德教授仍然不斷向她的身上在噴著消毒液，直到一筒液體，全部噴射完畢。

紅霞想說話，但是口唇顫動著，沒有發出聲音來。

她只是站著不動，任由淺紅色的消毒液，順著她的肌膚向下滴著。

而寶德教授也呆立著不動，他一樣想說些什麼，可是，也一樣地發不出聲音來。

在科學研究上，寶德教授已經有過好幾項極其輝煌的發現和發明，但是，在他五十八年的生命之中，他卻第一次發現，一個少女的胴體，是如此之美麗。

那種美麗，簡直是難以形容，也無法抗拒的。

紅霞突然哭了起來，撲向寶德教授，同時緊緊地抱住了他。

紅霞的哭泣，可能是因為剛才所受的驚恐實在太甚了，但是，當寶德教授也抱住了她，雙手觸到她光滑、豐腴的背脊之際，他吻了她。

紅霞在兩個月之後，就成了寶德教授的「小妻子」。

婚禮是在醫院裏舉行的，並不是因為寶德教授是一個權威的醫學家，而是紅霞還沒有離開醫院。

那次的意外，寶德教授雖然行動迅速，可是細菌溢出之後的蔓延更加迅速，可能當初只是極少數量的毒菌，沾到了紅霞的五官，未被消毒液所消滅，這一小撮細菌，就侵入了紅霞的體內。

紅霞在足足發了三十天的高燒之後，才被從死亡的邊緣上搶了回來。

可是，她不再是一個學業優異的醫科大學生，而變成了一個對外界的事物，幾乎一無所知的人。

她的腦部，遭到了嚴重的破壞，她變成了白癡。

儘管她美麗的外形一點也沒有變化，可是，她已成了白癡。

當寶德教授決定要和紅霞結婚之際，整個學術界為之轟動，寶德教授的許多朋友紛紛勸阻。

當時的印度尼西亞，還在荷蘭的統治之下；荷蘭總督曾經勸過他三次。

但當寶德教授一定堅持自己的意見之際，總督立時向荷蘭皇家科學院報告這件事。有三位科學院的院士，其中包括兩位是寶德教授中學時期的同學，特地從荷蘭來到雅加達，勸寶德教授改變主意。

不過，寶德教授的決定，已經沒有什麼力量再可以改變的了。

一個如此著名的荷蘭科學家，娶了一位荷蘭殖民地的少女；而且，這個少女還是個白癡，這件事，無論如何，是極之轟動的。

不過，寶德教授卻不理會人家怎麼說和怎麼想，他在結婚之後，只是全心全意愛著紅霞，照顧她的一切生活起居，和她說著她聽來根本毫無反應的話。

在別人看來，寶德教授像是一個大傻瓜，但是寶德教授卻知道，自己找到了第二生命，在書籍之外，他有了精神上的另一寄託。

時間過得很快，寶德教授結婚已經快一年了。

實驗室中原來是兩個助手，紅霞去了之後，只有倫諾一個人。

在這一年之中，倫諾對工作很努力，幾乎是日以繼夜，寶德教授對他也極為滿意。

但是有一點，是寶德教授始終耿耿於懷的，那就是，自從實驗室中的那件意外發生後，倫諾很少和他講話；尤其是在他結婚之後，除了工作上必須之外，倫諾簡直是一言不發。

不過，全神貫注於工作的寶德教授，也沒有多去注意這件事，他只不過發覺這個年輕人，本來就已經陰沉的神情變得更陰沉而已。

而今天，病原體被成功地分離了出來，倫諾卻不在實驗室中。

寶德教授有迫不及待的感覺，他要快點趕回家去告訴紅霞，他的工作，已經快告完成了，當他的工作完成之後，他就可以挽救成千上萬人的生命。

儘管他知道，紅霞在聽了他的話之後，不會有什麼特別的反應；但是，他必須早一點讓紅霞知道。

他鎖上了實驗室的門，走出了建築物，大學的校園中，顯得出奇地靜。

寶德教授搖著頭，世界上的事情往往是這樣，你越是想碰到一些人，傾訴一下你心中的歡愉，可是卻偏偏一個人也見不到；但是，當你希望能一個人靜一靜的時候，你身邊就會有數不清的人了。

寶德教授一直向外走著，當他來到學校門口之際，才見到了看守校門傳達室的老力。

老力至少有七十歲了，行動已經很蹣跚，當寶德教授看到他的時候，他正在吃力地推上學校的鐵門；而當他回頭看到寶德教授之際，他現出十分驚訝的神色來。

寶德教授像往常一樣，和老力打了個招呼，道：「老力，你好。」

老力滿是皺紋的臉，牽動了幾下，啞著聲音道：「教授，你……到哪裏去？」

寶德教授微抬著頭，吸了一口氣，道：「回家去——怎麼？有什麼事發生？」

老力搖著頭，聲調很急促，說道：「有事發生，所有的人全躲起來了。我是說，你們，荷蘭人，全躲起來了，教授，你還是別回家的好。」

寶德教授皺了皺眉，老力的話聽來雖然沒頭沒腦，但是寶德教授是明白的，目前是印尼極度混亂的一個時期，日軍南下，荷蘭自顧不暇，印尼的民族主義運動，開展得如火如荼，不時有示威、暴動。

老力這樣說，一定又是有大規模的暴動發生了。

寶德教授想了一想，道：「我不怕，我和你們是好朋友，是不是，老力？」

老力的笑容很苦澀，一面點著頭，一面卻又搖著頭，道：「是，可是，你的膚色和我們不同，你畢竟是荷蘭人，今天的情形有點不一樣，你可知道蘇加諾出獄了？」

寶德教授微笑著道：「我在實驗室裏，已經整整兩天了。」他略頓了一頓，才省悟地道：「難怪倫諾走了，原來有著這樣的大事。」

他說著，還是推開了大鐵門，閃身走了出去。

有著「演講臺上的獅子」之稱的蘇加諾的出獄，是印尼民族主義運動的參加者的一件大事。

蘇加諾的演講帶有極度的煽惑力，這個儀容豐盛的印尼人，有一股奇異的力量，使得他的同胞，跟著他的意念去走。

當寶德教授離開了校園，看到了街上冷冷清清的情形之後，他知道，蘇加諾一定又在發表演說；而所有的人，一定全趕到廣場，去聽他的演講了。

街道上的確很靜，只不過有一些婦孺和一些中國人還留在店鋪裏。

寶德教授的住所離學校並不遠，他一直都是步行來往的，但這時，他卻希望有一輛車子，因為這種寂靜，太不尋常了。

在極度的寂靜之後，一定是狂熱的爆發，世事運行的規律，幾乎全是一樣的。

寶德教授轉過一條街，就在他剛轉過街角之際，喧鬧的人聲，像是火山爆發一樣，傳入了他的耳中。

寶德教授陡地站定，在他面前，是一條只有兩百公尺長的短街，街道兩邊，都是一些中國人開設的商店。

剎那之間，他所看到的情形，令得他目瞪口呆。

他看到上千個印尼人呼叫著，揮著拳頭、火把、木棍和鐵枝，自街的另一端湧了過來。

那情形，就像是顯微鏡中看到的上億細菌，侵入人體的組織一樣。

這上千個印尼人叫著，奔著，搗毀著一切他們經過地方的所有的東西，衝進兩旁的店鋪之中，拖出在店鋪中的人來。

寶德教授睜大了眼，他看到一個十一二歲的小女孩，被抓著頭髮拖了出來。

她的尖叫聲，被上千人的呼叫聲所淹沒，十幾根鐵枝立時擊下。

有一根鐵枝，插進了她的胸口，她倒了下來，人潮繼續前湧，在她的身體之上踏了過去；就像是倒在地上的不是一個人，而只是一捆用舊了的黃麻。

有幾家店鋪已經著了火，從店鋪中衝出來的人，沒有一個可以奔出十步以外，就一個一個倒了下來，向前衝來的印尼人，完全像是瘋了一樣。

寶德教授也陡地叫了起來。

他高舉著雙手，用印尼話叫著：「不！不！快住手！快停止暴行！」

他一面叫，一面向前奔去，他的叫聲也淹沒在上千人的怒叫聲之中；陡地之間，他面上被一根木棍重重地擊了一下，濺出來的血，使得他的視線模糊，看出去的一切，像是都蒙上了一層血腥。

寶德教授的身子搖搖欲墮，他想抓住一個人，好讓他站得穩住，他叫道：「我是你們的朋友。」

他實在連他自己的叫聲也聽不到，在上千人的吼叫聲中，他只聽到一些口號，在高叫著「打倒侵略者」。

他的身子東歪西倒，他已經在那些印尼人的中間，在挨了太多的棍子之後，痛疼已經麻木。

或許是他的頭臉上面完全是血，所以，已經分不出他是白種人還是棕種人了，打擊沒有繼續降臨在他的身上。

寶德教授實在無法再支持下去了，他看出來，眼前動亂的一切，全是一片暗紅色，自屋中被拖出來打死的人，也是暗紅色。

就在這地獄般的一片暗紅色之中，寶德教授突然看到了張熟悉的臉。

那是他實驗室的助手，倫諾。

寶德教授大叫了起來：「倫諾。」

他一面叫著，一面跌撞著，推開他身邊的一些人，向倫諾奔了過去。

倫諾也轉過了身來，那的確是倫諾。

他向倫諾伸出手來，希望倫諾能夠扶住他，可是，倫諾卻高聲叫了起來：「打倒荷蘭帝國主義份子。」

寶德教授還未及有任何反應，自倫諾手中揚起的木棍，就已經劈頭擊了下來。

寶德教授發出了一下絕望的叫聲，那一下木棍的襲擊，他或者可以經受得起，但是，揮動木棍的是他的學生，他卻經受不起。

在大叫一聲之後，他就昏迷了過去，許多人繼續打他，直到另外發現了目標，才又踏著他的身體，奔向前去。

那一場小小的暴動，究竟死了多少人，有多少人的生命，在極度的痛苦之中結束，完全沒有統計。

因為，那實在太微不足道了，一場只有一千人的暴動，燒了一些店鋪，死了一些人，那在充滿大規模暴行的地球之上，實在是太微不足道了。

對於阿尼密來說，如果不是寶德教授恰好在這場小小的暴動之中喪生，他也不會知道，有過這樣的一場暴動。

阿尼密是半年之前，經由一個朋友的介紹，而認識了寶德教授的，寶德教授曾和阿尼密就人類腦部活動一事，作過詳談。

寶德教授的目的，是想阿尼密能夠對他的妻子紅霞的白癡狀態有所改進，但是，阿尼密卻無能為力。

阿尼密住在雅加達郊區的一幢屋子中，寶德教授死亡之際，他完全不知道。

阿尼密那時，正坐在一張籐椅上，閉著眼，在靜靜地思索著，這是他的習慣。

突然之間，他聽到了寶德教授的聲音，在他的耳際道：「阿尼密，我的朋友。」

阿尼密睜開眼來，他的身邊並沒有人。

阿尼密陡地震動了一下，立時又閉上眼睛。

他在一剎那之間已經知道，寶德教授死了！

和死人「通話」，對阿尼密來說，是很尋常的事。

他那時「聽」到的聲音，實際上，只不過是他接收了寶德教授游離的腦電波，再刺激他聽覺神經的一種反應。

阿尼密嘆了一聲，他回答道：「教授，上星期我還見過你，發生了什麼事？」

他又聽到了寶德教授的話，道：「我也不知道，事情來得太突然了，阿尼密，我的朋友，我不能就這樣放棄，我的研究已經成功了，它可以挽救上萬人的生命，我一定要繼續下去。」

阿尼密仍然閉著眼睛，他作為一個「靈媒」，已經有很多次和死人「交談」的經驗。他知道這種「交談」，和與生人的交談不同，死人的話，他所能接受到的，幾乎毫無例外地，極其固執。

這一點，阿尼密也可以解釋，因為人死了之後，在臨死之前的腦電波，雖然呈游離狀態，而且能夠受到與之「交談」者的腦電波影響，而自由組合作出回答。

但是，在游離狀態中的腦電波，絕及不上人在活著的時候，源源不絕發射出來的腦電波。

活著的時候，數以億計的腦細胞，不斷地在活動著，腦電波可以有無數的組合；而呈游離狀態的一組，只不過是人臨死之前所發出來的，它只能重新組合，而不能再增加。

臨死之前的意念如何，就算是組合的變化一樣，可以有很多；但是這種意念，卻是絕對不可能再改變的了。

所以，阿尼密知道，和死人「爭辯」，是最沒有用的事，因為，死人不會改變他的主意。

阿尼密知道，這時寶德教授已經死了，他之所以還能「聽」到寶德教授的說話，那是因為寶德教授一定死得極不甘心。

在他臨死之前，他還有一點時間，將他的腦電波大量發射出來之故。

阿尼密嘆了一聲，說道：「教授，你已經死了，但是你的研究工作，會由你的助手繼續做下去。」

寶德教授的「聲音」，有點嗚咽：「不會的，倫諾不會對我的研究有興趣；一個從事研究怎樣救人的人，是不會殺人的。」

阿尼密想盡量使得「談話」輕鬆一點，他道：「殺人？倫諾是一個很不錯的小夥子，你怎麼會以為他會殺人？」

寶德教授的聲音，有著辛酸的、苦澀的笑聲：「不是我以為他會殺人，第一棍打中我的就是他；接著是另外許多人，他們不斷地打我，直到我仆倒在地上，然後，他們在我的身上踏過。我知道自己要死了，我不願意死，我要將我的研究工作繼續下去；老天，只差那麼一點點，我就可以成功了。」

阿尼密又嘆了一聲：「可是，你已經死了，老朋友，你已經死了啊。」

寶德教授卻很固執：「是的，我知道我已經死了，我知道得很清楚，生命是怎樣離開我的。正因為我知道自己會死，所以，我和你的認識很有用處；你和我提及過人的腦電波，又曾對我說過，人臨死之際的腦電波最是強烈，可以呈游離狀態而存在，有時，甚至可以強烈到刺激他人的腦電波，使這個人的視覺神經受感應而看到形像，這就是許多人會看到鬼的原因。」

阿尼密有點無可奈何：「是的，的確是這樣，不過，一組再強烈的腦電波，其實什麼也不是，根本是看不見摸不到的。」

寶德教授仍然固執地說道：「你也曾經說過，強烈的游離腦電波，可以使物體產生電流的感應。」

阿尼密抹了抹手心的汗，這樣固執的「鬼魂」，在他來說，也是第一次遇到。他點著頭道：「是的，可以使物體因為產生電磁感應而移動，但是，那只不過是一點點簡單的動作，例如使一隻杯子，自桌子上跌下來，或者使一張椅子翻倒，等等。據我所知，最強力的一組腦電波，游離存在於蘇格蘭的安迭斯古堡中，它們能使古堡沉重的木門自動開啟和關閉，那是著名的鬼屋。我不能同意，你還有能力，可以繼續你的研究工作。」

寶德教授聽來是完全不聽勸告的了：「不對，你曾經告訴過我，說是希臘的安里島上，有一個漁民，他是根本不懂英文的，但是有一晚，他忽然用英文寫下了數十篇極其優美的詩篇。」

阿尼密舉起雙手：「對，我詳細地研究過這件事——」

寶德教授一定是十分急迫了，他竟然打斷阿尼密的話，說道：「還有，中國人喜歡的扶乩，你也許做過詳細的研究，你的研究結果是——」

阿尼密在冒汗，他用手抹去了汗，挺了挺身子。

阿尼密在抹了汗之後，吁了一口氣：「對，這一切全對，我的研究結果是，那是由於一旦游離的腦電波在某種情形下，譬如說，在催眠的情形下，侵入了另一個人的腦組織，影響了被侵入者的腦部活動所致——」

阿尼密「講」到這裏，陡地停了下來，雙眼睜得極大；雖然他一點也看不到什麼，可是，他就像看到寶德教授站在他的面前，發出狡猾的笑容一樣。

阿尼密幾乎是「叫」了出來的：「不，教授，你不是想利用你強烈的腦電波，侵入他人的腦中吧？」

阿尼密聽到了寶德教授的笑聲，聽起來的確帶點狡猾的意味：「為什麼不？我正準備這樣做。」

阿尼密吞下了一口口水，或許由於他太緊張了，是以他在吞下口水之際，喉間發出了「咯」的一下聲響來。

雖然，他和寶德教授在不斷地「交談」，但是那「咯」的一聲，卻是唯一可以聽到的真正的聲響。

阿尼密真的有點緊張，這是他未曾意料到的情況。

阿尼密搖著頭道：「教授，如果你這樣做，我不能判斷在道德上是不是犯罪，但如果你侵入了一個人的腦子，這人就會變成『鬼上身』，他本人不再存在了，在某種程度上而言，你等於謀殺了這個人。」

寶德教授立時回答：「你說得很對，我也想到過這一點，但是我的情形不同，有一個人，我可以完全不需顧慮會損害到她。」

阿尼密陡地想起，道：「她？你的意思是紅霞？」

寶德教授的反應極快：「對的，紅霞，紅霞是白癡，她現在完全沒有思想；而當我決定這樣做之後，我趁著我的生命還有短暫時間的剩餘，當那些印尼人一腳一腳的在我身上踏過去之際，我將我畢生所積聚的知識有系統地想了一遍，我相信，它們全部存在於空間，可以進入紅霞的腦部。」

阿尼密有點口吃地：「你……臨死之前，如果真有強烈的意念，要做到這一點，應該是可以做得到的。」

寶德教授的笑聲更狡猾：「所以，快點去看紅霞，不，快點來看我吧。」

阿尼密極其疲倦地點了點頭，他立時站了起來。

紅日朗朗，阿尼密的心情很異樣，他曾和許多「鬼魂」有過接觸，他也相信，以寶德教授臨死之前，那種強烈的要將他的研究工作繼續下去的願望，一定會散發出比普通人強烈許多倍的腦電波，那麼，他的願望，是有可能達到的。

阿尼密站了起來之後，立即做出了決定：去看紅霞。

當阿尼密駕著車，駛進雅加達市區之際，零零星星的暴動仍然在繼續著，他要加快速度，擺脫一小群印尼人的追趕，才能來到寶德教授的住所。

當他走進寶德教授的住所之際，看到了另外兩個荷蘭人，一個是荷蘭藥商，另一個是政府人員，阿尼密曾經見過他們一次。

那政府人員一見阿尼密，就攤著雙手說道：「實在太不幸了，寶德教授竟然會死在一群暴徒手下，想想看，他畢生都從事著救人的工作。」

阿尼密說道：「你不必再說這些了，紅霞呢？」

藥商道：「那白癡——」

藥商才說了兩個字，阿尼密就向他瞪了一眼。

由於阿尼密的眼神，是如此詭異和陰森，令藥商打了一個寒噤，不敢再說下去。

政府人員道：「幸而她不知道什麼叫悲傷，所以她一點也不覺得怎樣——」

他頓了一頓，現出疑惑的神情來，道：「你是怎麼知道寶德教授的死訊的？事情才發生了三小時，我也是才接到這個消息。」

阿尼密並沒有回答，因為他根本就是個不喜歡說話的人，他向前走了。

就在這時，一個印尼老婦人奔了出來，用印尼話叫道：「快去看，太太她……她……」

老婦人是寶德教授雇來照顧紅霞的，這時，她慌張得連話都講不下去，阿尼密連忙向內走去，政府人員和藥商跟在後面。

他們才來到臥室的門前，就聽到「砰」地一聲響，臥室的門打了開來，紅霞一手扶著門，站著。

她的身子劇烈地發著抖，口唇也在顫動著，汗珠像雨一樣地自她的額上流下來，誰也看得出，她正在極度痛苦之中。

藥商首先失聲叫了起來，叫道：「快快請醫生。」

阿尼密冷冷地道：「不用。」

他踏前一步，抓住了紅霞的手，紅霞的手，也立即緊緊地握住了阿尼密的手。

阿尼密直視著紅霞，他詭異的雙眼閃閃生光，口中不住地道：「教授，慢慢來。」

政府人員和藥商駭然互望，而紅霞的神情變得更痛苦，她全身都被汗濕透了，衣服貼在身子上，口中發出一種怪異之極的響聲來，雙眼瞪得極大。

藥商忍不住又失聲叫了起來，道：「我去找醫生。」

他一面叫著，一面返身就奔了出去。

阿尼密仍然握著紅霞的手，他已經可以感到，同樣緊握住他的手的，不是紅霞，而是寶德教授。

寶德教授需要支持，他一定遭遇到了極大的困難，不然，是不應該出現這樣情形的。

藥商一面在向外奔著，一面還不斷發出可怖的叫聲，因為那時紅霞的情形，實在太令人害怕了，阿尼密也不由自主喘起氣來。

突然之間，他又聽到了寶德教授的聲音，道：「我不能成功，她的腦組織全被病菌破壞了，我無法成功，她的腦組織完全不能接受腦電波，也無法發出腦電波，我不能成功。」

阿尼密立時做出了回答：「放過她，去找另一個人吧，你正使她蒙受極大的痛苦。」

阿尼密將他的想法，接連傳達了兩次，他像是聽到了一下長長的嘆息聲，陡然之間，在劇烈顫抖著的紅霞回復了平靜。

她雖然還滿臉是汗，有著剛才痛苦掙扎過的痕跡，但是前後相差，只不過一秒鐘時間，她的神情已經完全恢復了平靜，就像是什麼也未曾發生過一樣，在她臉上所浮現的是那種茫然的，對她身外所發生的一切變化，全部無動於衷的那種神情。

阿尼密也嘆了一聲，他慢慢地鬆開了紅霞的手，他知道，寶德教授的那一組腦電波，已經放棄了進入紅霞腦中的企圖，他會去找另外一個人。

阿尼密當然無法知道，那組腦電波會去找什麼人，但是他卻可以肯定，寶德教授是一定不肯就此算數的。

因為寶德教授在臨死之際，他的願望是如此之強烈，已經是沒有任何方法，可以將之改變的了。

藥商帶了醫生趕到，紅霞已經完全恢復了寧靜，阿尼密沒有對任何人說出真相來，因為他知道，就算他將他知道的源源本本地說出來，也不會有人相信他的，非但不會有人相信他，而且還要斥之為荒誕無稽。

人類有許多弱點，就是以為自己所能預料得到的時代，是最先進的時代，人類在如今，還看不到腦電波的奇妙存在，所以用現代科學的眼光來看，那的確是荒誕的。

但是，現代科學是多麼的可笑，在科學的大道上，二十世紀的人類，只不過是剛起步而已。

阿尼密回到了自己的住所，他在等著寶德教授再來和他通訊息。

阿尼密一直等到了午夜，才又得到了寶德教授的資訊：「我考慮了很久，你說得對，如果我侵入一個人的腦部，實際上，等於是將那個人謀殺了。」

阿尼密噴著煙：「事實上，只怕也不可能，你要侵入另一個人的腦部，就必須先排斥這個人腦組織所發出的電波，就算你的腦電波特別強烈，能夠暫時壓制原有的電波，你也要不斷受到原有電波的干擾。」

寶德教授的回答來得遲了好久：「那麼，我應該怎麼辦呢？」

阿尼密想了一想，才有了回答：「你要去侵佔一個已經有思想的人的腦部，那情形，等於是你用同樣的週率，去發射聲波一樣，像無線電台，同樣週率的兩個無線電台，是一定要互相干擾的，你何不選擇一個未有過的週率呢？」

寶德教授嘆了一聲，道：「我不明白你的意思。」

阿尼密挺了挺身子：「去找一個腦部組織已大致完成，但是還未有思想的嬰兒胚胎。這是我的意見，不但你可以將你自己的思想毫無保留地注入，而且，你可以有更多時間，來完成你未竟的理想。」

阿尼密對自己的建議有點緊張，如果寶德教授真照他的話去做，那麼，這無論如何，是一件對生命有極褻瀆的事，他感到自己是在侵犯造物主的權力了。

寶德教授的反應極快：「多謝你提醒我，我決定這樣做，再見，我的朋友。」

阿尼密身子震動了一下，他還想和寶德教授討論一下細節問題，但是，已得不到任何資訊了。

他知道，電波的速度和光相類，這一下子，寶德教授的腦電波，可能已經到了千里之外，進入了一個嬰兒的才形成的腦組織之中了。

他舒了一口氣，他知道，從現在起，至多五個月之後，世界上就會產生一個極其偉大的人物，這個人一生下來，就是生物學、醫學界的權威，因為，他承受了寶德教授的全部腦電波，他根本就是寶德教授。

阿尼密又想起了中國人的古老傳說：人死了之後，到一個叫作「陰司」的地方，每個死人的靈魂，都要喝一碗「孟婆湯」，喝了「孟婆湯」之後，就會將以往一生的一切經歷盡皆忘懷，又去投胎，開始另一個一無所知的新生命。

如今，寶德教授的情形，和中國人所謂的「投胎」是很類似的。所不同的是，他沒有喝「孟婆楊」，他記得他前生的一切。

「非人協會」的大廳中一片靜寂。

每一個會員的視線，都集中在阿尼密的身上，而阿尼密已講完了他的故事。

范先生輕輕咳了一下道：「阿尼密先生，你是說，再有五個月，寶德教授就會出世？」

阿尼密道：「正確地說，應該是至多還需要有五個月，因為，從他死直到現在，已經快半年了。」

瘦長的會員道：「你知不知道他找到了什麼地方？什麼人？何時出世？」

阿尼密搖頭道：「全不知道。」

卓力克先生吸了一口氣，道：「不知道也不要緊，那一定是十分容易找的，試想想，一個才出世的嬰兒，就有了寶德教授生前的一切知識，這樣的嬰兒，一定轟動全世界，根本不勞我們去找。」

阿尼密緩緩地道：「是的，我也這樣想。所以，雖然他去得太匆促，我沒有機會和他作進一步的交談，但是，我也不覺得有什麼損失，因為我根本不需要去尋找，他只要一出世，我一定會得到消息的。」

各人都點著頭，一個一出世就有著寶德教授這樣學識的嬰兒，當然會轟動一時，那是毫無疑問的事情了。

阿尼密又道：「我之所以要推薦他入會的理由，是因為他是世界上唯一有過兩次，或者更多的生命，但是除了他之外，沒有人記得前一次生命的事。」

卓力克先生立即點頭表示同意，說道：「而且，他比我們多了一倍的時間，來從事他的工作，時間本來是人類最大的敵人，他雖然未曾克服時間，但是，他至少使時間延長了一倍的。」

范先生道：「誰說他沒有克服時間？說不定，當再下一次他面臨死亡之際，他還可以再來一次，將他兩生所積聚的知識，再來一次『投胎』，如果這樣繼續下去，時間對他的威脅，就完全不存在了。」

身材瘦長的那位會員嘆聲道：「這才是真正的永生不滅，毫無疑問地，他可以成為我們的會員。」他講到這裏四面看了一下，顯然所有人全同意了，他才接著道：「我也要推薦一個會員，我所要推薦的，是一個——」

這個會員和他要推薦入會的新會員的事情，必須暫時擱一擱，因為阿尼密的故事還沒有結束，結束的只是正篇，還有續篇未曾開始，所以，在時間方面要跳躍一下，這一跳，是三十年的時間。

從阿尼密在「非人協會」的大廳中，說出了他和寶德教授的交談之後，時間一直不停地向前進。

從那一刻開始，阿尼密就一直在等著，等候著傳出一個偉大的，從來也沒有的嬰兒誕生的消息，可是他卻一直沒有等到這個消息。

在接下來的幾年之中，正是第二次世界大戰，戰事最激烈的幾年，阿尼密雖然覺得焦急和驚詫，驚詫於他何以未得到再生的寶德教授的消息，可是他的心中，還有一定的安慰，他想，戰事如此激烈，世界各地的消息傳遞都受到阻隔，所以他才未得到任何資訊的。

但是，一九四五年之後，戰事結束了，再接下來，除了韓國和越南的戰爭堪稱是大規模的行動之外，全世界是在一片昇平之中。

但是，阿尼密仍然得不到任何資訊，好幾次，他集中精神，想和寶德教授「通話」，但是，一點結果也沒有。

這種情形，可以使阿尼密肯定，寶德教授那一組腦電波，一定是不再在游離狀態中，而是有了寄託，也就是說，是在一個人的腦中。

但是，這個人在哪裏呢？

一直到了一九六〇年，阿尼密無法再等下去了。

算起來，再生的寶德教授，應該已是二十歲出頭的人了，何以還一點沒有他的消息，那簡直是不可思議的事。

於是，阿尼密決定去尋找他。

阿尼密的第一個步驟，是遍訪世界各地有成就的，和寶德教授前一生，做相類似研究的學者。

他希望在這些學者之中，發現再生的寶德教授，因為，二十歲以上的寶德教授，無論如何，早應該在學術上出人頭地的了。

阿尼密足足花了兩年時間，從事這項工作，在那兩年之中，他的足跡遍及全世界，會晤了超過一千名以上的這方面的專家，可是，他失望了。

他沒有找到寶德教授。

而令他肯定寶德教授並不在那些人之中，是有充份理由的。

因為，那些專家、權威，他們目前的研究工作，甚至還沒有達到寶德教授的水準。

由於接之而來的一連串暴動、戰爭，寶德教授當年研究的成績已經蕩然無存，研究者需要從頭做起，他們之中，有的遵循著寶德教授早期已經發表過的報告的方向再繼續，有的則是自闢方向，但是，沒有一個取得顯著的成績。

如果這些專家的腦中，有著寶德教授已積聚的一切知識，那是不會有這種情形的。

阿尼密覺得十分失望，寶德教授到哪裏去了呢？或者說，他那一組強烈的、充滿了知識的腦電波，到什麼地方去了呢？

阿尼密並沒有放棄，他繼續在高級知識份子之中，尋找寶德教授。

又花了兩年，他才改變了方法，他仍然旅行世界各地，但是不再在專家身上著眼。

他設想，寶德教授的「投胎」行動，可能受到了若干的阻礙。

生命畢竟是奇妙的，不可捉摸的一件事，寶德教授事先也未曾料到，他要佔據紅霞的腦部會受到障礙，那麼，誰又料得到，他想進入一個胚胎之際，是不是會有意外呢？所以，有可能寶德教授並不能保留他原來所有的知識。

不過，阿尼密堅信，只要寶德教授的腦電波，能成功地進入一個人的腦中，那麼，這個人必然和普通人有著完全不同之處了。

所以，他第二步的目標，放在年輕、而在科學上已有成就的人身上。

這次的目標更廣，他足足花了四年的時間，而仍然一無所獲。

阿尼密已經幾乎要放棄了，因為他想到，那一組呈游離狀態的，由寶德教授臨死之際發射出來的腦電波，可能已經原因不明地突然消散了。

如果這組腦電波已經消散了的話，那麼，他的努力就完全是白費的了。

阿尼密因為想到了這一點，而休息了半年之久，直到他越想越覺得這種可能性極其稀少，才又開始行動。

這一次，他的目標又變更了，他到處尋找一個人出世就有異樣特徵的嬰孩。

他要找的是一個一出世就能表達自己有思想的嬰孩，譬如說，一出世，就會說話的嬰孩。

他一面旅行世界各地，一面通過各地的報紙、電台、電視刊登廣告。

一時之間，他的這種行為，反倒成了世界性的花邊新聞。

這樣，在失望的期待中，又過了五年。算來，這已是寶德教授逝世之後的三十年了。

阿尼密的臉上添了不少皺紋，頭髮也全變得銀白色了，所沒有改變的，是他那一雙眼睛，仍然充滿了神秘而又懾人的光芒。

在寶德教授逝世三十年的那一天，阿尼密又來到了印尼的首府雅加達。

在這三十年之中，印尼經歷的變化也是驚人的，它早已成了一個獨立國家，而且，還經過一切劇烈的政變，蘇加諾也已經下了台。

在和阿尼密有關的方面，紅霞也早在十多年前死了。

阿尼密在到達雅加達的第一天，就來到寶德教授下葬的一座公墓之中。

寶德教授的葬禮，當時在十分草率的情況下進行的，他的屍體，一直靜靜地躺在這座公墓的一角，沒有人掃祭。

阿尼密在寶德教授的墳前站著，一動也不動，直到午夜。

他知道，人所發出的腦電波，和這個人的肉體，有著一種微妙的聯繫。

在一個已死的人的屍體近處，特別容易接收到這個人臨死之前所發出來的腦電波。

他希望能和寶德教授再有聯絡。

但是阿尼密的等待，所帶來的是再一次的失望。

公墓中，靜得一點聲音也沒有，阿尼密在超過八小時的佇立之中，沒有得到寶德教授的任何資訊。

阿尼密在凌晨兩點回到酒店，第二天一早就醒了。

打開報紙，報上照例有他刊登的廣告，找尋一個一出生就能說話的嬰孩，這個嬰孩，約在三十年之前誕生。

阿尼密所住的是一座著名的酒店，住客全是有身分的人，而阿尼密在廣告之中，是寫明了聯絡地點，所以，在酒店的餐廳、酒吧之中，他成了一個眾所矚目的怪人。

廣告一連刊登了三天，那一天晚上，當他從外面回來時，一進門，一個侍者便對他道：「阿尼密先生，有一個人等著見你。」

大酒店的侍者，都是受過訓練的，侍者口中不說「一位先生」，而是說「一個人」，由此可知，這個人一定不會是什麼受歡迎的人物。

果然，阿尼密循著侍者所指，向大堂的一角看去。

他看到一個人站著，那個人，穿著一套已經洗得發白了的舊軍服，手中拿著一頂舊草帽，看來，是一個生活極潦倒的人。

不過，看上去，他站在這裝飾華麗的大酒店大堂之中，倒也沒有什麼侷促不安之感。

侍者補充道：「他說，是看了你的廣告之後來的。」

阿尼密「哦」地一聲，近六年來，他的廣告第一次有了效果，有人來找他了。

阿尼密不敢希望什麼，這個人可能是窮極無聊，看到廣告上有高額的賞金，所以來胡混一番的，但是，他還是直向那個人走了過去。

他來到那個人身前，伸出手來，道：「我就是阿尼密，閣下是——」

那人忙道：「葛克，葛克少校。」

阿尼密略揚了揚眉，打量著這個自稱葛克少校的人。

葛克少校看來有點像軍人，但是可以肯定，近十年來，他的生活一定極不如意，以致使他原來軍人的氣概已所剩無幾了。

阿尼密也無法從他的衣著和外形上，來判斷他是哪一國的軍人，他只好道：「少校，你好，你是看到了我的廣告來的？你能提供我什麼消息？」

葛克少校的神情有點忸怩，他道：「我怕我不能提供給你什麼消息，但在多年之前，我有一段經歷，不，我聽到的一些事，可能對你奇異的搜尋有點幫助。」

阿尼密點了點頭，他喜歡葛克少校這樣的說法，這表示，他並不是想來混騙什麼，在這種情形之下，或者他真可能提供些什麼有用的消息。

阿尼密道：「請到我的房間去，好麼？」

葛克少校連連點著頭，他們一起進了升降機，來到阿尼密的房間之中。

葛克少校主動地要求喝酒，當他幾乎一口氣喝去了半瓶威士忌之後，他才抹著口，說道：「我是個混血兒，父親是荷蘭人，母親是印尼的女傭——」他苦笑了起來，接道：「我大概是最倒楣的人了，荷蘭人統治時期，不將我當荷蘭人，印尼獨立了，又不將我當印尼人。」

對於葛克少校的訴苦，阿尼密並沒有什麼興趣，所以，他只是道：「看來你也很有成就，你是少校。」

葛克「哈哈」笑了起來，道：「少校？我應該自稱少將的，日本人來的時候，我和十幾個混血兒，一起退到森林去打游擊，我領導他們，就成了少校。」

阿尼密做了一個無所謂的手勢，道：「要是你能幫助我，請你告訴我。」

葛克少校又喝了一杯酒，才搓著手，坐了下來，道：「日本軍隊打進來的第二年，我被日軍通緝，離開了爪哇島，逃到了西里伯斯，一直向東逃，有時，坐著獨木舟在海上漂流，經過了伯魯島、索蘭島，最後，就到了新畿內亞。」

阿尼密皺了皺眉，他雖然有點不耐煩，但是，他並不是個喜歡說話的人，所以沒有打斷葛克少校。

葛克少校繼續說道：「在新畿內亞，我住了三年之久，在這三年之中，我有好幾次，到達——幾乎到達過新畿內亞的心臟部份，我可以算是文明人到達新畿內亞，最深入的一個了。」

阿尼密又點了點頭。

葛克少校又道：「有一次，我記不清楚正確的日子了，在一個土人部落之中，我聽得一個土人，說了一件有關奇怪的嬰孩的事。」

阿尼密陡地緊張了起來，挺直了身子，又做了一個手勢，示意葛克少校可以繼續喝酒。

葛克少校老實不客氣又連喝了兩杯，才道：「這個小村落，在地圖上是找不到的，只怕到如今為止，還不曾有文明人到過。我因為長期在土人部落中生活，所以學會了七種他們的語言，你或許不知道，即使只隔一座山嶺，由於他們根本不相來往之故，他們的語言是不同的。」

這一次，阿尼密也忍不住了，道：「你只管說有關那個嬰孩的事。」

葛克少校道：「好的，那個土人，是部落中很有地位的一個勇士，他們這個部落，雖然已經是文明人所不到的地區，可是再向腹地下去，在新畿內亞的中央山脈之中，還有著根本與世隔絕的土人部落，根本是他們這些土人部落也去不到的地方──」

看到阿尼密又皺著眉，葛克少校忙搖著手，道：「我快要說到正題了，那個奇怪的嬰孩，就在新畿內亞腹地深山中的一個部落之中，是經過了許多人的口，才輾轉傳了出來的。」

葛克少校望定了阿尼密，道：「這個嬰孩在出世後不久，就會說一種十分奇怪，沒有人聽得懂的語言。」

阿尼密急急地問道：「什麼語言？他講了些什麼？」

葛克少校搖著頭，道：「不知道，沒有人聽得懂。」

阿尼密的雙眼閃閃生光，看來，他正在深思。

葛克少校又拿起了酒瓶來，可是，這一次，他還未曾從瓶中斟出酒來，阿尼密就突然走向前來，伸手將酒瓶自他的手中搶了過去。

葛克少校睜大了眼，苦笑了一下，這樣的待遇，他像是受慣了一樣，所以，也沒有什麼特異的反應，只是聳了聳肩，站了起來道：「對不起，我說的事情，對你一點用也沒有。」

阿尼密望定了葛克少校，沉緩地道：「你完全弄錯了，正因為你所說的對我有用，所以我想使你保持清醒，不要你喝醉。」

葛克少校睜大了眼，一臉感到意外的神情。

阿尼密問道：「你見過那個孩子沒有？」

葛克少校道：「當然沒有。」

阿尼密又道：「那麼，是誰對你說起有這樣的一個怪嬰孩的？」

葛克少校苦笑了起來，道：「先生，事情已將近三十年了，我怎麼還記得清？」

阿尼密忙又道：「那麼，你是在什麼地方聽到這件事的，總可以記得吧？」

葛克少校雙眼斜睨著阿尼密手中的酒瓶，阿尼密吸了一口氣，道：「少校，要是你提供的消息，能幫助我找到我要找的人，我可以買下世界最大的酒廠送給你。」

葛克少校的喉際，發出了「咯」的一下聲響，面上的肌肉也不由自主地抽動了幾下；他嘆了一聲，說道：「阿尼密先生，我認為，你的承諾，還不如現在送我一瓶酒來得實惠一點。」

阿尼密道：「為什麼？你不相信我會給你重酬？」

葛克少校搖著頭，道：「我並不懷疑這一點，只是，我認為，你根本無法找到那個傳說中的嬰孩吧。」

阿尼密的神情有點凶狠，他陡地向前踏了一步，道：「我一定要找到他，我在世界各地尋找他，已經足足三十年了，我不在乎多花三十年時間，我一定要找到他。」

葛克少校又吞下了一口口水，阿尼密的神情緩和了些，道：「已經有了線索，應該可以找得到的，新織內亞不過是一個島，就算踏遍了全島，我也要將他找出來。」

葛克少校望了阿尼密半晌，然後，學著阿尼密的口氣道：「新織內亞不過是一個島。」

阿尼密揚著眉，道：「怎麼，我說錯了？」

葛克少校攤了攤手，道：「沒說錯，但是，你這樣充滿著信心，就表示你根本未曾到過新畿內亞。」

阿尼密承認道：「是的，我並沒有到過新畿內亞，但是，那並不能改變事實，它仍然只是一個島！」

葛克少校喃喃地道：「等你到了那裏，你就會改變說法了。你不知道新畿內亞有多大，我敢說，它是完全與文明世界隔絕的。在中央山脈腹地中的那些土人部落之中，就算爆了一顆氫彈，世界上其他地方的人，也不會知道。從來也沒有文明人可以進入那些地區，在那些地區生活的土人，當然也無法通過佈滿了毒蛇蟲蟻的原始森林和高山峻嶺，和其他的人接觸。」

阿尼密卻還是充滿了信心，道：「你說的話也不盡實在，那個奇怪的嬰孩的事，還不是傳了出來！」

葛克少校道：「好，你要去找，我是沒有理由阻止你的，是不是？」

阿尼密道：「你也阻止不了，由於你對新畿內亞的瞭解，我請你做嚮導。」

葛克少校十分高興，道：「那太好了，阿尼密先生，你知道，我失業很久了。」

阿尼密道：「我們明天就出發，第一個目的地，就是你聽到當地土人講起有關那個奇怪的嬰孩的地方，那是什麼地方？」

葛克少校道：「是一個小村莊，當地土人叫他們的那個村莊，叫克蓬。」

阿尼密道：「好，就從這個叫克蓬的村莊開始吧。」

與世隔絕的穴居人

當第二天下午，葛克少校指著克蓬所在的方位，給阿尼密看的時候，他們是在一架中型的水上飛機的機艙之中。

飛機由阿尼密駕駛，他們才飛過了弗羅勒斯海和班達海，在阿魯群島的一個小機場補充了燃料，直飛新畿內亞的沿岸。

當他們在飛機上，已可以看到連綿的海灘、起伏的山崗和濃密的森林之際，葛克的手指，在一幅精細的新畿內亞地圖上移動著，道：「大約是在這裏，這種小村莊，地圖上是不記載的。」

阿尼密轉頭向著地圖上看了一眼，沒有出聲。

葛克少校又道：「我不認為那地方可以供飛機降落。」

阿尼密道：「誰說我準備直接飛到克蓬去？我們的飛機將停在海邊。」

葛克少校呆了一呆，道：「然後我們——」

阿尼密道：「我們步行去，一個部落一個部落的去找我們要找的人，我想，你當年被日本人追捕時，不見得是坐著豪華汽車逃命的吧。」

葛克少校苦著臉，道：「阿尼密先生，那是三十年之前的事了，那時，我是一個二十多歲的小夥子，現在，我已經快六十歲了。」

阿尼密冷冷地道：「我看你身體可以支持得住，說起年紀來，我比你老多了。」阿尼密一面說著，一面已經將飛機的高度降低。

在空中看來，海水在連綿不絕的海灘上濺起來的白花，形成一條直與天際接壤的白線，夕陽映得海水通紅，景色壯麗，令人嘆為觀止。

飛機終於在海邊降落，那是一個很寧靜的海灘。

當他們來到海灘上之後，天色已經迅速黑了下來，向前望去不到一百公尺，就是鬱蒼的森林。

阿尼密和葛克少校兩人，都背著沉重的背包向前走去，葛克少校每向前走一步，就回頭向飛機看上一眼，一直到來到了森林中，再也看不到飛機為止。

一到了森林中，簡直是一片漆黑了。

阿尼密走在前面，他略停了一停，就從背包中取出一支大電筒來亮著。

電筒才一亮，葛克少校就大叫一聲直撲過去，將電筒搶了過來，立時熄去。

阿尼密在黑暗之中，看不到葛克少校的神情，但是他卻聽得出，葛克少校在吁吁地喘著氣，接著他叫道：「你真的一點也沒有在森林中生活的經驗，不能有亮光！有了亮光，你會受到幾百種敵人的攻擊，直到你死了，還不知怎麼死的。」

阿尼密立時道：「對不起，真的，我沒有在森林中生活的經驗。」

葛克少校像是餘悸未息，又說道：「你可知道，在這個地方，至少有一百種以上的昆蟲是有毒的，你看見過有毒的飛蛾沒有？在新幾內亞的森林中，至少也有二十種以上不同的毒蛾。」

阿尼密「哼」了一聲，說道：「照你那麼說——」

葛克少校大聲道：「照我說，我們根本不該在夜間走進森林來。」

阿尼密的回答來得很快，道：「我們總不能避免在森林中過夜的，事情總得有個開始，就從今天晚上開始吧。」

葛克少校嘆了一聲，道：「好，不過求求你，千萬別亮著電筒，跟著我，會找到一處可以過夜的地方。」

阿尼密道：「當然，你是嚮導。」

葛克少校苦笑了一下，在黑暗中久了，阿尼密可以看到他在前面小心移動著腳步。

阿尼密跟著他，走過了一里左右，聽到了水聲，林木也稀疏了些，眼前變得明亮了一些，他們來到了一條小河旁。

阿尼密和葛克少校爬上了河邊的一塊大石，躺了下來。

阿尼密問道：「到克蓬去還有多遠？」

葛克少校道：「沿這條河向上游走，如果我沒有記錯，大約經過十幾個村莊，就可以找到克蓬了。」

阿尼密表示滿意，閉上眼睛。

葛克少校望了他一眼，道：「先生，請原諒我的好奇，你真的相信，在腹地的土人部落中，有一個生下來不久，就會講另一種語言的怪嬰存在？」

阿尼密並沒有睜開眼來，只是說道：「是。」

葛克少校笑了起來，道：「那嬰孩講的是什麼地方的語言？」

他在這樣問的時候，語氣很輕挑，顯然是充滿了諷刺的意味；可是，阿尼密的回答卻很正經，道：「荷蘭語，或者是英語、德語、法語和拉丁語。」

葛克少校聽了阿尼密這樣的回答，忙坐了起來，道：「先生，你不是在開玩笑吧？」

阿尼密道：「當然不是。」

葛克少校笑了起來，道：「如果真有一個會說那麼多種語言的人，生活在中央山脈腹地的部落之中，那麼，他一定是世界上最痛苦的人了。」

阿尼密也不禁睜大了眼睛，問道：「為什麼？」

葛克少校道：「這還不容易明白？山裏的土人只會說最簡單的語言，這個人就算會說全世界的語言也沒用，他只好自己對自己說。」

阿尼密的身子，不由自主震動了一下，葛克少校並不是一個有什麼大智慧的人，可是他這兩句話，倒是有極大理由的。

阿尼密又閉上眼睛，剎那之間，他想起了很多事來。

河水在他身邊潺潺地流過，葛克少校的鼾聲在他的身邊響起來，但是，阿尼密卻睡不著。

阿尼密幾乎是胡思亂想一直到天亮，葛克少校阻止阿尼密用河水，他們沿著河岸向前走，兩小時後，到了一個土人的村莊中。

那村莊中的土人，看來並不像想像中那樣與世隔絕。

村中的女人都有花布裙子穿，老人的頭上也紮著花布，一個上了年紀的土人，甚至有一只打火機，不過，這只打火機早已經用完了汽油，只有火石還沒有磨完，每扳動一下，就有幾點火星冒出來。

葛克少校同當地的土人交談著，喝著土人製造的烈酒，頗有如魚得水之樂。

阿尼密雖然是「非人協會」的會員，但是，總不是萬能的；在這樣的情形下，他也只好聽葛克少校安排一切。

他催著葛克少校，向村莊中的土人詢問那個嬰孩的事，但是，卻一點結果也沒有。

他們大約逗留了一小時，就繼續向前去，天色將黑，他們到達了另一個村莊，就宿在那個村莊中。

一直到了第四天，他們才到了克蓬。

阿尼密在這幾天中，也已經習慣了森林中的村莊中的情形。

他們越向內陸走去，所見到的村莊也越是原始，克蓬只不過是幾十間茅屋所組成的，就在河邊不遠處。

那條河像是沒有盡頭一樣，大多數的村莊都在河邊。

在他們到達克蓬的時候，就有七八個赤身露體，挺著大肚子的孩子，跟在他們的身邊，葛克少校用土語在和他們交談著。

有兩個孩子聽了葛克少校的話之後，向前飛奔了出去。

當他們來到那十幾間茅屋近處的時候，看到一個乾瘦的老人向前走來，隔老遠就叫道：「葛克，葛克。」

葛克少校也奔了過去，叫道：「阿隆，阿隆。」

阿尼密猜想，阿隆多半是那個老人的名字，他和葛克自然是舊相識。

阿尼密看到葛克和阿隆兩人奔到在一起，行一種奇怪的見面禮，互相用自己的鼻子，用力擦著對方的鼻子。

然後，葛克少校轉過身來，用極興奮的聲音叫道：「阿尼密先生，快過去，阿隆還活著，真是太好了。」

阿尼密急急忙走了過去，阿隆看到阿尼密，有點疑懼的神情，葛克不斷地說著，又做著不同手勢，阿隆走了過來，阿尼密只好也和他擦著鼻子。

屋子內的大人都奔跑了出來，所有的人，包括女人在內，除了下體有一種用樹枝纖維織成的「布」遮掩之外，全是赤裸的，皮膚又黑又粗，頭髮短而捲曲，但是和非洲大陸的土人，又有著顯著的不同，這些土人，究竟是什麼人種，人種學家一直在爭論不定。

阿隆在接受了阿尼密的禮物——一柄鋒利的小刀之後，笑得合不攏口來，帶領著阿尼密和葛克，到了一間茅屋之前，大聲呼喝著。

一個女人頂著一隻竹筐走了過來，竹筐中是一種黑色的果子，葛克少校立時取起了一個來，津津有味地吃著。

阿尼密也學著樣，出乎他的意外之外，這種難看的果子，味道竟十分甜美。

葛克少校和阿隆講了很多話，才轉過頭來道：「阿尼密先生，阿隆說，他曾聽得人家說過兩次，有關那嬰孩的消息。」

阿尼密覺得自己全身的神經都緊張了起來，在經過了三十年之後，他畢竟有了消息。

葛克少校又道：「第一次聽到，和我曾告訴你的一樣，但是第二次，卻是赫林部落中的一個人告訴他的，說是有一個人，會說奇怪的話，做奇怪的事。」

阿尼密連忙問道：「這個人就在赫林部落中？」

葛克少校搖著頭，道：「不是，那個赫林人也是聽來的。」

阿尼密皺了皺眉。

葛克少校道：「先生，看來我們仍是無法成功的。」他一面說著，一面指著遠處的高山，道：「赫林部落就在那山的後面，在克蓬，沒有人翻過那山頭過，所以，那邊的情形如何，別人完全不知道。」

阿尼密有點不經意地說道：「那也不要緊，赫林人曾經來到過這裏，這就證明，路是可以走得通的。」

葛克少校苦笑了一下，說道：「赫林人不同。」

阿尼密有點惱怒，道：「有什麼不同？」

葛克少校攤了攤手，道：「赫林人是為人所共知的土人部落，也是最強悍的一族，他們會製造一種十分猛烈的毒藥，而他們的嗜好，就是獵製人頭。」

阿尼密不禁抽了一口涼氣，失色道：「獵頭族。」

葛克少校道：「不錯，但是據赫林人說，他們和山裏的那些部落相比，他們簡直是極其溫和的了，而那個嬰孩究竟是在什麼地方，赫林人也未必知道。」

阿尼密呆了半晌，才道：「不管怎樣，我一定要去。」

葛克少校又向阿隆講了一回話，才道：「阿隆說，前幾年，有一個全身都是白色的人——我想是白種人，也不聽他的勸，一定要深入腹地去，結果就沒有回來。到他們這裏來換酒喝的赫林人說，這個白人的頭縮小之後，也還是白的。那個白人可能是一個大人物，因為曾有軍隊來克蓬找過他，許多白人一起來，但是，他們也沒敢進山去，只在克蓬詢問了一番就走了。」

葛克少校講到這裏，直視著阿尼密，停了片刻，才道：「先生，那個白人是什麼人？你應該知道的。」

阿尼密伸手在臉上撫摸了一下，他的臉上在冒汗，他的聲音也有點苦澀，那個白人在新幾內亞「失蹤」，是轟動世界的大事，他自然知道的，他道：「是的，我知道，但是我仍然要去。」

葛克少校哼了一聲，道：「先生，你要去只管去，我可不去了。」

阿尼密沒有出聲。

葛克少校又道：「就算你答應送給我十座酒廠，當我的頭被縮小了，掛在赫林人的屋子前，或是不知道在什麼部落，被他們的孩子當球踢的時候，我是一滴酒也喝不到的了。」

阿尼密道：「你說得對，我沒有理由強迫你跟我去，可是，我還是要去。」

葛克少校和阿隆又講了兩句話，本來，四周圍的土人不住地發出聲音，但是剎那之間，全靜了下來。

葛克少校道：「阿尼密先生，他們是在表示對你的尊敬，因為你要做他們不敢做的事。先生，我要提醒你，他們是世代居住在這裏的土人。」

阿尼密苦笑了一下，他的決心也不禁有點動搖了。

直到現在為止，他可以說，還沒有得到有關再生的寶德教授的任何有關消息，所得到的，只不過是經過了許多人嘴裏的傳說，而且極其簡單。

循著這種傳說追尋下去，是不是能找到再生的寶德教授，完全不可知！可是，只要他再繼續下去，他就得準備死亡。

阿尼密吸了一口氣，所有的土人都沉默著，好一會，阿尼密才道：「他們既然曾和赫林人打過交道，至少該可以告訴我，如何和赫林人相處。」

阿尼密這樣說，那就是表示他還是要去。

葛克少校呆了片刻，又和阿隆說了半晌，才說道：「阿隆說，赫林族人最喜歡喝他們釀製的一種酒，你要討好赫林人，最好帶點酒去。」

阿尼密道：「那就簡單了。」

葛克少校苦笑了一下，搖搖頭，說道：「不過，赫林人如果對你太好感了，他們會將你的頭割下來，縮小掛起來，好讓你和他們永遠在一起。」

阿尼密有點惱怒，道：「說來說去，你無非是以為我不會有成功的希望？」

葛克少校攤了攤手，不敢再說什麼。

阿尼密也不再睬他，自顧自走了出去，來到一株芭蕉樹下，將寬闊的芭蕉葉一條一條撕開來。他也在想整件事，從頭到尾地想一遍。

他想找出一個結論，三十年來，他致力於這件看來極其虛無的事，是不是真有價值？這是很難下結論的事，因為這件事，是人類歷史上從來也沒有過的事。

如果這件事得到了證實，那麼，人類的發展史完全要改寫。

在某種意義上而言，相等於人的生命，可以無限制地延長下去。

阿尼密吸了一口氣，他決定繼續下去，三十年來，在毫無線索的情形下，他都沒有放棄，如今有了線索，怎可以不追尋下去？

他轉過身來，道：「少校，請你對阿隆說，我要大量酒，好去和赫林人打交道。」

葛克少校向阿隆說了幾句話，阿隆立時大聲地叫了幾下，所有的土人，都以極尊敬的眼光望著阿尼密。

在土人的心目中，這個看來衰老的、面目陰森的老人，是他們從來也未曾見過的勇士。

當天晚上，村落中的土人為阿尼密舉行了一個「晚會」，土人用樹葉作戰裙，舞著生了鏽的戰刀，整夜跳著舞蹈。

阿尼密自己，卻在茅屋之中，盤算著從明天開始，他要一個人行進的路程。

第二天，阿隆已經準備好了阿尼密所要的酒。酒裝在粗大的竹筒之中，一端用泥封著，每一節竹筒有三尺長。

阿尼密一個人，自然不可能帶得太多，他盡他的力量帶了六節，紮好了負在背上，由阿隆帶領土人送到了路口。

阿尼密一抬頭，望著前面連綿不斷的山巒和鬱鬱蒼蒼的森林，開始出發。

他可以說是一個超越現代文明的文明人，但這時，卻步向地球上最原始的地區。

他向前走著，不多久，連道路也沒有了，他只好揮著刺刀來砍路，當他前進了約莫十來碼之際，看到葛克少校在前面一大叢龍舌蘭前站著。

阿尼密略停了一停，葛克少校道：「先生，我還有一句話要對你說。」

阿尼密沒有出聲，只是望定了葛克。

葛克少校吞了一口口水，道：「先生，你要明白，你要去的地方，你要見的那些人，連赫林人和他們比較起來，也可以算是文明人。」

阿尼密道：「我明白，謝謝你提醒。」

葛克突然「呵呵」笑了起來，道：「先生，我不知道你究竟為什麼要去找那個人，但是，你的意志是如此堅決，我想，這件事一定是極有價值的，好了，我也參加。」

阿尼密又呆望了葛克少校片刻，道：「歡迎你參加。」

葛克少校好像本來準備期待著有熱烈的歡迎的，阿尼密的態度冷淡，使他多少有點失望，以致他呆望著阿尼密，一時之間，不知道說什麼才好。

阿尼密走向前去，道：「我不表示太樂觀，因為前途太艱險，你總有退縮的時候。」

葛克少校一副遭到了侮辱的神情，漲紅了臉，大聲道：「除非你放棄，不然，我一直和你在一起。」

阿尼密按住了少校的肩，道：「好了，你已經參加了一件整個和人類的未來，有極大關係的壯舉。比起來，和人類第一次踏上月球，不知要偉大多少。」

葛克少校睜大了眼睛。

阿尼密道：「我會原原本本，將經過講給你聽的。」

葛克少校興奮了起來，分了三個竹筒，負在肩上，兩個人一起向前走去。

接連兩天，他們只是與植物為伍，在濃密的叢林中走著。

第三天，翻過了一座山頭，從山巔向下望去，下面是一個盤地，面積不是很大，再向前望，仍是連綿不絕的山嶺。

當天晚上，他們宿在半山腰上。

到了午夜，一陣連續的鼓聲使他們醒了過來。

葛克少校來到阿尼密的身邊，低聲說道：「赫林人。」

阿尼密側耳聽了片刻，鼓聲一直在連續著，他道：「你懂得他們的鼓聲？」

少校道：「不完全懂，但是我聽得出，鼓聲之中有著歡樂的意思，可能是赫林人正有什麼喜事，如果是那樣就好了，我們明天去，送上這六筒酒，可能會得到很好的待遇。」

阿尼密沒有出聲音，他向下面望去，在濃密的樹林掩映之中，好像看到有一點火光閃耀著，除此之外，就什麼也看不到了，在濃稠如漆的黑夜之中，完全充滿了神秘和不可知的事。

阿尼密嘆了一口氣，他在想，在比較詳盡的世界地圖上，日本的東京，和新畿內亞的腹地，看來是隔得如此之近，大家全是地球上的一個島上的一處地方，但是兩地之間，文明和原始的距離，卻幾乎等於人類整個文明史相差五千年。

從這一點上也可以看出，人實在是太渺小了，渺小到了連天體中，億萬星球中一個極小的星球，人本身所居住的，已經住了幾十萬年的地方，到現今為止，還有太多未知數。

阿尼密閉上了眼睛，他並沒有睡著，只是在沉思，而葛克少校在自顧自講了許多話之後，倒響起了鼾聲。

第二天一早，他們就開始下山。

下山是完全沒有路徑可循的，他們有時攀越懸崖峭壁，有時要撥著樹上的藤向下落去，在真正無路可走時，他們甚至只好縱身跳過去，如果失足的話，世界上絕不會有任何其他的人，知道他們到了何處。

就在眼底下的那片盤地，可是他們足足花了六個小時，已經過了正午，才算接近。

也就在這時，只聽得一陣吆喝，五六個土人自濃密的灌木叢中衝了出來，高舉著木竿上綁著鋒利石塊的石矛，向他們跳躍而來。

葛克少校的反應十分快，他立時高舉由他載負的三筒酒，高叫：「阿隆，阿隆，尼齊，尼齊。」

事後，阿尼密才知道，「尼齊」是葛克少校所懂的唯一的赫林人語言，意思是酒。

他這時的那句話，意思就是：「我有阿隆那裏得來的酒。」

這句話，當然產生了很大的效力，那五六個土人立時放下了他們的石矛，向前走來。

葛克少校忙將竹筒遞向前去，並且示意阿尼密也那樣做。

那五六個土人走向前來，用力嗅著，在竹筒外，其實是嗅不到什麼酒味的，可是，也許是由於赫林人的嗅覺特別靈敏，所以在他們塗著顏料的臉上，都現出滿意的神情來，而且不斷叫著：「尼齊，尼齊。」

在那五六個赫林土人的帶領之下，阿尼密和葛克向前走著。

葛克一面向前走，一面苦笑地望著阿尼密，道：「希望能找到劉郎。」

阿尼密道：「劉郎是誰？」

葛克道：「劉郎就是常到阿隆那裏去的那個赫林人，他是唯一和外界接觸的赫林人，他會講阿隆那個部落的話，我也見過他兩次。」

他們在交談著，那五六個赫林人中的兩個，已叫嚷著向前奔去。

這時候，阿尼密和葛克也已經看到赫林人聚居的村落了。

在未曾目睹赫林人的居屋之前，阿尼密絕難想像到，赫林人竟有著相當高的住屋文明，他們利用天然的樹幹，每在樹幹之間，搭上離地約有五尺高的「地板」，然後，用木柱圍起來，上面蓋著整齊的芭蕉葉，就成了「屋頂」。

他們聰明的並不將被用來作「屋柱」的樹弄死，那一些大樹，依然枝葉繁茂；那樣，就減輕了屋頂的負擔。

正當阿尼密在欣賞赫林人的住屋文明之際，葛克的身子卻不由自主發起抖來，指著那些屋子道：「先生，你……看，這些屋子的門口——」

那些屋子其實是沒有「門」的，只有供人出入的口子，但是沒有用來掩蔽的「門」。

循著葛克所指看去，阿尼密也注意到，那些屋子的「門口」，都掛著或多或少，一串一串的球形的、黑漆漆的東西。

阿尼密一生研究通靈，也接觸過不少人的屍骸，可是這時，他也不禁感到一股寒意。他吸了一口氣，道：「那些，全是人頭？」

葛克少校連嘴唇都變白了，可是他還是掙扎著，說了一句自己以為很幽默的話，他道：「我不以為那些是人腳。」

阿尼密還沒有來得及再講話，已看到那兩個叫嚷著、奔向前去的赫林人，在叫了幾聲之後，每一間屋子裏都有赫林人奔了出來，男女老少都有，不下兩百個之多。一出屋子，就向他們奔了過來，轉眼之間，就將阿尼密和葛克兩人團團圍住，不住叫嚷著。

葛克的身子發著抖，他像是求饒一樣，攤著雙手，叫道：「劉郎，劉郎。」

阿尼密雖仍保持著鎮定，可是雙手卻不住的冒著冷汗。

幸而，那些赫林人只是包圍住他們叫嚷著，並沒有什麼別的行動。

又過了一會，人叢中陡地靜了下來，讓開一條路，兩個人在人叢中向他們走來。

走在前面的一個人，根本看不清他的臉，因為在他的額上、頰上，全貼滿了天堂鳥的羽毛。

新幾內亞特產的天堂鳥，有著夢幻一般美麗的羽毛，阿尼密注意到，貼在那個赫林人額上和兩頰的，全是天堂鳥的尾翎，而且毛色新鮮，顯然時常更換，看來，在附近的森林中，是這種珍貴禽鳥的原產地。

這個赫林人的打扮，既然有異常人，那麼，他自然是赫林人的族長了。

和族長一起走過來的，是一個看來很乾癟的老頭子。

葛克一見到了他，就像見到救星一樣，叫道：「劉郎。」他一面叫著，一面又急急說了好幾句話。

那乾瘦老頭子直來到了葛克的面前，打量了葛克半晌。

在那段時間內，葛克簡直就像是待決的囚犯一樣，他勉力裝出要劉郎認識他的姿態來，因為，要是萬一劉郎竟然不認得他，那麼，他就麻煩了。

過了好一會，劉郎臉上的皺紋，忽然都湊到了一起；他叫了起來，道：「葛克！」

在那一剎間，葛克少校顯然已到了可以支持下去的極限，他陡地鬆了一口氣，身子搖晃著幾乎倒了下來，阿尼密忙過去將他扶住。

劉郎轉過身去，對族長講了幾句話，族長吆喝一聲，立時有十幾個人走了過來，將葛克和阿尼密連拖帶扯，來到了一間茅屋之中。

茅屋中並沒有什麼陳設，除了正中的一根木柱，木柱上刻著些圖案；但是，最觸目驚心的，自然是掛在木柱上的那一大串人頭。

縮小了的乾人頭，還可以清楚地辨別出五官來，至少有十二個以上。

阿尼密打量了幾眼，他甚至可以肯定，其中至少有一個，是白種人的頭骨縮製而成的。

阿尼密感到一陣噁心，連忙偏過頭去。

但是有一點，倒是令阿尼密放心的，那便是，他們已經肯定受到了友好的招待，因為族長已經打開了一個竹筒，在大口大口喝酒。

在阿隆的部落裏，阿尼密也曾喝過這種用不知名的果實釀製的土酒，知道這種土酒的酒精成份極高，他真怕族長這樣喝法，喝醉了之後，會凶性大發。所以，他向葛克少校低聲道：「快講正經事。」

葛克少校點著頭，將劉郎拉在一邊，不斷地說著話，間中，劉郎用一種詫異的神色望著阿尼密。

講了大約十分鐘，劉郎點著頭，到了茅屋的門口，叫了起來。

不一會，有一個中年人走了進來，劉郎又指著那進來的土人講了幾句。

這時候，阿尼密完全不知道葛克和劉郎交涉的情況如何，他全然不懂赫林人的土話，所以，只好等著。

事實上，葛克少校也不懂得赫林人那種音節高亢、急促的土語，幸好，他和劉郎都會講阿隆那個部族的土話，他通過劉郎，和通過劉郎叫進來的那個土人交談著，大約又談了二十多分鐘。

在那段時間中，臉上貼滿了天堂鳥羽毛的族長，什麼事也不管，只喝著酒，和呦著嘴，向阿尼密笑著。

然後，葛克少校向阿尼密招了招手，阿尼密忙走了過去。

葛克少校指著那土人道：「有結果了，阿尼密先生，這個人，在他還是一個小孩子的時候，曾經為了追獵，翻過了他們赫林人認為神聖而不可侵犯的一個山頭，見過另外部落的土人，那個奇怪嬰孩的傳說，就是他帶回來，又傳了出來的。」

阿尼密忙問道：「那嬰孩在哪裏？」

葛克少校苦笑了一聲，通：「據這土人說，他也沒有見過那個嬰孩，只不過，他聽得山那邊的土人部落中的人說起，他只聽到了而已。」

阿尼密也苦笑道：「那怎麼找得到？」

葛克攤了攤手，道：「當然很困難，不過他說，山那邊的土人部落，是一個十分友善的部落，那邊物產豐富，土人從來也不殺人。」

阿尼密皺了皺眉，道：「他懂得那土人部落的語言？」

葛克又回頭問劉郎幾句，劉郎則轉頭問那土人，那土人的回答又傳譯了過來。

葛克少校高興道：「那邊土人部落的語言，和阿隆那一族是差不多的。」

阿尼密道：「好吧，總算越來越近了，我們向前走。」

葛克偷眼向族長看去，族長已經醉倒了，鼾聲大作，天堂鳥的羽毛在隨著他的鼾聲而起伏著。

葛克又向劉郎說了幾句，劉郎領著他們出去，許多赫林人又圍了上來。

葛克和阿尼密急急向前走著，一小時後，已經沒有赫林人再跟在他們的身後了，他們才鬆了一口氣。

第二天，他們翻過了又一座山頭，見到了另一個土人部落——在接下來的一個月之中，他們平均每隔兩天，就翻過一座山嶺，遇見另一個土人部落。

可是，幾乎毫無例外地，他們遇到的那些土人，都指著高山，說消息是從山的那邊傳過來的。

越向腹地進發，所遇的土人，便越是落後和原始。

到最後，他們已幾乎要放棄之際，所遇到的那一個部落的土人，還停留在石器時代，而且，是百分之百的穴居。

阿尼密真懷疑他們之間，是不是有語言？因為，他們所發出的聲音，和狒狒的叫聲，實在沒有多大的差別。

這個部落的土人所居住的地點，是在聳立的高山包圍的中心，在一些山崖上，有許多天然的岩洞，土人就住在這些岩洞之中，用原始的石塊獵取野獸來充飢。

阿尼密和葛克都帶著完備的攀山工具，也經過了三日三夜，才翻過了山頭，發現了這一族穴居人。

當他們在一片平崖，被大約二十多個穴居人包圍著的時候，阿尼密的心中極其沮喪，他長長的嘆了一聲，說道：「我看沒有希望了。」

葛克少校也道：「是的，阿尼密先生，再向前去，我們可能穿過新幾內亞，會到達它的北岸，你看這些人，你看看這些人。」

阿尼密又嘆了一聲，圍在他們身邊的那些穴居人，眼球轉動著，發出莫名其妙的聲音。

阿尼密在這些日子裏，學會了不少土人的簡單語言，他試著說出了十幾種，想和那些土人交談，可是卻一點用處也沒有。

葛克少校道：「算了吧，我看，世上沒有人會懂得他們的語言。」

阿尼密無意識地揮著手，對葛克少校的話表示同意，可是，就在此際，突然，在離他們不遠處，傳來了一個顫抖的聲音，道：「對，除了他們自己之外，世界上沒有人懂得這種語言。」

一剎那之間，阿尼密和葛克少校兩人，都僵硬得無法轉動脖子，回過頭去看一看那聲音的來源。

要不是他們兩人同時聽到了聲音，他們一定會以為，那是他們多日來辛勞所產生的幻覺。

那兩句話，是純正的荷蘭語！

阿尼密首先轉過頭去，在那一剎間，由於實在太激動和突然，他張大了口，本來是想叫「寶德教授」的，可是，卻一點聲音也發不出來。

不過，這時候，他就算是一點聲音也沒有發出來，他也知道，自己的搜尋已經有了結果，三十年來的搜尋總算告一段落了。

葛克少校也立時轉過頭去，他同樣張大了口，但是，卻也一樣出不了聲。

他們都看到，在他們的身後有一個山洞，那個山洞的洞口，有著其他山洞口所沒有的一件東西——一張草簾子，遮著洞口。

阿尼密終於發出了聲音，他聲音嘶啞地叫了起來：「寶德教授！寶德教授！」

那山洞口的草簾掀動，一個人慢慢地現出身來。

阿尼密和葛克兩人睜大著眼，他們看到一個人，用一根木棍支撐著，自山洞中慢慢地走出來，那人的身上也沒有衣服，和其他土人一樣，只是下體圍著一塊獸皮。

他一樣膚色極黑，有著捲曲的頭髮，皮膚上，有著因為營養不良而來的白屑；眉骨特別高，以致雙眼看來深陷。

他看來，完全是一個原始的，還處在石器時代的穴居人。

可是，阿尼密卻又清楚地聽到過，有純正的荷蘭話，自那個山洞中傳出來。

剎那之間，阿尼密心中想，或者，寶德教授還在洞裏，還沒有出來。

就在那土人現身之際，本來圍著他們兩個人的穴居人，都現出了一種很驚訝的神情來，發出聲響，紛紛向後退了開去。

這種反應，顯然表示他們對那個土人，懷有相當程度的恐懼。

阿尼密望著那穴居人，那穴居人也用他混濁的、黑褐色的眼珠，望著阿尼密。

過了半晌，他又開了口，仍然是極其純正的荷蘭話，聲音也依然在發顫，道：「阿尼密，我的好朋友，你終於來了。」

那穴居人的聲音發顫，同時，他慢慢揚起發抖的雙手來。

那穴居人出來的時候，是用一條木棍支撐著身子的，他的左腿明顯地曾受過極度的傷害，當他的右腳碰到地面之際，左腳離地還差著半尺，他是一個跛子。

所以，這時候，當他的雙臂發著抖，向上揚了起來之際，支持他身體平衡的那根木棍跌在地上，他的身子也陡地向左側跌了下去。

也就在這時，阿尼密發出了一下呼叫聲，陡地奔向前去，將那個穴居人緊緊抱住，叫道：「寶德！寶德教授。」

穴居人也緊緊地抱住了阿尼密，兩個人的身子都在劇烈地發著抖，他們都爭著在講話，可是，自他們口中所發出來的，卻全是連他們自己都聽不清楚的一種混雜的喃喃之聲。

那是由於他們的心情，實在太激動了，激動到無法可以清楚地說出話來的程度。

葛克少校在一旁呆立著，儘管阿尼密已對他說過寶德教授的事，但是這時候，他雙眼睜得極大，真正怔呆了。

一個穴居人，但不是穴居人，而是寶德教授！這是無論任何人，都無法接受的事實。

阿尼密恢復正常，他一面扶著寶德教授，一面彎下身，拾起了木棍，交給寶德教授，深深地吸著氣道：「寶德，你是世上唯一有過兩次生命的人。」

寶德教授面肉抽動著，突然發出了極其淒酸的笑聲來。

阿尼密仍然扶著寶德教授，他心中有著太多的問題，想要求得答案。

他望著寶德，現在的寶德，和以前他所認識的那一個荷蘭人，當然一點也不相同。

如今在他面前的，完全是一個穴居人，可是，那只不過是外表；這個穴居人，到如今為止，還可以說是世上最權威的熱帶病理學專家，他仍然是寶德教授。

阿尼密勉力使自己鎮定，也企圖使不住發抖的寶德教授鎮定起來，他放慢聲調，說道：「寶德，你——」

寶德喘著氣，道：「看在上帝份上，先別問什麼，你們有酒麼？」

葛克少校在一旁，急忙自行囊中，取出一隻扁平的瓶子來遞了過去。

寶德接住了瓶子，他的手，因為劇烈地發著抖，甚至無法打開瓶蓋，還是靠阿尼密的幫助，他才能喝到瓶中的酒。

他不斷喝著，一口又一口，酒順著他的口角流了下來，流在他裸露的、乾燥、而且粗糙的皮膚上，被突出在皮膚外的肋骨所阻。

阿尼密已經知道，寶德教授的情形絕不像三十年前，他們「商量」的那樣順利，其中，一定有過不為人知，但是極其重要的變化。

如果不是有了變化，寶德教授是不會變成現在這個樣子的。

等寶德喝去了大半瓶酒之後，他才停止，抹著口，望著阿尼密，又道：「你為了找我，這些年來，到過不少地方吧？」

阿尼密道：「是的，我到了世界每一個角落。我本來以為找你是很容易的，因為，你必然是一出世就驚世駭俗的。誰知道──」阿尼密也不禁苦笑了起來，向葛克指了一指，道：「要不是在雅加達遇見了他，憑著一點傳說，我是不能見到你的了。」

寶德教授「喃喃」地道：「雅加達，雅加達……」他一面說著，一面身子又發起抖來。

阿尼密說道：「慢慢來，我們已經見面了，就算花上一年的時間，慢慢談分別後的情形，也不要緊。」

寶德又淒然地笑了一下，道：「那麼，請到我的穴洞中來。我在這裏很孤獨，一種你無法想像的孤獨。」

葛克少校低聲道：「這一點，我早就說過了。」

阿尼密望了葛克一眼，的確，葛克早就說過這一點，他說過，寶德會是世上最寂寥、痛苦的人。

阿尼密和葛克，一起跟著要拖動身子的寶德，進了穴洞之中。

穴道中很黑暗，阿尼密和葛克少校要過好一會，才能看清穴洞中的情形。

洞中其實也沒有什麼東西可看的，除了一角鋪著由乾樹皮編出來的席子之外，幾乎什麼也沒有。

那時，寶德已經在一塊大石上坐了下來，雙手捧著頭，阿尼密也找了一塊較平整的大石坐下來，望著在他對面的寶德，心中感到一陣難過。

他真難於想像，學識豐富的寶德教授，是如何過那原始的生活，過了三十年之久的。在他們進穴洞之後，其餘的穴居人遠遠地在穴洞之外守著，不時發出點古怪的聲音，但是，並不進洞來侵擾他們。

阿尼密點著一支煙吸著，首先打破沉默，道：「寶德，怎麼一回事？」

寶德慢慢地抬起頭來，在陰暗之中，他濁黃色的眼珠，看來更加黯淡，不像是屬於一個活人所有的。

他的口唇掀動著，過了半晌，才道：「一切都和我臨死之前想像的一樣，那時，離開了紅霞，向前走，想找一個母體內的嬰兒，以供我去寄託——」

阿尼密揮了揮手，但是卻沒有出聲音，他本來的意思，是想問寶德，當時他的感覺是怎樣的，但是一轉念之間，他卻沒有問出來，因為，他覺得那實在是一項無法回答的問題。

因為那時，寶德教授根本是不存在的，他的身體留在雅加達，造成他有思想的，只不過是一組極其複雜組合的腦電波而已。

寶德望了阿尼密一眼，又道：「或者你是想知道，我當時的感覺怎麼樣的？」

阿尼密點了點頭，寶德苦笑了一下，道：「完全像是一個夢，和做夢，可以說是完全一樣的，我並不感到自己的身體已經不存在，就像是做夢一樣，身子雖然躺著不動，但是人卻可以到達任何地方。」

寶德接連幾次強調「和做夢一樣」，阿尼密和葛克兩人都點著頭，這種感覺，他們是完全可以領會的，他們自然沒有像寶德教授那樣的經歷——人死了，腦電波卻還存在，但是他們都做過夢。

寶德又道：「在我想用紅霞做我的寄託之際，我設想得很好，可是，紅霞的腦組織已完全破壞了，我完全無法達到目的——」

他講到這裏，突然停了下來，然後，以一種極焦切的聲音問道：「紅霞還好嗎？」

阿尼密嘆了一聲，道：「她死了。」

寶德的身子震動了一下，過了好久，沒有出聲，然後才又道：「我像是身在夢中一樣，向前走著，好像走得很快，我只覺得無法停止，海洋在我的腳下迅速移動，我實在走得太快了——」

寶德又望了阿尼密一眼，阿尼密嘆了一聲，道：「是的，你那時，是以無線電波的速度在移動，那是和光速幾乎一樣的。」

寶德咳嗽了幾聲，道：「一切是突如其來的，我覺得我有寄託，我一定是進入了一個初生嬰兒的體內，我感到一陣極度的痛楚，那種痛楚，是來自全身的每一個神經末梢的，我忍不住大叫了起來，於是，我又一次聽到了我自己的聲音。」

寶德教授這時已漸漸恢復了鎮定，所以他敘述的聲音也平靜得多了，而阿尼密和葛克兩人，都帶著一種夢幻一般的神情，因為，寶德這時的敘述，是世上獨一無二的，他是在講述，他如何獲得第二次生命的事。

寶德吸了一口氣，道：「我聽到了我自己的聲音，我在叫：我在什麼地方？可是我想發出的聲音，和我發出來的聲音完全不同，我想問，我在什麼地方，但是發出來的，卻只是哭聲。」

寶德講到這裏，聲音又急促了起來，道：「我既然發不出我要講的話，只好看清楚自己是在什麼地方，可是，我睜大眼，只看到一片模糊，什麼也看不到。」

阿尼密雙手緊握著拳，道：「為什麼有這樣的情形？」

寶德望著岩洞的頂，聲音仍然很平靜，道：「實在很簡單，不過事前我沒有想到，你也沒有想到，我和你都以為，只要進入一個嬰兒的體內，就可以代替原來失去的軀體了，可是事實上，嬰兒的視覺、聽覺，以及聲帶，都無法負擔著一個人正常的工作，嬰兒的聲帶只能作簡單的震動，只可以發出哭聲來。」

阿尼密閉上眼睛一會，他有點不敢想像，這是何等痛苦的一件事，一個人，思想成熟，什麼都會想，可是他的身體，卻完全不能依照他的思想來行動。這只有一個全身癱瘓的人，才差可比擬。

寶德繼續道：「或許你以為，情況最壞，不過是和一個全身癱瘓的人一樣，是不是？但是事實上絕不是那樣，嬰兒感受到的痛楚，簡直是不可忍受的，皮膚碰到任何粗糙的東西，都是徹心的疼痛，那簡直不是人所能忍受的，太……可怕了。」

寶德講到這裏，好像是在重新體驗當時的痛苦，以致他的身子在劇烈地發抖。

他是抖得如此之可怕，使得阿尼密不得不走過去，用力按住他的肩頭。

寶德抖了好一會，道：「我最先有的能力，是聽覺。我可以聽到外界的聲音了，在感覺上，我知道我一定是進入了一個十分貧困的家庭之中，但當時，我還是很樂觀，因為我再生的家庭，就算再貧困也不要緊，有我在，我可以很快地使整個情形改變，我依然是我，我的軀體雖然變成了一個嬰兒，但是，我依然是我，是不是？是不是？」

寶德急切地問著，阿尼密忙安慰他道：「是的，一點也不錯。」

寶德教授雙手掩住了臉，聽自他喉際發出來的聲音，他像是在啜泣。

過了好一會，寶德才又道：「當我可以聽到外界的聲響之後，那大約是七八天之後的事，我就覺得不妙，我聽到的人的交談聲，全是音節十分簡單，我根本聽不懂的話；我拚命想弄清楚自己是生活在什麼人之間，但直到我可以看到他們之前，我無法知道。」

阿尼密道：「嬰兒可以看清東西的時間，也不需要太久的。」

寶德道：「是的，大約是出生之後五十天左右。我需要的時間更短，我想，大約只有三十天左右，我就第一次可以看到東西了。我看到的是一個穴洞，和自己睡在乾樹葉上，同時，看到了有人在我身邊走著。阿尼密，你以為我需要多久，才能判定我在什麼地方？」

寶德教授的神情，淒苦到使阿尼密不敢正視他，他轉過頭去，道：「你一眼就可以知道，自己是在一群穴居人之間，可是，你一直到現在，還不知道自己身在何處？」

寶德連聲道：「是的，是的，我一眼就認出來了，那些是穴居人；而我，是一個小穴居人。但我……我不知道這個穴居人部落，究竟是在什麼地方？」

阿尼密沉重地說道：「是在新幾內亞的最深腹地。」

寶德苦笑了起來，喃喃地道：「新幾內亞的最深腹地，哈哈，新幾內亞的最深腹地。」

阿尼密大聲問道：「你究竟是怎麼一回事？你為什麼不嘗試離開這裏？」

寶德像是沒有聽到阿尼密的問題，只是自顧自地道：「又過了兩個月，我的聲帶，已經可以發出複雜的震動了，我可以說話了。」

寶德講到了這裏，又發出一連串的苦笑聲。

在一連串的苦笑聲之後，寶德道：「我會講話了。可是，那有什麼用？我對他們說什麼？荷蘭語？英語？我的話在這群人之間，根本沒有人聽得懂，我根本沒有可以說話的對象。當我第一次說話之際，所有的穴居人全部嚇呆了，他們不知道做什麼才好，只是盲目奔跑，有的簡直就膜拜著我，我想，他們一定是嚇呆了。」

葛克少校道：「我想他們一定是驚駭到了極點，所以，這件事才有機會傳出去。」

寶德又道：「十個月之後，我可以行走了，當然，我會做許多穴居人不會做的事，可是有什麼分別？我是一個穴居人，一個與世隔絕的穴居人。阿尼密，你的想法不錯，可是不幸的是，我錯生在一群穴居人之間，我的思想、我的語言，完全無法向任何人傾訴。他們知道我和他們不同，可是，他們絕無法瞭解到，我和他們不同的程度是多麼遠，完全沒有人知道我，沒有一個可以瞭解我的才能、我的天賦。完全沒有！這些穴居人，只是庸庸俗俗，和其他動物一樣，為獵到一頭山豬而興奮，掘到了一點有甜汁的草根而爭吵，他們完全不知道，在他們之間，有一個完全和他們不同的人。阿尼密，比較起來，這種心靈上的痛苦，更不是人所能忍受的。」

寶德一口氣講到這裏，略頓了一頓，雙手緊握住阿尼密的手臂，道：「我生錯了地方，實在太錯了，我竟生在一群穴居人之間！他們是那麼愚昧無知，而我就生活在他們之間，他們根本不知道什麼叫思想，而我就要和這種人生活在一起。」

阿尼密只覺得自己的喉頭發乾，他只好重覆著剛才已經問過的那個問題，道：「你難道沒有想過要離開？」

寶德道：「當然想過，我在兩歲那一年，就已經開始想要離這裏。可是，我的思想，並不能使我的身軀飛起來，這——」他輕拍著自己的腿，又道：「這就是我第一次想離開的結果，我只不過跌了一跤，就變成了跛子。」

葛克緊握著拳，道：「你應該再試。」

寶德道：「我試過！可是，在跛了腿之後，你以為我還有多少機會？」

葛克少校不再出聲了，一個跛子，想要走出新畿內亞的腹地，那可以說，是絕對沒有任何機會的。

穴洞中靜了下來，外面，天色已經黑了下來，穴洞中自然更黑暗，只有寶德的喘息聲。

每一下嘆息聲，都充滿了這三十年來，他生在錯誤環境中的悲苦。

阿尼密只好道：「好了，現在一切全過去了，你和我們一起走，將你的事告訴世人，這是人類歷史上，從來也未曾有過的事，你是第一個有兩次生命的人，你可以繼續你的研究，你可以成為人類史上，最偉大的一個人。」

寶德低著頭，道：「一個穴居人？」

阿尼密大聲道：「你不是一個穴居人，你是寶德教授！」

寶德又苦笑了起來，道：「不論你怎樣說，我心中唯一的希望，就是能夠再見到你。我知道你一定會來找我，一定會盡你一切所能來找我的。我默默地忍受著無邊無涯的寂寞，那種寂寞，比一個人關在黑獄之中還要恐怖。在黑獄中，你根本看不到人，在這裏，你的四周全是人，可是，全是穴居人。」

葛克少校揮著手，道：「還等什麼？我們現在就走，離開這裏。」

寶德長長地吁了一氣，阿尼密和葛克兩人，已經一邊一個，將他扶了起來。

阿尼密道：「寶德，你可知道麼？早在三十年之前，我已經推薦你加入了一個協會，非人協會。」

寶德並沒有什麼特別的反應，他由阿尼密和葛克扶著，出了洞口。

這時，天色已經全黑了下來，在外面，有著幾堆篝火，那些穴居人就圍在篝火邊，火光映著他們濁黃的眼珠，個個望定了他們三個人。

阿尼密道：「我們連夜下山去，再也不要在這裏多逗留半秒鐘。」

阿尼密說著話，他感到寶德的身子在向下沉去，頭也垂得很低，他忙道：「寶德？」

他的叫喚，並沒有人回答。

葛克陡地叫了起來，道：「他……他死了。」

阿尼密忙將寶德放了下來，是的，寶德死了，已經停止了呼吸，三十年來悲苦的煎熬，就是一個希望在支持著他的生命，希望突然實現了之後，支持力消失，他就死了。

阿尼密站著，他好像又「聽」到了寶德的話：我又自由了！我絕不會再試一次取得他人的軀體，絕不會！再見了，阿尼密，我的朋友。

阿尼密抬起頭來，看到火光映著眾多穴居人的臉，遠處，是一片濃黑。

當寶德教授的第二次生命又結束了之後，阿尼密埋葬了屍體。

他曾經試圖想和那群穴居人接觸，瞭解一下在這三十年之中，寶德教授曾經是如何生活的，可是，阿尼密卻一無所得。

因為，穴居人的言語是如此簡單，根本無法用他們的語言來表達稍微複雜一點的事情。

阿尼密發現穴居人的語言，除了表達他們如何去得到食物之外，簡直沒有別的用途。

那一群穴居人，和一群狒狒，實在沒有多大的分別。

阿尼密和少校離開了穴居人聚居之處，又經過了許多崇山峻嶺，離開了新畿內亞，在雅加達和少校分了手，依照他的諾言，買了一間規模相當大的酒廠給了少校。

在接下來的日子中，阿尼密幾乎每一天，都試圖和寶德教授「接觸」。

他是一個有特殊能力的靈媒，在他的一生之中，有著無數次和已經死了的人「接觸」的經驗，可是這一次，他卻無論如何，無法再和寶德教授取得任何的聯絡了。

在那一年的「非人協會」的年會中，他又和其他的會員，在那座古堡中見面。

雖然時間隔了三十年，但是那座古堡卻一點變化也沒有，只不過「非人協會」卻多了幾個會員。

阿尼密在會中，向各會員報告了他終於找到了寶德教授的經過。

在他講完了之後，所有的人卻一聲不出，過了好一會，才有一個會員問道：「這是悲劇，寶德教授難道不能選擇？他的第二生在一群穴居人之間，是偶然的不幸，還是必然的？」

阿尼密用手撫著他那已滿是皺紋的臉，緩緩地道：「我無法回答這個問題。」接著，他頓了一頓，又道：「我記得，三十年之前，當我推薦寶德教授入會之際，大家都說過，要是寶德教授能夠有第二次生命的話，你們也想試一試，現在，大家是不是還維持原意？」

又隔了很久，才有人出聲，幾個人異口同聲地道：「不，一次生命已夠了。」

阿尼密苦澀地笑了起來，道：「是的，一次已經夠了。要是像寶德教授那樣，不幸在一群穴居人之間……」

他的笑聲，越來越苦澀，又道：「在一群穴居人之間，白癡比天才幸福得多，才學和知識是一種極度的痛苦，寶德教授實在太不幸了。」

各會員全不出聲，因為大家都可以清楚地明白這一點，他們的沉默，自然是為不幸的寶德教授，作無可用言語表達的哀悼。

〈完〉

主宰

森林中搗鬼的樹

時間又回到寶德教授才死去的那一年，也就是在阿尼密離開了那群穴居人的三十年之前。

地點，仍然是在「非人協會」位於瑞士的那座古堡的大廳之中。

再準確的時間，是在阿尼密講完了寶德教授的事情之後，那個瘦長的會員說：「我也要推薦一個人入會——」

他講完了這一句話之後，站了起來，搓著手，神情很有點緊張，然後又坐了下去，看他的神情，像是不知應該如何開始說才好。

其餘幾個會員都望著他，他們自然都知道，這個瘦長個子，是一個極其特出的人物，他的專長是他對植物的知識。

他們也記得，當瘦長個子入會的時候，還是一個瘦削、黧黑，看來很害羞的小子，當海烈根先生帶著他，走進這個大廳來的時候，他看來有點手足無措。

當時，海烈根先生輕輕拍著他的肩頭，像是在給他一種鼓勵，然後，海烈根先生對大家，將這個羞怯的、看來有點神經質的瘦長小伙子，作了簡單的介紹：

「各位，這是史保。他有足夠的資格，成為『非人協會』的會員，他的資格，是在於他對植物的了解，我其實並不知道他對植物的了解究竟有多麼深，但是我可以斷言，全世界所有的植物學家加起來的所有知識，還不及他對植物了解的十分之一。」

海烈根先生的介紹詞，是如此簡短有力，再加上當時幾個會員對海烈根先生，有一種對長輩的崇敬，是以儘管他們有多少懷疑，也是毫無疑議地同意了史保的加入。

而史保當時的神情，他們也記得很清楚，他們起先以為，這個看來很羞怯的小伙子，在聽了海烈根先生對他推崇備至的介紹之後，一定會謙虛幾句的。

誰知道當時，史保只是咧著嘴，看來有點靦腆地笑了一笑，完全沒有半點客氣的意思。

後來，在阿尼密加入之前，史保一直是最沉靜的一個會員。

當然，他並不像後來的阿尼密那樣，幾乎一句話也不說，可是，他的確是相當沉靜的一個人，只除了有一次，他在一次年會之中大發脾氣，將總管訓斥了一頓，那是他在大廳中，看到了一大瓶自花園中剪下來的玫瑰花之後，突然發作的。

他的額上佈滿了青筋，嚴厲禁止總管以後再有同樣的行為。

那時，海烈根先生還在，事後他談起，只是道：「史保太喜歡植物了，在他的心目中，對植物的觀念和我們不相同，我們看來只不過插了一瓶玫瑰花，在他看來，和將一些嬰兒的頭放在一起一樣。」

海烈根先生當時的這番解釋，其餘幾個會員都很難明白，但當時的史保是真正的在發怒，倒是任何人都可以看得出來的，所以從那次以後，「非人協會」的那個古堡之中，所有的花瓶全是空置的，絕沒有鮮花插在其中。

這時候，史保說了他要推薦一個新會員，站起來，搓著手，又坐了下來，完全像是不知如何開口之際，幾個老會員都想起了他初入會時的情形來。

范先生微笑著道：「史保，只管說，我們已接受了一個還未出世的人，還有什麼不可接受的？不論你推薦的人多麼怪，說出來吧。」

史保先生的神態，看來更加忸怩了，他再次站了起來，雙手比著人家全看不懂的手勢，然後又坐了下去，這才道：「我……我要推薦的……不是一個人。」

每個會員都呆了一呆，范先生以老大哥對小弟弟的態度，首先道：「那也不要緊，我推薦的都連加農，實際上，只是一條魚，也不能算是一個人。」

范先生這樣說，自然是想讓大廳中的氣氛變得輕鬆一點，但是，他卻並沒有達到目的。

史保的神情看來仍然很尷尬，而其餘的人，也沒有人出聲。

史保有點不好意思地低下頭去，喃喃地道：「我知道我這樣做，太過分了一些，都連加農當然是人，未出世的人同樣是人，可是我……我……」

史保又抬起頭來，望向各人。

這時，儘管各人的心中都很疑惑，但是每一個人的神情卻都是鼓勵的，鼓勵史保將他的推薦說出來。

史保深深吸了一口氣，看來，他鎮定了很多，然後，又是一段短暫的沉默，他才道：「事情是在今年年初，我接受一項委託，重新整理巴西的橡樹園。因為戰爭，西方國家無法再利用馬來西亞的樹膠，所以，他們想起了巴西的橡樹園來，設法再度利用，我就接受了這項委託。」

史保已經開始了他的敘述，各會員都鬆了一口氣，剛才，他們真怕史保因為感到他自己的提議「太過分」了，而不再說什麼。

史保略頓了一頓，繼續道：「我到了巴西，和巴西的內政部取得了聯絡，原來的橡膠樹都已經荒廢了，我必須從野生的樹膠叢著手調查，最好能找到一大片，能夠立時採用的樹膠，我們沿著亞馬遜河，向上游走著，我有十足的把握。因為我熟知世界上所有植物的特性，和我同行的，是巴西內政部的一個官員，叫拉維茲。」

史保和拉維茲從一開始會面起就不愉快，那不愉快，或許是由於史保看來一點也不特出的外表所造成，也或許是由於拉維茲那種官僚作風。

當史保首次進入拉維茲的辦公室之際，拉維茲穿著筆挺的名貴料子製成的服裝，留著整齊的小鬍子。

他打量著史保，用一種很客氣的聲調，道：「史保先生，對於巴西的原始森林，你知道多少？」

史保的回答很老實：「一無所知，拉維茲先生，事實上，人類對於人類最好的伴侶——植物，所知實在太少了，簡直可以說一無所知。」

在聽了史保的回答之後，拉維茲只是翻著白眼。

事實上，拉維茲除了徵歌逐色的生活之外，對於其他的任何知識都是一片空白，他當然無法了解史保這種高度專門性的話。

拉維茲用手指撫摸著整齊的小鬍子，道：「他們要找橡膠樹，你想，有希望麼？」

史保的回答幾乎是冰冷的，他道：「我們一定要找到它，戰爭用橡膠。」

拉維茲有點無可奈何道：「好吧，我們什麼時間出發？」

史保上下望了望拉維茲幾眼，他的眼光一定令得拉維茲十分不舒服。

史保道：「照我說，最好是今天，但我看你今天不能動身，那就只好明天了。」

史保的話，照拉維茲的情形來看，是想立即提出抗議的，但是史保卻不讓拉維茲有講話的機會，他立時揮著手，道：「我的任務是盡快地找到橡膠，而你，拉維茲先生，應該已接到了你上司的命令，你是撥給我指揮的人員之一，而我的命令是，明天早上七點集合出發。」

拉維茲給史保的那一番話說得直翻眼，一句話也答不上來，過了半晌，總算擠出了一個字來，道：「是。」

他們，史保和拉維茲，以及另外兩個森林學家，和一些工作上的助手和嚮導，的確如期出發。

可是，在他們到達亞馬遜河流域，沿河向上游走著，在第六天，史保早上起來，卻發現所有的人全不見了。

史保是睡在樹上的，正如海烈根先生在推薦他入會時的介紹，史保對於植物，有極其特殊的感情，他曾經發表過好幾篇有關「植物感情」的論文，但是，卻並沒有引起生物學界太大的重視。

每當夜晚，別人全睡在帳篷裏，他就獨自一個人爬上樹去，睡在樹上，好像枝葉濃密的大樹，是他的愛人，而他就像睡在愛人懷中那樣甜蜜。

史保發現他的同行者全部失蹤的那個早晨，是一個天氣晴朗的早上。

由於史保睡在樹上，陽光總是先照射到他，他也比常人早睡一些，通常，總是由他來叫醒其他人的。

這一天早上，也和以往六天一樣，他從樹枝上坐起身來，迎著朝陽，深深地吸著空氣，只有和大樹一起睡覺的人，才能體會到大樹在清早時所發出的氣息，是何等之清新可愛。

然後，他向下叫道：「每一個人都起身！」

他叫了兩三聲，開始攀下樹來，當他攀到一半的時候，他已經呆住了。

他幾乎是從七八尺的高處直跌下來，跌在一大叢灌木之上，然後，他又立即掙扎著站了起來。昨天，當夕陽西斜之際，他們是在這裏紮營的。

當他在樹上，朦朧快睡去之際，他還曾聽到拉維茲在唱著情歌，而篝火的火光也在閃動著。

但是這時，他跌在灌木叢中，又掙扎站起身來之際，卻一個人也見不到。

不但是一個人也見不到，而且什麼也沒有了，營帳、行李，一切全不見了，就像是昨天晚上，根本只有他一個人到過這裏一樣。

史保呆呆地站著，事實上，他只是僵立著，他只覺得自己全身都僵硬，而不能動彈。這是不可能的事，所有的人、所有的裝備，全到什麼地方去了？

史保知道，拉維茲對他很不滿，而其他的工作人員，由於他太心急要早點完成任務，在情緒上，也完全傾向於拉維茲這一邊。

而以巴西人的性格而論，所有的人棄他而去，並不是不可能的事。但是，那些人又用什麼方法，將一切做得如此乾淨呢？

就算他們在行動時，不發出任何聲響，一切也不可能這樣乾淨的！

在大樹的草地上，沒有篝火的餘燼，沒有人踐踏過的痕跡，沒有搭營帳時打下木樁的洞，什麼痕跡都沒有，有的只是一片綠油油的草，沾著在陽光下閃耀、眩目晶瑩如珍珠的露珠。

史保慢慢地跨出了灌木叢，小心不踏斷樹枝，然後來到了草地上，伏了下來，將臉貼在柔嫩的草上，低聲道：「告訴我，究竟發生了什麼事！告訴我。」

他可以感到，他身下的青草正在歡迎他，但是青草卻不會出聲，也無法告訴他究竟發生了什麼事。

史保又仰起頭來，那株大樹，他昨晚的「睡床」，就聳立在他身邊的不遠處。

點。

那是一株七葉樹，至少有四十尺高，透過濃密的樹葉，陽光看來像是無數的小亮圓

史保望著這株七葉樹，喃喃地道：「告訴我，究竟發生了什麼事？」

他站起身來，有點腳步踉蹌地走向前，來到了樹幹旁，雙手抱住了樹幹，七葉樹的樹皮起著很藝術化的皺紋，史保將耳朵緊貼在幹上。

以往，每當他這樣做的時候，他可以聽到大樹的「心跳聲」，那是樹幹內無數的輸送細胞在活動，輸送著水份和養料，到達每一個樹梢末端時所發出的奇妙的聲音。

往常，這種植物的聲音，已令他很滿足了，但這時，他顯然覺得不夠，他要那棵大七葉樹回答他，究竟昨天晚上發生了什麼事。

他用力搖撼著樹幹，自然，那麼高大的一株大樹，史保根本不可能搖動它。

可是當他用力搖撼的時候，樹枝卻發出沙沙的聲響，微黃而帶有淡紅色的四萼花瓣，卻紛紛落了下來。

史保仰頭向上看，輕柔潤濕的花瓣沾了他一臉，他並沒有得到什麼回答，但是昨晚究竟有什麼變化，這株七葉樹一定是知道的。

史保慢慢拂去沾在臉上的花瓣，又大聲叫著拉維茲和他認識的人的名字，在那一剎間，七葉樹的樹枝上，不但落下花瓣，而且，還灑下了對生的、掌狀的複葉，所有飄落下

來的樹葉，並不是枯萎了的葉子，而是綠油油的。

史保感到一陣難過，他又搖撼著樹幹，有點情不自禁地嚷叫著，道：「好了！我知道你同情我的處境，既然你不能告訴我什麼，我就只好自己去找答案了。」

他向前走出了兩步，立刻又轉過身來，攤開手，道：「其實，你不必為我擔心，我一個人可以生活得很好，而且，我快可以找到我要找的東西了。昨天，我就發現了一大片井邊口草，這不就是快找到大片橡膠樹的證明麼？我對他們講過，他們不相信，他們根本不相信植物也有自己的世界、自己的組織，或許他們棄我而去，我的工作更容易進行一點。」

史保在對大七葉樹講了那番話之後，心情輕鬆了許多，的確，他一個人或者更好一些，雖然沒有糧食，但那是難不倒史保的，他知道何種植物可以吃，也知道它們是什麼味道。

他沒有走出多遠，就選擇了一大叢結了實的人面子的果實，作為早餐，直到滿口都是人面子那種略帶苦澀的香味為止。

然後，他繼續照原定的途徑前進，幾乎肯定了拉維茲那一伙人，是棄他而去的逃兵了。

史保的中餐，是一頓豐富的「植物大餐」，包括了一束裙帶豆、十顆三葉通草的果實

——厚皮已經裂開了，現出潔白的果瓢，香甜可口，和一些山胡桃。

這一天，到天色又黑下來之際，他又發現了一大叢井邊口草，雞足狀的長葉的兩邊，已經結滿了孢子。

這種低級植物，是橡膠樹，尤其是巴西護謨樹的好朋友，史保相信至遲明天，他就可以發現大片巴西護謨樹林了。

那天晚上，他又爬上了一株大樹，這次，他選擇了一株枝幹散發著異樣清香的金松，作為他的睡床。

睡在樹上，史保往往是酣睡到天明的，可是當天晚上，當他醒過來時，天卻還沒有亮，史保第一個念頭，是想看一看錶，弄清楚是什麼時間，可是一轉念間，他卻一動也沒有動。

因為四周圍的一切，是如此之靜，如此之黑，在黑暗中向前看去，什麼也分辨不清。

也正由於四周圍是如此之靜，所以史保可以聽到平時聽不到的，許多發自樹木內部的奇妙聲響。

那種平常人根本覺察不到的聲音，在史保聽來，就像是最美妙的交響樂一樣，他實在不想有任何動作，來破壞他對這些美妙音響的欣賞。

他又閉上了眼睛，可是，幾乎是立即地，他覺出事情有點不對頭了。

所有的聲響是如此之強烈，那是不應該的。

植物也需要休息，這種強烈的音響，證明在四周圍所有的植物，全在盡它們的一切可能，在生長、運動。

在這種夜晚，那是不應該有的事情，這種情形，只有在大旱之後，忽然有了水份之後，才應該出現。

有過種花經驗的人，或者都知道，當花葉乾癟、蜷縮之後，淋下水去，不消半小時，花葉就會挺立；但是有多少人知道，植物的內部在這半小時之間，是經過了幾許劇烈的運動，才能使軟垂的葉子又恢復挺立的？

這時候，史保聽到的聲響，就像是四周所有的植物，都在作超過它們所能負擔的力量在運動。

史保陡地張開眼來，大聲道：「你們在幹什麼？」

他的叫聲，打破了寂寞，使得他的身子晃動了一下，從樹枝上直滾了下來。

他忙用雙手抓住了一根樹枝，有些樹葉拂在他的臉上，史保在樹葉拂上了臉之際，張大了口，卻發不出聲來。

他記得再清楚也沒有，他是爬上一株金松樹睡覺的，可是這時拂在他臉上，卻不是線狀的金松葉，而是橢圓形，即使在黑暗中也有光澤反映的另一種樹葉。

即使是在濃黑之中，史保也可以立即辨認出，他抓住的樹枝不是金松樹，而是一株相當高大的奎寧樹。

史保不由自主，急促地喘起氣來，他向下望去，望到的，是另一些大樹的樹頂。那株奎寧樹，看來至少有七八丈高，而通常，他是絕不會爬得如此高去睡的，何況他記得清清楚楚，他昨晚選擇的，是一株金松，不是奎寧樹。

史保呆了片刻，他仍然雙手抓住樹枝，過了好一會，他才慢慢地移動一隻手，摸到了幾片樹葉。

他其實根本不必再作什麼求證，單憑那種特殊的、略帶辛苦的氣味，就可以肯定那是一株奎寧樹，但是他心理上，卻有點無法接受這一事實。

他還要作進一步的證實。

他摸到了樹葉，不由自主嘆了一口氣，那種卵圓形的樹葉，已經不容他再有任何懷疑，那是一株奎寧樹。

現在，問題只在於，他明明爬上一株金松樹睡覺的，何以半夜夢迴，會變成睡在一株奎寧樹上呢？

尋常人在這樣的情形之下，在四周圍根本不會有人回答他的情形之下，一定會先落下地來再查個明白的，可是史保卻不同，他人還抓住樹枝，便用腳大力踢了奎寧樹一腳，大聲道：「你在搗什麼鬼？」

他彷彿聽到奎寧樹的樹身之內，傳來了一陣「沙沙」的聲響。

當植物主幹中的水份迅速下降之際，就會發出這種聲響，而植物在感到有什麼需要保護自己之際，才會有水份急速下降的情形。

這更使史保肯定，這株奎寧樹的確曾「搗過鬼」，而且，一定還不止是這一株奎寧樹。

所有森林中的樹，全曾搗過鬼。

他又大聲地叫了起來，道：「你們搗些什麼鬼？」

他這一次的大叫聲，令得森林之中，響起了一陣飛鳥撲翅聲和小動物的躲藏聲。

史保嘆了一聲，他知道森林中的樹木，曾對他做了一些什麼，可是他卻不能肯定，那究竟是什麼？

他小心地沿著橫枝，攀到了主幹上，然後在黑暗之中，沿著主幹向下落來。

當他的身子在貼著主幹向下落之際，他更可以明顯地聽到那株大奎寧樹的樹幹之中，輸送細胞活動的「沙沙」聲。

那就像是一個做了壞事的兒童，給大人一把抓住，所以心在劇烈地跳著，發出「怦怦」的聲響。

史保自言自語地道：「好，不論你們玩些什麼把戲，我都不會怕你們的。」

那株奎寧樹比他想像的還要高，他費了很久時間才落到地上。

落到地上之後，史保首先聞到一陣清香，那應該是一株成年的黃楝樹發出來的。

他順著那股清香，向前走出了幾步，當他摸到了黃楝樹粗糙的樹皮之際，他蹲下身來，在地下摸索著。

他的雙手碰到了樹葉，發出了瑟瑟的聲響，不消多久，他就拾到了幾顆相當肥大的黃楝子，放在掌心上略搓了一搓，就放進口內咀嚼著。

黃楝子略帶苦澀味的漿汁，充滿了他的口腔。

史保是很喜歡嚼吃黃楝子的，他喜歡那股比橄欖更澀，但是回味更甘的味道。

這時候，史保更可以肯定一點，不但他睡的樹換了一株，而且，一定已經換了一個地方。

昨晚，他並沒有發現黃楝樹，如果附近有黃楝樹，他一定能聞到那種由黃楝樹發出的清香，也一定會拾點黃楝子來嚐嚐的。

那也就是說，在他熟睡之中，他被移了地方。

史保還無法知道自己在樹上熟睡之中，被移出了多遠，這一點，在濃黑之中，他無法猜測，但是曾被移動過這一點，已是毫無疑問的了。

他抬頭向上望，在黑暗之中，四周圍高聳的大樹，枝葉交叉，幾乎每一株樹，都和另一株樹的樹枝有所碰接。

當史保抬頭向上看的時候，他好像看到那些樹枝，在黑暗之中搖動著、彈跳著。

史保用力抹了抹眼，又用力搖了搖頭。

他雖然和所有的植物有深厚的感情，而且，他也堅信植物有感覺，他也能夠懂得各種不同植物的不同感情，它們的愛好、習慣等等，但是，要說所有的樹木聯合起來，做一件事，來對付一個人，這樣的情形，他還是不能相信的。

可是，他對植物的理解，也是逐步累積而來的，誰又能說，這不是一個新的經驗？

他沒有再爬上樹，只是倚著那株黃楝樹坐了下來，一面思索著，一面細心傾聽身旁各種樹木所發出來的各種聲響。

那些聲響，彷彿是樹和樹之間，在互相商議著些什麼。

這時，史保的心中反倒十分平靜，他已經知道，在樹林中發生了什麼他不能猜測的事，但是他也可以肯定，他是不會遇到什麼損害的。

因為，世界上的植物，要說有什麼植物界之外的朋友的話，唯一的朋友就是他。植物也需要朋友的，植物不會去傷害一個真正的、唯一的朋友。

在沉思中，曙光慢慢出現，終於，朝陽升起，森林中出現了一道一道的光柱。

史保慢慢地站了起來，在他來說，朝陽下的叢林，是世界最美麗的地方，也是最動人的環境，所有的植物，全以那樣歡喜的心情來迎接朝陽。

這種歡喜的心情，史保完全可以體驗，有時，他甚至以為自己是植物的一份子，同樣享受著這份喜悅。

他半轉了個身，再次走近那株奎寧樹，仔細打量著。

那是一株極其高大的奎寧樹，至少超過五百年，試想想，五百年之前的任何生物，能夠活到今天的，只有植物，它不但已活了五百年，而且，至少還可以活五百年。

植物的生命是如此之悠長，誰能說在這樣悠長的生命之中，竟會沒有感情！史保對於世人對待植物的態度，不由自主地搖著頭。

他走近奎寧樹，在樹幹上寄生的美人藤，千百條觸鬚一樣的藤梢，在陽光下顫動著，那些帶有細小倒刺的細藤，沾上了史保的衣服，像是熱情的主人想留住客人一樣，不想他離去。

史保輕輕地將沾在他衣服上的細藤拉開去，有一股細藤，立刻沾上了他的手指，而且將他的手指輕輕繞住。

史保搖著頭，他強烈地感到寄生的美人藤，真的不希望他離去。

他輕撫著纏住他手指的藤絲，輕柔地道：「對不起，我必須離開，不論你如何想，我一定要走。」

美人藤的藤絲顫動著，好像是由於森林中的微風，又好像是完全自動的，在那一剎之間，史保突然注意到，所有細柔的、呈蜷曲狀的藤芽，都伸出了它們的尖端，而且毫無例外地指著西面。

史保呆了一呆，那些細柔的藤絲，不知要憑多堅強的意志力，才能夠做到這一點。它們這樣做，是為了什麼？要他向西走？

向西走，和他預定的路途是不合的，恰恰相反，他應該向東走，才能找到橡樹林。

史保拉開了纏住他手指的美人藤，轉過身，向東走去。

美人藤的向西指，使他想到，如果他在熟睡之中曾經被移動過的話，那麼，一定是被向西移動過，如果是那樣的話，那麼，他向東走，就可以回到昨天晚上，他爬上去的那株金松樹那裏。

他一面向東走著，一面摘拾著山果充飢，他涉過了一條小溪，約莫走出了半哩，就看到了那棵聳立的金松樹，就在眼前。

在旁人看來，同一種類的樹，每一株都是一樣的，但是，史保卻可以分辨得出每一株樹來。

他急急向前走出了幾步，一點不錯，這一株金松樹，就是他昨晚爬上去，作為「睡床」的那一株。

而他在半夜醒過來的時候，卻是在一株距離半哩之外的奎寧樹上。

如果他不是半夜突然醒轉，而是一覺睡到天亮才醒，像前天晚上那樣，那麼，他可能被神秘地移出一哩之外。

就在那一剎間，史保陡地明白了，前天晚上，他是一覺睡到天亮的。

如果神秘的移動在前晚就開始，那麼，前天晚上，他至少也被移出了一哩，並不是拉維茲和其他的人離開了他，而是他離開了他們。

只不過因為他醒過來時，仍然是在一株七葉樹上，所以他才沒有深察。

這一株七葉樹，是不是就是他爬上去的那一株？

史保又想到，如果不是他半夜醒過來的話，他可能在早上醒來，仍然是在一株金松樹上，那麼，他仍然不會覺察自己曾被移動過。

史保呆呆地站著，抬著頭，望著正盡一切所能吸收陽光的樹葉。

陽光是一切能量的來源，大樹在吸收了幾百年，乃至上千年的陽光之後，樹的本身，是不是能利用這種能量呢？

史保緩緩地搖著頭，是不是樹有一種力量，可以使得他移動，由一株樹頂到另一株樹頂，而不令他覺察？

樹的動作是極慢的，如果樹有這種力量，要在不知不覺中移動他，就不是一件難事了。

史保用拳頭輕輕打著樹幹，大聲道：「為什麼？為什麼你們要我向西走？」

史保得不到回答，植物表達他們的感情，有它們的方法，不是發出聲音來，表達的方法可能很慢，你愛護一株植物，它可能要經過一年之久，才表達出它對你愛護的答謝——樹葉長得更茂盛，花朵開得更美麗，果實結得更甜蜜，來報答你對它的悉心照顧。

史保在金松樹下，停留了好一會才繼續向東走。

當天色慢慢黑下來之際，史保停在一株高大的柯樹之下，抬頭向上看著。

他在想，是不是森林中所有的樹，全串謀著在作同一行動呢？

這株柯樹，是不是也是其中的一份子呢？

史保沒有選擇，金松樹、七葉樹、奎寧樹，既然全對他有所行動，柯樹當然也可能是一份子。他攀了上去，找到了一根粗大的橫枝，小心地分開濃密的，厚而有粗鋸齒的樹葉。

當他分開樹葉之際，柯樹葉背面的灰褐色，看來十分奪目。

在分開樹葉之後，他摘下了四個橢圓形的，有著堅硬外殼的果實，在樹幹上，將硬殼敲了開來，嚼吃著果實。

柯樹的樹椏之中，還有著寄生的、一層一層、黑褐色的胡菌，史保將它們當作晚餐的第二道菜式。

然後，天色黑得更甚了，史保躺了下來。

這一晚上，史保想支持著不睡覺，以觀察一下，究竟有什麼事故發生，可是日間的跋涉，實在使他覺得疲倦，在躺下去之後不久，他就睡著了。

他不但睡得快，而且睡得十分沉，當他在將醒未醒之際，他有一種昏迷的感覺。

他要在半睡不醒的狀態下掙扎很久，才能睜開眼來，而當他睜開眼來時，又已經是陽光普照的白天了。

史保嘆了一口氣，他覺得有點頭痛，雖然他這一覺，睡得超過了十二小時，但是，他卻有睡不醒的感覺，又好像昨晚曾喝過過量的酒，又更像是昨晚他不是睡在森林之中，而像是在空氣極其污濁的小室之中，倔處了一夜一樣，使他在醒過來之後，要深深吸著氣。

史保睜開眼之後，又過了好一會，才扶住樹枝，坐了下來。

他第一眼看到的，自然是樹枝和樹葉，他也陡地震動了一下。

在他四周圍，並不是厚，而一半是灰褐色的柯樹葉，而是一種細小的、長卵形、葉尖很尖的樹葉。

史保以手加額，叫了起來，道：「不！不是婆羅樹，我昨晚是在一株柯樹上的。」

是的，他昨晚是在一株柯樹上的，但不管他昨晚是在什麼樹上的，這時候，他是在一株婆羅樹上，而且極高，離地有六丈上下。

在四周圍的另外幾株赤松，都不過這樣的高度，史保可以伸手碰到它們的樹尖。如果他是被移過來的話，他一定是從那些赤松的樹尖上被移過來的。

史保又大口吸了幾口氣，頭痛才減輕了些，他開始爬下那株婆羅樹。

當他爬到一半的時候，他陡地想起一件事來，剎那之間，他發怒得漲紅了臉，用力拍打著婆羅樹的樹幹，罵道：「太卑鄙了，你們太卑鄙了！你們竟然催眠我，令我得不到正常的氧氣供應。」

在森林中過夜，而第二天早上醒來，會感到如此不舒服，是史保有生以來的第一次。

起先，他不明白是為了什麼，而這時候，他想到了。

植物的呼吸，和動物的一樣，同是氧和二氧化碳的循環，不過動物是單循環，而植物是複循環。

動物的呼吸，永遠只是吸進氧，放出二氧化碳，但是植物則吸收氧氣，放出二氧化碳，也吸收二氧化碳，放出氧。

當他在樹上的時候，他是處在濃密的森林之中，如果所有的樹都聯結了起來，努力放出二氧化碳的話，氧氣不足，人就會陷入半昏迷狀態之中，不由自主沉沉昏睡，無法抵抗。

史保可以肯定，他昨天晚上遇到的，就是這樣的情形，不然，絕沒有理由在森林中露宿，一覺醒來，會像是在斗室之中偈了一夜一樣。

不論整個森林中所有的植物，正在進行什麼圖謀，用這樣的法子，實在太卑鄙了一點，無法不令史保發怒。

史保大聲叱喝著，用力踢打著，突然之間，他看到被他踢打的那一枝樹枝上，所有的樹葉，都迅速地蜷了起來，呈現出極度的水份缺乏的現象。

一般來說，植物有這種現象，只出現在一些十分敏感的植物上，像含羞草，當外來的物體觸及它的葉子之際，水份迅速下降，葉子也就收縮——

你種過含羞草沒有？如果種過，就可以觀察到。

你是含羞草的主人，而你又是真正愛護它的時候，它的葉子懶洋洋地愛閉不閉；但是一個陌生人觸及它之際，它的葉子會閉垂得特別快。

那是因為，它知道你不會傷害它之故，就像是你畜養的小鳥，會停在你的手指上一樣。

而婆羅樹絕不是像含羞草一樣敏感的植物，可是這時候，卻出現了如同含羞草被碰觸之後同樣的情形，由此可知，那是因為史保的踢打，使得它的感情受到了嚴重傷害之故。

史保怔怔地望著那一枝枯萎了的樹葉，心中覺得很不忍，他嘆了一口氣，迅速向下落去。

當他腳踏到地面之際，一陣沙沙的聲響，上面落下了許多樹葉來，落了他一頭一身，完全是細小的樹葉。

史保苦笑了一下，道：「好，你們贏了，你們要我向西走，我就向西走。」

當史保決定向西走之際，他才剛一舉步，在他面前的一大簇黑漿果樹上，發出劈劈拍拍的聲響。成熟的黑漿果，發出誘人的香味，綻了開來，好像它感到高興，迫不及待地向史保作出奉獻一樣。

史保摘下了一大捧黑漿果當早餐，他改變了行進的方向，向西走。

當他決定改變行程的一剎間，他完全忘記了他的任務，而當他走出不多遠時，他想起來了。

他到這裏來的任務，是要找尋橡樹。

他雖然陶醉在森林之中，和森林中的植物有著感情上的融會貫通，但是，他畢竟是一個人，是屬於動物世界，人的世界的。

他知道自己所肩負的任務是多麼重要，他是絕不能輕易放棄自己的任務的。

想到了這一點，史保停了下來，猶豫了一會。

但是，他立即又繼續向前走去，那是因為他想到，或許他走錯了路，整個森林中所有的植物，都在幫助他走向正確的路上去。

他向西走，或許能發現前所未有的，最大片橡膠樹林。

由於對森林中的植物，付出了由衷的信任，所以史保心安理得地向前走，一直向前走。

史無前例的探險

原始森林，像是無窮無盡一樣，一連十天，史保都向前走著，他沒有發現橡膠樹林。

而在這十天中，在夜間被移動的事，也未曾再出現過。

那使他知道，森林中的植物感到他的行動方向是正確的，它們正希望他這樣走。

但是，史保對森林中植物的目的，卻表示懷疑了。

它們一定不是在暗示他到達橡膠樹林的正確途徑，而是另有目的地。

他們的目的，究竟是什麼呢？

史保在原始森林中，一面向西走，一面在思索著。

這時候，史保在森林中失蹤的消息，早已由回到內政部的拉維茲報告了上去，而報告也傳到了盟軍最高當局的手中。

高級情報人員在接到了報告之後，認為簡直是不可能的事，史保會在森林中失蹤？那簡直像是魚會在水中淹死一樣不可思議。

由於史保所擔負的任務，是如此之重要，所以盟軍方面，立即組織了三個搜索隊，全由對樹林最熟悉的專家組成，去找尋史保。

另一方面，一個由高級情報人員組成的調查小組，也到了巴西。

調查小組由一個上校，兩個少校組成。

他們開始的第一項調查，就是會見拉維茲，向他詢問史保那晚失蹤的情形。

拉維茲仍然修飾得很好，他對著調查小組敘述那天晚上的經過，他道：「那天晚上，我們全睡在營帳中，只有史保一個人是睡在樹上的。」

上校立刻問道：「什麼樹？」

拉維茲並不認得七葉樹，他只分得清康乃馨和玫瑰，對玫瑰花的品種，或許還有一些的研究，那是由於，他需要它們來致送情人之故。

對上校的問題，拉維茲只好翻著眼睛，道：「什麼樹？只是一株很高大的樹，什麼樹全是一樣的，不是麼？」

上校沒有什麼反應，跟著又問道：「然後呢？」

拉維茲道：「我們全睡了——」

一個少校立即打斷了他的話題，道：「等等，你們在森林中過夜，難道沒有人值夜？」

拉維茲道：「有……有的……有人值夜，分上半夜和下半夜。」

那個少校道：「當晚值夜是哪兩個人？」

拉維茲抓著頭，他梳得很整齊的頭髮因此而變得凌亂，想了好一會，才道：「是賴圖，上半夜是賴圖，下半夜是山安。」

少校望了拉維茲一眼，在大戰吃緊的時候，像拉維茲那樣的人物，看在正在堅苦作戰的軍人眼中，總會有點不順眼的。

但是拉維茲是巴西政府的官員，和奉派來調查的軍官，並沒有統屬的關係，所以少校不得不盡量維持著客氣，他道：「可以叫這兩個人來談談麼？」

拉維茲像是盡快想卸脫自己的關係，他忙道：「當然可以，我可以替你們安排，在另一個辦公室。」

上校點著頭，拉維茲叫了秘書進來，吩咐了一陣，三個調查小組的官員，離開了拉維茲的辦公室。

第二天，才見到了賴圖和山安。

那兩個人，本來是跟隨史保探險團的低級人員。

人。

賴圖是一個十分精壯、二十來歲的小伙子，而山安，卻是一個頭髮已經半禿的中年

當他們兩個人走進調查小組，三個軍官在等著他們的辦公室之際，是一路爭吵著走進來的。他們兩個人的話說得十分快，而且十分急，不過奉命來巴西的三個軍官，都精通葡萄牙文，所以全可以聽到他們在爭論什麼。

一個在大聲道：「應該你負責。」

另一個道：「你為什麼不來叫我？」

兩個人吵吵鬧鬧，走進了辦公室才住了口，可是兩人的臉上，都仍然有悻然之色。

上校打量了兩個人一眼，才道：「史保先生失蹤的那一天晚上，是你們兩個人分別守夜的，是不是？」

賴圖沒有出聲，山安立即道：「先生，不關我的事，是他一個人守夜的。」

上校揚了揚言，說道：「可是拉維茲先生說——」

山安又搶著說：「是的，本來是賴圖值上半夜，我值下半夜，可是，賴圖卻並沒有午夜十二時交更給我，他沒有叫醒我。」

三位軍官都向賴圖望去，賴圖漲紅了臉，道：「我，我……」

他轉頭望向山安，道：「你應該自己醒來，如果你曾醒來——」

山安急忙地道：「這是什麼話，你是守夜的人都睡著了，我本來就是在睡的人，怎麼會醒得過來？」

兩個人又面紅耳赤吵了起來，上校忙擺著手，大聲道：「別爭吵，賴圖先生，事情已經清楚了，是不是當你值更的時候，你睡著了？」

賴圖不出聲，僵了片刻，才點了點頭。

上校皺著眉，道：「太疲倦了？」

賴圖道：「我……我以前未曾有過那麼疲倦，那一天晚上，我拿著長槍，靠著一株樹站著，忽然之間，有了窒息的感覺，我想叫，已經叫不出來了——」

一個少校忙道：「等一等，什麼意思？你有窒息的感覺？有人襲擊你？」

賴圖忙道：「不，不，我只是有呼吸不暢順的感覺，好像……好像是處在一間空氣不流通的屋子之中，有一種昏昏欲睡的感覺。」

三個軍官互望了一眼，另一個少校道：「在原野森林中，你會有這樣的感覺？」

賴圖苦笑著，做了一個無可奈何的手勢，道：「我也知道這樣說，很難令人相信，但事實上的確是這樣，我不是一個不負責任的人，我知道負責守夜的人，不能隨便睡著，我曾經竭力掙扎過，不想睡過去，可是，我卻敵不過那種感覺，終於睡著了。」

上校問：「當你醒過來的時候，是什麼時間？」

賴圖苦笑了一下，道：「早上，和大家是一起醒來的，那時，史保先生已不見了。」

上校又問道：「當你昏昏欲睡之際，你是不是看到另外有人？我的意思是，你是不是感到，可能有人向你在噴射催眠氣體？」

賴圖忙道：「不會，絕不會！事實上，我當時也以為可能有人來襲擊，但是事實上，當時絕對沒有人在我的周圍，絕對沒有。」

三個軍官嘆了一聲，賴圖的話，使得史保的失蹤更充滿了神秘性，而這種神秘性，在搜索小組回來之後，更形加濃。

回來的搜索小組，帶了世界上最好的獵犬一起去的，在史保教授失蹤的地點，獵狗向著樹頂狂吠著，一直要竄上樹梢去。

當搜索小組的人員協助獵狗，一直上到樹梢之後，獵狗就向鄰近的樹梢撲過去。獵狗的動作雖然靈活，可是，也無法在樹梢上縱躍如飛的，獵狗的訓練人用力拉住了狗，可是獵狗還是向前直竄了出去，以致被樹枝夾住了身子，費了好大的工夫，才弄了下來。

而當獵狗下地之後，仍然一直向著樹梢吠叫著，對這種現象，搜索人員作不出任何的結論，看來好像是要尋找的目標，是自樹上離去的，但是史保先生又不是「猿人」，這樣的結論，是無法打入報告書之中的。

調查小組的成員，在巴西又停留了幾天，盡他們的所能，搜集了一切資料，就回去了。

盟軍總部高級將領所接到的調查報告，結論是，史保先生在任務的執行中，可能遭到了意外，是什麼樣的意外，原因不明，也有可能是受到了敵人的襲擊。

雖然，史保先生是一個身分如此特殊的人物，但是在當時這樣的情形之下，為了他的失蹤，已經可以說得上是極其勞師動眾的了，其勢不能再繼續下去，是以只好不了了之。

而盟國方面，準備在巴西補充橡膠缺乏的這個計劃，並沒有放棄。

後來雖然沒有了史保先生的參加，但一樣獲得了極大的成功，不過那和史保的故事，已經沒有什麼大關係了。

史保在什麼地方呢？他仍然在原始森林中向西走，一直向西走。

十天之後，他已經離開了亞馬遜河很遠了，進入了一個在他之前，只怕從來也沒有人進入過的植物世界。

史保稱之為植物世界，自然並不是表示他所經過的地方，完全沒有動物，事實上恰恰相反，有著各種各樣的動物。

但是，史保仍然稱之為植物世界，因為毫無疑問，植物是他所經過的世界主宰。

各種各樣高大的喬木，看來不是從土地上直接生出來，而是從濃密的，幾乎插腳不下的灌木叢，或是極其肥大的草木植物中拔根而起來的。

高大的喬木，在半空中，將它們的枝幹盡量向上生，向橫伸，濃密的樹葉，幾乎將陽光完全遮住。

別說是那些粗大的樹幹，在世界上，不知已經經歷了多少百年，單是說纏在樹上的那些寄生藤和寄生的植物，也和大樹相依為命，不知有多少年了。

這不折不扣是一個植物世界，植物是主宰，森林中的動物只不過是個附屬品，依附植物為生。

離開了那些植物，沒有一種動物還可以生存一個星期以上，事實上，連史保也是如此。

在這十天之中，毫無疑問，是植物維持了史保的生命，多汁的漿果、美味的樹果，生著了篝火，烤熬了之後，發出誘人的香味，脂肪在火中迸出火花的巴西豆樹的果實，溪水加上花模樹的葉，可以成為美味的湯，就是這一切，維持著史保的生命。

那一天黃昏時分，史保自己也不知道自己身在何處了，他只是靠估計，在森林中向西走，每一天大約行進十五哩，那麼這時，他應該是在離亞馬遜河以西，一百五十哩左右的地區之中。

根據他的知識，那是一片地圖上的空白，從來也沒有人，在這個植物世界之中，跋涉如此之深的，甚至印第安人也沒有過。

史保在開始的幾天中，也曾希望過能遇上一些印地安部落，但是從四周圍的情形來看，他是無法達到這個願望的了。

這裏根本沒有人來過，只有他。

而他，卻是被植物引進來的，而且，並不是出於他的自願，至少，是半強迫性質的。

史保望著漸漸黑下來的天色，不禁苦笑了起來。

他扶著的一株老樹，是一株極大的檀樹，粗大的樹幹上，生滿了寄生的藤根、草耳和釵子股。他手所扶的地方，一大片釵子股，正綻放著清香、美麗、淺紫色的花朵。

那麼一大蓬釵子股花，像是唯恐史保不注意它們，嬌嫩的花瓣全是微微地顫動著，花蕊上的蜜珠，凝成一顆一顆在夕陽的照映之下，就像是一大片綴在樹幹上的大珍珠。

史保嘆了一口氣，輕拂著花瓣，這麼一大片釵子股花，如果放在世界蘭花展覽中，毫無疑問的，可以得到首獎，尤其是在黃昏時分開放的釵子股花。

釵子股只在清晨時開花，而現在，竟然違反了這種植物幾萬年來的生活規律，這是為了什麼？是為了鼓勵他繼續向西走？還是對他服從指示的一種鼓勵？

史保又輕嘆了一聲，經過了十天之後，他的情緒起伏已經平靜下來，他已經下定了決心，不管再向前去的結果如何，他一定要向前去。他要尋出整個原始森林中的植物，聯合起來要他向西行的目的，究竟是什麼。

史保坐了下來，在檀樹的下面，是一大片野山芋，闊大的野生芋葉，覆蓋了整個大地，這裏肯定並沒有下過雨，但是，野山芋葉卻展現出蒼翠欲滴的顏色。

森林中，充滿了如此美麗的色彩和芳香，史保以手作枕躺了下來，他在想：仙境也不過是這種樣子吧。

森林中十分靜，靜得使他可以聽到小昆蟲在他頭旁飛過的嗡嗡聲。

史保側著頭，順著那小蟲飛的方向看去，昆蟲飛行時，振翅所發出的「嗡嗡」聲突然停止，他撞上了一片豬籠草的葉子。

那株豬籠草，離史保極其近，它肥大的葉子橫伸著，最近的一寸離史保的鼻尖只不過三寸。史保從來也沒有見過這樣肥大的豬籠草，那株豬籠草足有三尺多高，傘形的葉子散開著，那隻小昆蟲撞了上去，立即黏在豬籠草葉子那多汁而濃密的茸毛上，一邊的翅膀還在撲著，可是已經脫不了身了。

史保對植物有極其深厚的研究，而他更是著重於研究植物的生活、感情和動作的，所以他特別對於會動的植物，有著極其深刻的研究，他對於捕蠅草、豬籠草、纏人藤、中美洲的七哩子盒草，以及南美洲的呼吸草等等，都有極其深刻的研究，寫過不少篇論文，而對於豬籠草，尤其熟悉。

在他還是一個七歲的小男孩之際，他就曾三個月未曾吃早餐，而將早餐的錢，一天一天積起來，走進一家熱帶花卉店，用一大捧零錢，換回了一株豬籠草，以觀察豬籠草捕捉昆蟲的動作。

那時候，他被同學叫作「小白痴」，因為當其他所有同齡的小孩子，纏著父母買冰淇淋，或是成群結隊在街上，或是打球的時候，而史保總是一個人，靜靜地坐在一株樹或是一簇草前面，一坐就是好幾個小時。

對於豬籠草捕食昆蟲的過程，他是再熟悉也沒有的了，但是他仍是百看不厭。

這時候，他躺著，側著頭，定眼看著在他鼻尖前的一株豬籠草，一動也不動地，甚至屏住了呼吸，唯恐驚動了它。

他看到豬籠草的葉子開始捲起來，那些細白的、近乎透明的茸毛，像是無數章魚的足一樣，黏住了昆蟲。

而葉子上部的瓶狀葉梢中，迅速地注出清水，茸毛移動著，昆蟲身不由主地被逼向瓶狀葉梢移動，瓶中的清水更滿，昆蟲終於被移進了「瓶」中，「瓶」口的長茸毛，立刻封住了出口。

昆蟲在水中撲著，不一會，就靜了下來，被豬籠草瓶狀葉梢中的清水淹死了。

而這片經過了辛苦搏鬥的豬籠草，也慢慢地舒展開來，就像是一個壯士，在經過一場搏鬥，殺死了一頭猛獸之後，舒舒服服地躺了下來一樣。

史保慢慢轉回頭去，天色已迅速黑了下來，也就在那一剎間，史保陡地坐了起來，他明白了一件事。

他明白了，自己是如何被那些大樹「搬」得向西移動的了，他睡在樹上，當他因為缺乏氧氣而陷入半昏睡狀態中的時候，那些大樹，一定全部傾全力在運動它們的枝葉，而他就像是落在豬籠草葉子上的昆蟲一樣。

史保在越來越黑的環境中，又不禁長嘆了一聲，他自然明白，豬籠草將昆蟲在葉上移動，送進了它葉梢的「瓶」中，那是一種本能，豬籠草是何以會有這種能力的，連史保也答不出來。那些大樹，七葉樹，柯樹等等，也要將它們的枝葉，做到豬籠草葉上茸毛同樣的作用，那要經過多大的努力？

這種努力，看來實在是沒有可能的，但是，誰又敢說絕對沒有可能呢！

大樹的樹枝是不會動的，人人都會那樣說，但事實上，每一種植物都是會動的，樹枝向上伸展的速度，而且還算是相當快的。

豬籠草為何有迅速動作的能力，誰也答不上來，植物學家至多說，那是為了生存，為了適應環境，所以使豬籠草有這樣的能力。

既然有這樣的說法，那就可以肯定，植物在有需要的時候，是可以加速它活動的能力的。

史保輕拍著檀樹的樹幹，低聲道：「你們做得不錯，在你們看來，我實在是太渺小了，渺小得比豬籠草捉昆蟲還不如。」

史保又深深地吸了一口氣，才爬上那株檀樹，不多久，就沉沉入睡了。

第二天起來，他仍然一直向西行，因為他可以強烈地感到，他並沒有走錯路。在他的旅程之中所經過之處，各種各樣的植物，都在表示對他的歡迎。

在這些日子中，史保真正是和植物生活在一起，他感到，那是他一生之中，最有價值的一段日子。

他甚至忘記了，究竟向西一直走了多少天，他只知道自己已漸漸進入了山區，連綿的山崗開始出現，清澈的溪澗漸漸增多，而終於，他走進了一座叢嶺橫亙的高山。

在這時候，史保真正感到迷惘了，雖然他仍然在向西走，可是，前面簡直已經沒有道路可走，靠著崖上大片地衣的指點——那些地衣甚至離開了岩石，在他面前顫動著，而大片的羊齒葉，更時時拂著他的臉。

史保已經無法放棄了，他只好繼續向前走，那一天下午，他來到了兩座高崖之前。那兩座高崖之間，有一道十分狹窄的隙縫，只可以供一個人走過去。

而那隙縫，史保估計，在平時根本是看不見的，因為野山藤的藤枝和藤鬚，將隙縫完全遮沒了。可是當他來到那隙縫的面前之際，卻看到本來遮住隙縫的野山藤，全向兩旁分拂了開來。

史保在隙縫前站了片刻，毅然走了進去。

他明白，他是在進行一項史無前例的探險，他絕不能退縮。

隙縫之中，十分陰暗，山岩上的泉水流下來，使岩石變得潤濕。

史保抬頭看著流下來的泉水，和泉水流過之處，岩石上生長著厚厚的青苔，本來灰褐色的石壁，被那些青苔鋪成了一片碧綠，那種碧綠在陰暗之中，又給人以一種極度的清涼之感。

那道隙縫並不是太長，史保只花了一小時，就已經完全走完了。

在他經過了那道兩座高崖間的夾道之後，眼前陡地一亮，而剎那之間，他又呆住了。

出現在他眼前的，是一個極大的山谷，那山谷中有很多樹木，和山區中別的生命，看來並沒有異樣，但是令得史保呆住了的，是在山谷中心的一株大樹。

那是一株真正的大樹，山谷中其他的樹，也都有三四十尺高，可是和那株大樹比較起來，卻只像是一株小草。

史保從來也沒有見過，甚至從來也沒有聽說過，有這樣巨大的樹。

那株大樹的樹幹，遠遠看去，就像是一根碩大無朋的大柱，一直支撐著青天一樣，樹幹一直向上伸，向上伸，至少在離地三十丈，才開始有橫枝，而橫枝披拂，繼續向上伸得好高，究竟伸到多高，史保也無法估計。

那株樹實在太大了，大到了使人一看到它，就有一股窒息之感。

史保呆立了好一會，才陡地叫了一聲，向前狂奔了出去，當他奔到森林中之際，他益發感到自己的渺小。

在他附近的樹木，每一株都不止在地球上生存了幾百年，不過，幾百年的樹，和那株真正的巨木比較起來，那又完全算不了什麼。

而史保，他不過在世上生存了四十年，而且，至多再生存六七十年而已。

史保一直向前奔著，越奔越快，終於，他在近處看到那株大樹的樹幹了。

事實上，他所看到的，絕不是一株大樹的樹幹，因為，他根本無法看到樹幹的全部，他所看到的，只是一堵「牆」，一堵弧形的，一直向兩旁舒展的「牆」。

史保略停了一停，不由自主地喘著氣，繼續向前奔，一直來到樹幹之前，張開雙手撲了上去，將自己的身子緊緊貼在樹幹上。

大樹的樹幹上，樹皮呈現著裂縫，最深的裂縫甚至超過一尺。

史保的手，插進了樹皮的裂縫之中，以便使他自己可以更緊密地靠著樹幹。

他抬頭向上看去，高聳的樹幹，令他有一種目眩之感，而當他抬頭看去之際，可以看到大樹的葉子，像是在雲端灑下來的綠色的雨。

史保的心中已經毫無疑問，他之所以會來到這裏，看到了這樣的一株大樹，完全是那株大樹召他來的。

在離開這株大樹，至少有三百哩的亞馬遜河邊開始，這株大樹就通過了森林中植物的傳遞消息，使得整個森林中的植物通力合作，而將他引到了這株大樹的眼前。

史保並沒有半絲埋怨這株大樹的心意，這時，他貼緊著那株大樹，懷著極其崇敬的心意，慢慢抬頭向上看去。

大樹宏偉巍峨的樹幹，一直向上升，簡直像是一座山的峭壁一樣。

等到史保的頭，抬到了他所能抬的極限，才看到了大樹的橫枝和樹葉。

史保分辨不出那是一株什麼樹，但是，這是無關緊要的了，史保已經知道有那樣的一株大樹，這株大樹，無疑是世界上最大的生物了。

史保緊貼著大樹的樹幹，盡他的可能貼緊，就像是嬰兒緊貼在母體上一樣。

嬰兒喜歡緊貼在母親的身體上，是因為嬰兒自從有感覺起，就熟悉了母體中，所發出的一切聲音之故，緊靠著母親，聽著母體中發出來的熟悉的聲音，使嬰兒獲得如同還在母胞內一樣的安全。

這時候，史保的情形也是相類似的，他緊貼著樹幹，聽著自大樹內發出來的各種聲響，他有一股莫名的喜悅和安全感。

大樹樹幹內的聲響，是各種各樣的，像是整個原野中所發出來的聲音的縮本，有淙淙的流水聲，有瑟瑟的和風聲。

史保陡地感悟到，他對植物有深厚的感情，植物對他，也有深厚的感情。

他可以在植物微弱而緩慢的動作之中，得到啟示，互相交通；可是，他卻不懂植物的語言。

植物一定有語言的，史保固執地想著，不然，它何以發出那麼多的聲音來？

這些聽來好像有節奏，又好像沒有規律的聲音，究竟代表了什麼？是不是就是植物的語言？而這株大樹通過了這樣特殊的方法，召他來到跟前，目的又是什麼？是不是想要有一個了解植物感情的人，能進一步通曉植物的語言？

史保怔怔地想著，在他還未曾通曉植物的語言之前，他自然無法知道大樹召他前來的真正目的。

而那株樹也實在太大了，大到了史保無法在近處看到它的全部，無法通過植物的「行為語言」，來明白它的心意。

史保呆立了許久，才貼著大樹的樹幹慢慢向前，繞著圈子，繞了一圈又一圈，連他自己也不知道在什麼時候開始，天色已漸漸黑下來了。

「非人協會」的大廳中，一片沉寂。

在史保敘述他在巴西原始森林中的遭遇，講到他在森林中，被森林中的樹木催眠，在夜間移動，以及後來他領悟到植物的目的，是要他向西走，終於在一個看來從來也未曾有人到過的山谷之中，發現了一株極大的大樹之際，所有的人都不出聲，聚精會神地聽著。

史保自己，在敘述的過程之中，簡直是處在一種沉醉的狀態之中，他所講的話，在其他的會員聽來，完全是一種新的經驗。

「非人協會」的會員，有著各方面的才能，當范先生講及都連加農的事情之際，或者當阿尼密先生闡釋「靈魂」之際，其餘的人或多或少，對他人所講的事，有一定的認識。可是對於史保先生的敘述，他們卻完全沒有認識。

他們一面聽，一面心中不禁有點慚愧，真的，植物在地球上生存了這麼多年，地球上最早的生物，毫無疑問，是以植物的形式首先出現的。

可是，為什麼從來也沒有人去想一想，植物也有感覺？

從來也沒有人想到，植物是生物的一種，而且長久以來，是生命的主宰，植物可以沒有動物而生活，而動物沒有植物，就無法生活下去了。

從來也沒有人顧及植物的感覺，更別說去研究它們了。

當人人都想到這一點的時候，大客廳中變得格外沉寂，當史保的敘述，告一段落之際，好久都沒有人出聲。

史保喝了一口酒，一個接一個，望著每一個人。

范先生首先開口，他的樣子，看起來像是他對他所說的話，很難說得出口。

他想了一想，才道：「史保先生，你在一開始的時候，曾經說要推薦一個會員？」

史保點頭道：「是的。」

范先生又道：「你是想推薦那株大樹，加入『非人協會』？」

史保欠了欠身子，和他開始敘述時一樣，他的神態略現忸怩，可是，他卻是很堅決而且認真的，他道：「是的，這就是我的推薦，而且，我帶來了它的一片葉子——」

史保一面說，一面取出了一片如手掌大小，邊緣有著鋸齒的樹葉來，放在几上。

樹葉是蒼翠的，看來如同才在樹上摘下來一樣。

其餘五個會員互望著，其中一個咳嗽了一聲，道：「史保先生，問題不在於……我該怎麼說才好呢？『非人協會』的會員……之中，要是有一株樹——」

那會員的話還未曾說完，史保的臉色已變得極難看。

范先生看到了史保的變色，他忙向那會員做了一個手勢，搶著道：「史保先生，你的敘述，好像還沒有結束，你只是講到了你發現了這株大樹，以後的情形呢？」

那會員也有點不好意思，因為每個會員要推薦一個新的會員加入，自然是經過深思熟慮的，當然也很少有被拒絕的情形出現，甚至連懷疑被推薦者是否有資格入會，都是一件很尷尬的事。

而如今，除了史保之外，其餘的五個會員顯然對於一株大樹，是不是能夠成為「非人協會」的會員這一點，表示懷疑，只不過旁人沒有講出來，而那會員最先表示了他心中所想的事而已。

那會員不好意思地笑著道：「史保先生，我的意思，只不過是——」

那會員還沒有講究，史保已經揮了揮手，他的神情也恢復了正常，他道：「事實上，你不用解釋什麼，連我自己也表示懷疑，我一開始的時候就說過，我要推薦的，甚至不是一個人。」各人都移動了一下身子，史保自己這樣說了，使得大客廳中的氣氛，又輕鬆了許多。

史保又道：「一株大樹，加入『非人協會』，這無論如何，實在是史無前例的事，我想——算了吧。」

當他揮著手說「算了吧」之際，他的神情，有一種異樣的沮喪，而且，從他望著各人的眼神之中，人人都可以感到他想說而沒有說出來的話：「你們不了解植物，不論我怎麼說，你們根本不了解植物。」

大客廳中，又沉默了片刻，那個身材結實的會員說：「史保先生，話不是那麼說，要是你說的那株大樹，真有特殊的地方，我們可以接納它入會的。」

史保先生望著那位會員，道：「端納先生，它會從二百哩外，將我召到它的身邊，那還不夠特殊麼？」

端納先生咳嗽了一下，對於史保先生的話，他並沒有作進一步的回答，只是道：「關於這一點——」

端納先生的支吾，令得史保勃然大怒，他陡地漲紅了臉，大聲道：「端納先生，你對我的敘述表示懷疑？你們都不相信我說的話？」

阿尼密一直是不出聲的，這時，他說了一句話，道：「請你將以後的經過講了再說。」

阿尼密不怎麼開口，可是他一開口，他的話，就像有一種難以形容的力量，史保的臉色漸漸由紅而變得異樣的青白，他終於道：「好。」

史保在說了一個「好」字之後，深深吸了一口氣，道：「其實，沒有什麼好說的，我見到了這株大樹，這一定是世界上獨一無二的一株古樹，我推測它存在於世，已經超過了一萬年，試想一想，一萬年，人類有紀錄的歷史，只不過它的一半。」

端納先生站了起來，道：「史保先生，如果你答應不生氣的話，我想說一句話，是關於存在年代的。」

史保望了端納半晌，才說道：「好，你說吧。」

端納道：「任何一塊岩石，都存在了幾億年。」

史保震動了一下，然後出乎眾人意料之外，心平氣和地道：「是的，但是岩石沒有生命，這株大樹，卻是有生命的。」

端納道：「我們既無法了解這種生命的真實意義，有生命和沒有生命，又有什麼分別？」

其餘各人雖然沒有出聲，但是有的點著頭，有的在神色上，也完全表示同意了端納先生的意見。

在這個時候，端納先生以為史保一定又要發脾氣了，可是他既然有這樣的意見，就算史保要發脾氣，他還是一樣要說出來的。

出乎眾人的意料之外，史保先生竟然沒有發脾氣，只是微微地笑著道：「我完全同意你的話，問題就是，樹和岩石不同，我已經說過，大樹會發出各種聲響，那就是大樹的語言，我還沒有說完的是，在我發現了那株大樹之後，足足有十天，我未曾離開那株大樹三尺的距離，若不是要趕來參加年會，我還會一直停留在那株大樹的身邊，而且我已經決定，年會之後，我立即回去。」

范先生道：「史保先生，你的用意是——」

史保道：「你們一定已經猜到了，我在那十天之中，已經在大樹發出的聲音之中，尋到一定的規律，也就是說，我已經掌握到了大樹語言的初步規律，我有十足的信心，至多三年，我就可以通曉它的語言了，你們想想看，那時候，我能獲得什麼？」

史保越說越興奮，也不由自主地喘著氣。

其餘各會員都不出聲，真的，如果史保能夠和那株大樹互相交談，他能獲得些什麼？那株大樹，在地球上生存了超過一萬年，沒有任何生物，可以比它活得更久，它可以告訴史保，在這一萬年之中，地球上，它所生活的環境的變遷，這是人類從來也未曾有過的經歷。

端納吸了一口氣，道：「我相信你的話，不過，三年很快就過去，我的意思是——」

端納先生講到這裏，略停了一停。

史保站了起來，道：「我明白你的意思了，你是提議，將大樹入會一事暫時擱置，等到三年之後，我學會了大樹的語言，然後再做決定？」

端納道：「是的，你不需要生氣，因為一株樹——加入『非人協會』，無論如何，總是極大的例外，就算是海烈根先生在世，也一定會作詳細考慮的。」

史保忙道：「不，不，事實上，連我自己也感到有點突兀，你的提議很好，不過，我還有一個提議，希望各位能夠接受。」

每個人都點著頭，史保道：「到三年以後，或者，需要更長的時間，總之，到了我和那株大樹能夠互相交談的時候，我們的年會，可不可以破例一次，到那株大樹附近去舉行？」

范先生等五個會員互望著，端納首先道：「我同意。」

其餘各人也紛紛道：「同意。」

史保吁了一口氣，神情十分滿足地坐了下來，搓動著手，道：「事實上，對於植物感情的尊重，中國人是世界之最，只不過，中國人喜歡將一切事情神化，蒙上神秘的色彩而已。」

史保的話，並沒有引起多大的反應，這可能是由於，每個人對於中國人和植物感情的關係這件事，沒有太大的研究之故，但是，每個人都是用心地聽著。

史保繼續道：「中國人對於植物，尤其是對於年代久遠的植物，都有著一份尊重的心理，他們認為，每一株古樹，都有一個『神』，樹神，就是樹的靈魂，樹神能以人的形態，和人在夢中相會，與人交談，這種傳說和記載，在中國的筆記小說之中，十分之多。」

史保的這一段話，倒引起不少反應。

范先生首先道：「是的，很多這樣的傳說，而且，還有記載著一株大樹和一家人的榮枯關係。」

史保道：「范先生的知識真廣，這種記載的確很多，最具體的一則，是講述一個女孩和一株橘樹之間感情的極其動人的故事。記載這則故事的，是一位清朝的山東人，蒲留仙先生記載在他的名著《聊齋誌異》之中。」

范先生點著頭，顯然他是知道那則故事的，但是其餘各人，不免有疑惑的神色。

史保道：「這則故事，我也可以背得出來，當然，我必須用中國話來背，請原諒，我的中國話，帶有安徽口音。」

各人都道：「不要緊，我們聽得懂。」

史保先生背的，是《聊齋》中第九卷中的一則：「橘樹」：

「陝西劉公，為興化令。有道士來獻盆樹，視之，則小橘，細栽如指，擯弗受。劉有幼女，時六七歲，適值初度。道士云：有不足供大人清玩，聊祝女公子福壽耳，乃受之。女一見不勝愛悅，置諸閨閣，朝夕護之，唯恐傷。劉任將滿，橘盈把矣。是年初結實，簡裝將行以橘重贅，謀棄去，女抱樹嬌啼，家人誆之曰：暫去，且將復來。女信之，涕始止。」

史保先生背到這裏，停了一停，仍然用帶著濃重安徽口音的中國話，說道：「請各位都注意這一段，這位小姑娘和那株橘樹之間的感情，是何等真摯動人！任何人如果能對植物付出這樣的感情，植物一定會知道的。再進一步，就可以使人和植物之間，有感情的溝通。」

端納先生道：「你快背下去。」

端納先生也用中國話說，事實上，他說的是上海話，他顯然對這則記載，感到極大興趣。

史保停了一停，才又道：

「又恐為大力者負之而去，立視家人，移栽墀下，乃行。女歸受莊氏聘，莊丙戌登進士，釋褐為興化令，夫人大喜，竊意十餘年橘不復存，及至，實則樹已十圍，實累累以千計，問之故役，皆云：劉公去後，橘甚茂而不實，此其初結也。更奇之。莊任三年，繁實不改，第四年憔悴無少華。夫人曰：君任此不久矣，至秋果解任。」

史保背完了這段記載之後，大客廳中，沉靜了好一會，史保才道：「這則記載之中，最值得人注意之處，是橘樹似乎有預知的能力。當它知道莊夫人又要與它分別之際，就開始憔悴起來，這種預知的能力，是不是植物獨有的一種能力呢？我相信在若干年之後，我一定可以有初步的答案了。」

各人都吁了一口氣，范先生道：「真是極動人的記載，不過，蒲先生好像誇張了一點，就算經過了十幾年，橘樹也不會長到『十圍』那樣粗的。」

史保搖頭道：「范先生，你太武斷了。」

范先生笑了起來，道：「怎麼？你不見得曾經看到過這樣一株橘樹吧？」

史保笑而不答，笑得很神秘，自滿。

范先生催促道：「快說，別賣關子了。」

史保爽朗地笑了起來，道：「是的，各位請想想，我既然知道有這樣的記載，怎麼肯放過這個機會？我到過興化縣，那是一個好地方，中國人有一句話：『到了揚州不想家，到了興化心開放』來形容它。我找到了已闢改成了一條巷子的舊令署，不過那株橘樹早已經枯死了，我所看到的，只是一個枯樹頭，的確相當粗大，是我見過的最大的橘樹。」

范先生道：「有十圍？」

史保道：「中國人的記載，總是十分籠統的，所謂『圍』，有兩種說法，一種說是一個人的雙臂合抱，叫一圍；又一種說法，是說雙手，拇指對拇指，食指對食指，所得的距離是一圍。我比較同意後一個說法，因為不但是樹，中國傳記記載中的英雄好漢，也往往有『腰粗十圍』的，那似乎更不可想像了，是不？」

范先生表示同意，端納先生道：「太有趣了，我要好好地看看中國的筆記小說。」

范先生忙道：「我還記得，也是清朝的一位袁先生，在他的『孔夫子不說』那一本書中，也有一則記載，是提及一株大樹的。」

史保笑了起來，道：「是的——」

他改用中國語道：「是『子不語』，袁枚所著的，他所記載的那株大樹是楠樹，在貴州，有人要去砍伐它，它的『神』乞免，說另有三株較小的，其中兩株性格比較柔順，可以受砍，另外一株，性格十分倔強——各位注意，樹有性格，這是世界上絕無僅有的最早記載。結果，三株樹都被砍了下來，但是，在運輸途中，性格倔強的那一株沉下了江中，『萬夫絏之不起』，連被砍了下來後，仍然有寧死不屈的氣概。」

端納先生站了起來，道：「那真是我以前從來也未曾想到過的事，從今以後，我也要注意這些。」

各人都感嘆了一會，總管走了進來，端納先生揚起了雙手，道：「各位，明天我要推薦一位奇人入會，我想，他明天就會到這裏了。」

各人望著端納先生，並沒有人發出什麼問題，因為，明天就可以知道究竟了。

〈完〉

泥沼火人

神奇探測師

端納先生說過，他要介紹入會的新會員「快到了」，這個宣布，令得其他五個會員都有點意外。

因為從范先生起，已經有三個會員各自推薦了新的會員，但是被推薦的新會員，卻沒有一個出席這次年會的。

他們之中，有的是不願來，那是范先生推薦的魚人都連加農，有的是根本不知生在何處，那是阿尼密推薦的寶德教授的再生，還有的根本不能來，那是史保先生所推薦的一株大樹。

但是，端納先生與眾不同，他要推薦的人，就可以在這裏出現。

各人的心中，同時也感到很輕鬆，因為，在史保先生要推薦一株萬年古樹入會之際，所發生的爭執，雖然已經獲得解決，但是當時的氣氛，卻實在是很尷尬的。

他們實在不想再有同樣的情形出現，端納先生要推薦的人既然會到這裏來，那問題自然容易解決。

范先生有點開玩笑地道：「端納，你的朋友是——」

端納立時明白了范先生的意思，道：「當然他是人，一個看來和普通人一樣的人。」

各人都笑了起來，史保道：「他什麼時候到？要不要請總管去接他？」

端納搖頭道：「不用，我已經派人陪他一起來，本來我可以和他一起來的，但是他有點事走不開，所以要比我遲幾天動身。他可能快到了，至多不超過一小時。」

有個會員伸直了雙臂，伸了一個懶腰，道：「那麼，是不是可以趁他未到之前，先對我們說一說他的一切？當著一個人敘述這個人的一切，那是不免令人尷尬的。」

端納點著頭，道：「是的，這正是我的意思，但是，在未曾提及那個人之前，我想先介紹一下我最近的活動，那和我發現這個人，有重大的關連。」

各人都沒有異議，一起點頭，而在這一剎那間，各人也都在猜測著，端納先生近期的活動是什麼。

端納是「非人協會」中，較早入會的一個會員，僅次於范先生。

所以，當日海烈根先生介紹他入會之際的簡短介紹詞，只有范先生一個人親耳聽到過，但是其餘各會員卻也可以知道，端納先生是一個「探測師」。

「探測師」是一個奇特的名詞，必須作一番解釋。

端納先生的工作，是包括了礦師的一切工作的範圍，換句話說，他的任務是探測，探測隱藏著的資源，土地下的，沙漠下的，岩石下的，河流下的，海底下的，和泥沼底下的，一切對人類有用的資源。

這種種的探測工作，本來是由許多分門別類的礦師所負責的，例如金屬的礦源，有金屬礦源的探測師，石油有石油的探測師，等等；而且，所有的礦務工程師，全要使用各種各樣的儀器，來協助工作的進行。

但是，端納先生卻是一個例外，在他人看來，他有著極其敏銳的天賦的感覺，或者說是一種直覺，能夠正確無誤地指出，什麼地方有著某種自然物資的蘊藏，近乎奇蹟。

在他的一生之中，有著說不盡的這種「奇蹟」，隨便拈一些例子出來，墨西哥南部的一個大銀礦，在一九三四年，就被認為礦苗採完了，所以採礦公司也準備結束了，但是在結束之前，礦主請端納先生去看了一看，端納先生幾乎沒有花費任何時間，只是順手在一個舊坑道，向前指了一指，便道：「從這裏向前掘過去三十尺之後，就有大量的礦苗，儲藏量比以前的更多。」

礦主不相信他的話，但是幾個工程師卻相信，那幾個工程師和端納先生，以廉價購下了「廢礦」，進行開掘，結果這個銀礦，是墨西哥七大銀礦之一，一直到現在，還大量生產成份極好的銀。

有一次，端納先生在義大利北部的山區旅行，那地方的村落貧窮而且缺水，端納先生一面在崎嶇的石崗上漫步，一面順手指點著，就給當地的居民指出了四處地方，挖掘下去，得到了豐富的水源，是四口源源不絕，供應清甜可口食水的水井。

同時，端納先生也在義大利北部的貧瘠山區，指著一座禿山，道：「鑿開表面的那些岩石。」

鑿開表面那些岩石的結果，是使著名的義大利條紋瑪瑙出現，幾乎成為每一個家庭之中，必然有的裝飾品。

在一九三〇年代，端納先生還成為中國四川一些富有家族的貴賓，被那些擁有私人軍隊，財雄勢大的豪富家族，稱為「洋軍師」。

因為，他能正確無誤地指著地上說：從這裏掘下去，是一口上好的鹽井；然後，他隨意踱出幾十步，又指著地面道：「從這裏掘下去，是一口火井。」

不論是一口火井，還是一口鹽井，都是鉅大財富的來源。

而當端納在四川的時候，他已經堅信在長江上游，近西康一帶，有著天然的純金塊，幾乎就在露天可以俯身拾到。後來，事實證明他是對的，造成了十數萬人的大移民，和一個世界上最大的地下政府的組織。

端納先生對於阿拉伯油田的開發，也有著極大的功勞，據他自己稱，他不但可以在沙粒下聞到石油的氣味，甚至可以「看」到地下翻騰著的，黑色濃稠的原油。

由於端納先生有著這種奇妙的直覺，他的生活自然是極其多姿多釆的，他的足跡，也幾乎遍及全世界——那是真正的遍及世界，並不是只在某些地方的大城市，住上一些時間就算了，而是真正深入窮鄉僻壤，到過很多沒有人到過的地方。

「非人協會」的會員，都知道這一點，所以，他們雖然心急於要知道，端納先生要推薦的新會員，究竟是何等樣人，但是他們也知道，端納先生本身的活動，一定也是極其吸引人的，所以他們並不表示異議。

端納先生向各人望了一下，看各人並沒有反對的表示，他輕咳了一下，道：「在過去的兩年中，我一直在澳洲，起先，我到澳洲去的目的，是因為那一塊浮在南半球海面上的土地，是地球上最奇特的地方，在這塊陸地上生長的生物，也與眾不同。譬如說，袋鼠和樹熊，別的地方就一隻也找不到，我想到這地方的地底下，一定也可能埋藏著地球上，其他地方所沒有的東西，我本來是計劃要在澳洲，至少發現十種或更多的新元素的。」

端納先生說到這裏，略頓了一頓，又道：「可是，我失敗了。」

他伸手在臉上撫摸了一下，道：「看來，地面上的情形，和地底下有所不同，澳洲既然是從其他陸地中分裂出來的，只不過是地面上生活的生物情形不同，地下的資源，卻是相彷彿的，從澳洲的情形，我甚至可以作出結論，太陽系中的每一個行星，如果全是從同一團星雲，在急速旋轉之中分裂而成的話，那麼，在其他行星之中可以找到的元素，只怕也不會超出地球上所能找到的範圍。」

各人都用心聽著，雖然他們知道，端納先生的話還未曾歸入正題。

端納先生又道：「半年之前，大戰打得很激烈，澳洲也派出了大量的軍人參戰，一大部分生產任務，落在澳洲身上，澳洲需要大量的電力。澳洲政府的一個部長，找到了我，向我提出了一個要求，他們需要大量的能源，尤其需要電源，要我幫他們尋找。」

大廳中的各人互望了一眼，范先生忍不住道：「尋找電源？我不明白這是什麼意思。」

端納道：「是的，我應該說明一下，我要尋找的，是可以變為電源的最簡捷的一種能源。譬如說，如果我能發現一個極大的瀑布，那麼，在極短的時間之內，就可以建立一個水力發電站，獲得大量的電源了。」

各人都表示，明白了端納先生的意思。

端納先生點著了一枝香煙，深深地吸了一口，又道：「這是一個相當困難的任務，因為事實上，在這兩年來，我已到過澳洲的很多地方，並沒有類似的發現。自然，過去兩年我已到過的地方，可以不必再去勘察，這也可以節省不少時間。我接受了這個任務——」

他講到這裏，向史保望了一眼，道：「我任務的性質，和史保先生的任務十分接近，只不過我們所要尋找的東西不同而已。」

史保「唔」了一聲，並沒有表示什麼。

端納繼續道：「澳洲政府給了我很好的配備，也可以讓我隨便挑選技術人員，但是我什麼也不要，我只要了一架小型飛機。事實上，這架小型飛機，也只不過在我旅程開始的時候才有作用，因為我要去的地方，必定是以前從來也沒有人到過的。在那種地方，絕不可能有燃料的供給，到那時，飛機也成為廢物了。不過，在那架飛機中，有著極完善的無線電通訊設備，以便我一有所發現，就可以和澳洲政府聯絡。」

「一切準備就緒，一個清早，我自墨爾本的一個軍用機場上起飛。」

泥沼中的魔鬼

小型飛機的性能極好，端納一直向東北飛著，他的第一個目的地，是大狄維亭山脈。

因為他的第一個設想，是想發現可供建立水力發電的大瀑布，而澳洲東部的所有河流，幾乎全是發源自大狄維亭山脈的。

端納在起飛之前，已經盡可能地帶足了燃料，但是在快接近大狄維亭山脈之際，小型飛機還是不得不降落在離巍峨的山脈不遠處的一個平地上。

當飛機降落之後，端納揹上早已準備好的背裝，開始步行。

他步行的目標倒很容易辨認，一個接一個的山峰，峰頂上皚皚的積雪，就是最佳的指引。

那些山峰看起來好像就在眼前，但是當天，一直步行到太陽下山，晚霞滿天的時分，山峰上的積雪，被晚霞映得泛起了一片奇異的金紅色，端納先生並沒有前進了多遠。

入夜之後，氣溫相當低，端納先生替自己弄了一餐豐富的晚餐，然後，鑽進了睡囊之中，拉上了拉鏈，連頭都縮在睡囊之中。

每當他在荒山野嶺之中，鑽進這種特製的睡囊中睡覺的時候，他就感到自己和掛在枯枝上的一隻毛蟲的蛹，並沒有多大的分別。

接下來的兩天，端納先生一直在步行，到了第三天，他已經進入山區，並且翻過了一座積雪的山頭，看到了一條極其寬闊的山溪，溪水澎湃，沖過亂石，向下流著，溪水湍急，但是並不很深。

這樣的一道山溪，自然也可以供來發電用，但是，那至多不過是使幾個農莊得到照明的用途而已，和端納所預期的，可以發生大量電能的目標，相差實在太遠了，所以端納先生連停也不停，就順著那道山溪的上游走去，希望那道山溪的源頭，是一道大瀑布。

當晚，端納就宿在半山上，仍然睡在他自己特別設計的睡囊之中，第二天才開始跋涉。

第二天，一直到天黑，才看到了山溪的源頭。

端納先生感到相當失望，那山溪的源頭，不錯，是一道瀑布，但是，卻並不是懸空直瀉下來的那一種，而只是在亂石叢中亂竄的那一種。

在觀賞上，這種像是銀蛇亂竄的瀑布，有它一定的價值，但是，在發電的實用價值上，這種類型的瀑布，是一點用處也沒有的。

端納在瀑布旁停了一會，或許是失望刺激了他，他並沒有按照正常的休息時間休息，而是趁著月色，向前繼續走去，一直來到了一個極大的水潭旁，才停了下來。

那個水潭十分大，看來還是一個小湖，端納攀上了一幅高地，打量著這個小湖。

在月色下，他還無法看到這個湖水的來源，然而，他的本能告訴他，這個潭的水源，是大量的山中的地下水，自岩石縫中滲透而聚集在這裏的。

這個大水潭，如果用炸藥炸出一個理想的大缺口，倒是可以用來發電的，但是未免工程太大，而且，絕不符合立即可用的原則。

端納先生坐了下來，望著在月色下，閃閃發光的，一座接一座崇高的山峰，嘆了一口氣，他的工作只不過是開始，要經過多久才會有結果，完全不知道。

當他嘆了一口氣之後，他覺得，現在就來嘆氣，未免太早了一點。

在弄了晚餐之後，他弄熄了篝火，照常鑽進了睡囊之中，很快就睡著了。

他並沒有如常地早上醒來，而是在睡著了不多久之後，被一種「砰砰」的聲響所驚醒的。

端納先生才一醒過來之際，還以為自己是在做噩夢，因為在深山之中，是如此寂靜，不應該有任何聲響的。

他定了定神，看了看他所戴的燐光錶，時間約是清晨二時，而同時，他也聽出那種聲響，是一種木鼓的聲音。

端納將睡囊的拉鏈拉開了一些，探出頭來。

在凌晨二時，空氣冷而清新，他才一探頭出來，就睡意全消，而那種沒有回音，聽來硬梆梆的木鼓聲，也更加清楚可聞了。

木鼓聲聽來很急驟，而且，顯然不是一具木鼓所發出來的，而是至少有十具以上的木鼓，在同時敲擊著，才會有這樣的聲響。

端納也估計到，木鼓聲發出的所在，和他這時所在的地方，不會相隔太遠，至多不過是一個山頭之隔。

端納側耳聽了一會，轉過頭，望著平靜的潭水，那些木鼓聲，自然是聚居在山地中的土人所發出來的。

他知道澳洲的土人，種族比較單純，在中部沙漠地區的土人，和山區的土人，是截然不同的兩個種族，可能全是南太平洋各島土人的後裔，而在高山地區的土人，人數最多的是剛剛族。端納懂得一些剛剛族土人的語言，剛剛族土人是世界上最好的弓箭手，他們懂得用堅硬的黑棗木來做弓。這種堅硬木質製成的弓，可以將一枝裝有鋒銳石箭鏃的箭，遠射到一百公尺之外，而仍然具有殺傷力。

和世界上其他各地的山地民族一樣，澳洲剛剛族的土人，性格也十分強悍，而且堅持他們自己的生活方式。

澳洲政府曾經努力想將白人的文明，帶給剛剛族的土人，但是卻一點也沒有成績。

在大戰之前，澳洲政府曾經請了十幾個剛剛族土人的代表，來參觀澳洲各大城市，在經過了超過半年的巡迴旅行之後，徵詢剛剛族土人的意見，剛剛族土人的回答是：「我們的生活好得多，這裏的人應該全到山中去，和我們一樣的生活。」

端納先生想到這裏，不禁笑了起來，他想，明天中午，大概就可以和隔著一個山頭的剛剛族土人見面了，他們是世世代代居住在大狄維亭山中的，和他們見了面，自己要找尋的大瀑布，究竟是不是存在，在他們的口中，應該會有較確實的答案。

端納將頭又鑽進了睡囊之中，可是，這一夜，木鼓聲竟然沒有停止過，而且，越來越急驟、凌亂。

這種聲響，令得接下來的幾小時之中，端納幾乎沒有睡著過，以致早上當他收拾背囊的時候，他還是連連打著呵欠。

陽光普照，潭水閃著光，木鼓聲仍然沒有停，端納一面向前走著，一面心中在想，可能自己剛好遇上了剛剛族土人的一個什麼大慶典，不然，何以土人徹夜地敲著木鼓，一直到現在還不停止？

不過，端納先生的心中，也不免有多少懷疑，他會剛剛族土人的語言，自然也曾和剛剛族土人接觸過，知道他們的一些風俗習慣。他知道剛剛族土人有許多祭典，是極其隆重的，但是在他的知識之中，卻記不起有什麼祭典，是需要徹夜不停地敲擊木鼓的。

端納一面疑惑著，一面仍不停地趕著路，當他來到那座山頭的下面之際，木鼓聲由於山峰的阻隔，聽來反倒不如在水潭邊上時那樣清楚。但當他在中午時分，翻過了山頭之後，木鼓聲卻像是就在耳際響起一樣。

端納在山頂上，找了一塊比較平坦的地方，停了下來，向下看去。

他看到，在他的腳下，是一個狹窄長形的山谷，有一道溪流流經過那個山谷，那山谷的一端，是一個十分狹窄的出口，看不到出口的那一面是什麼情形。

在山谷的溪水兩旁，散落地，有著許多剛剛族土人建造的簡陋木屋，這自然是剛剛族人的一個村落，可是看下去，村落中幾乎一個人也沒有，而木鼓聲，就在山谷的那一頭狹窄的出口處傳來。

在那邊出口的地方，好像有很多人在，端納取出了望遠鏡，向出口處看去。

不錯，有很多剛剛族土人，聚集在兩邊峭壁狹窄的出口處，在望遠鏡中，端納甚至可以看到他們臉上粗糙的皮膚和皺紋，每一個人，幾乎全是愁眉苦臉的，包括一個披著整張雄鹿的皮，頭上頂著巨大的雄鹿角的祭師在內，全是一樣。

剛剛族土人的男人，全是披著獸皮的，所披的是何種獸皮，就表示他們的勇敢程度。酋長是披黑熊皮的，那頭黑熊，一定是要他獨立殺死的才行，剛剛族的女人，身子和男人一樣強健，她們也披著獸皮，但是，卻加上用一種樹皮組成的「衣料」，以和男人有分別。

這時，端納先生看出去，男男女女，至少有二百人上下，男的一行，女的一行，列成兩行，在緩緩地兜著圈子，步子十分沉緩。

在出口處，有十二個，顯然是剛剛族土人中的勇士，他們全披著猛獸的皮，正在敲擊著木鼓，祭師高舉著雙手，在人群中，看不到披黑熊皮的酋長。

端納先生呆了半晌，他看不出剛剛族人是在舉行什麼儀式，但是從望遠鏡中看到的，卻顯示他們一定是有大禍臨頭了。

端納沒有多停留，急急地找尋著可以踏腳的地方，向山下走去。

端納急速地攀下山，穿過了和在山頂上，用望遠鏡觀察所得的結果相同，剛剛族土人的村落之中，一個人也沒有，看來，所有的人全集中在那個出口處了。

端納一面開步走著，一面聽著越來越清楚的木鼓，但那種木鼓聲聽來，令人有一種不舒服的感覺，因為它的音響是十分短促的，完全沒有餘音，所以聽起來，也格外覺得凌亂和急驟。

端納先生知道，自己一定遇上了剛剛族人中的一件大事，在快要走出村子的時候，端納略停了一停。

他到過世界上很多地方，也曾和很多還處在原始狀態的土人部落有過接觸，他知道，儘管所有的土人部落各有各的習俗，但只有一點卻是共同的，那就是，當他們有重大的慶典或是儀式之際，絕不喜歡有陌生人撞進來的，在有那種情形發生之時，往往是一個悲劇。

所以端納才猶豫起來的，固然，他如果和剛剛族人有所接觸，對他的工作來說，可能有一點便利，不過，是不是值得去冒這個險呢？

剛剛族人在做什麼，發生了什麼事，和他是全然無關的，他的任務，是要尋找一個大而可以立即利用的電源。

當端納想到了這一點的時候，他幾乎就要轉身走回去了，可是就在這時，木鼓的鼓聲忽然變了，木鼓雖然是極其簡單的樂器，可是也和任何樂器一樣，能夠表現出人的心情來。

本來，端納只覺得木鼓聲急促、凌亂，這時，木鼓聲變得沉重，他更可以聽得到，在木鼓聲中，有著極其深切的悲哀和傷感。

從這一點看來，端納也可以肯定，剛剛族人並不是在進行什麼慶典，而是有一件令得他們全族都感到十分悲傷的事，正在進行著。

當端納一想到這一點之際，他決定再向前去，雖然他貿貿然撞上去，可能發生危險，但是，他卻是抱著幫助剛剛族人的心情向前走去的。

因為有很多事，對一個原始部落的人，可能是無法解決的，但是對一個文明人來說，卻可能是根本不成問題的問題。

端納的腳步，也受了沉重鼓聲的影響，變得相當沉重，他一步一步地向前走著，離聚集在那出口處的土人，只不過幾百碼了。

他看到所有的土人都背向著他的來路，而面向著那個出口處，所以並沒有人發現他。

端納先生又看到，頂著整張鹿皮的祭師，不斷高舉著雙手，他的手中，好像拿著一團毛茸茸的東西，每次當他高舉雙手之際，就揚動著那團東西，不過，端納一時卻看不出那是什麼。

端納也聽到，除了木鼓聲之外，還有一種喃喃的聲音，那是很多剛剛族土人，一起在低聲唸著一點什麼，好像是眾多的人在默禱一樣。

被人群遮著，端納看不出那個出口處有點什麼，不過，從眼前的情形看來，剛剛族土人並不是在慶祝什麼，而一定是在哀悼著什麼，那是毫無疑問的事了。

他繼續向前走著，突然之間，有一個剛剛族土人轉過頭來，看到了他。

看到了端納的那個土人，陡地叫了起來，隨著他的叫聲，不少土人轉過頭來，看到了端納。

接下來的變化，令得瑞納手心冒著冷汗，呆立著，不敢再向前走去。

剛剛族土人其實並沒有什麼舉動，只不過所有的人全部轉過了頭來，向端納望著，所有的聲音全都停了下來。

只有那出口處，因為十分狹窄，兩面都是峭壁，所以有一陣淒厲感，斷續的風聲，嗚嗚地傳了過來，聽了使人遍體生寒。

而更令得瑞納全身發寒的，還不是那種可怕的風聲，而是所有向他望來的，那幾百個剛剛族土人的眼睛，那幾百雙眼睛，幾乎全是不眨動的，只是直勾勾地望著他。

剛剛族土人的膚色相當地黑，所以當他們的眼珠凝止不動之際，他們的眼白看來也格外奪目，端納望過去，只見到一點又一點的白色和黑色，一點也找不到生命的跡象，而只使他想到死亡。

端納僵立著，離最近的一個土人，大約有五十公尺，他不知道是向前去好，還是向後退好，只是僵立在那裏，進退皆難。

人雖然多，但是卻一點聲音也沒有，互相對望著，端納一個人面對幾百個剛剛族的土人，他只覺得手心的冷汗越來越甚。

這種極其難堪的對峙，事實上，怕只有一分鐘左右，但是在端納而言，卻像是不知過了有多久。

他的耳際，開始有一種「轟轟」聲，他想大叫，叫那些剛剛族土人眨一眨眼，不要那樣看著他，但是他鼓足了勇氣，卻仍然沒有法子發出聲音來。

就在這時候，端納突然聽到，在土人的人群之中，傳來了一下尖叫聲。

那一下尖叫聲，聽來像是出自一個女子發出來的，那一下尖叫聲之後，幾百個土人略略起了一陣騷動，緊接著，一個人直奔過來，奔到了祭師的面前，急促地講著話。

由於那人的話，實在講得太快了，而端納又不是十分精通剛剛族的土語，再加上他心中十分驚慌，是以，他幾乎完全不知道那人在講些什麼。

然而，端納卻知道，那個人對祭師講的話，對他一定有極其重大的關係，所以他必須先聽他在講些什麼。

等到端納想到這一點的時候，那人的話已講到尾聲了，只聽得他的聲音十分尖利，道：「由得他去，反正我的命運已經決定了，由得他去。」

那人講完了話，喘著氣，轉過頭來，向端納望了一眼。

端納到這時候，才大吃了一驚。

那人奔出來之際，端納只看到他的身上披著一幅山貓的皮。

山貓是十分凶猛的動物，照剛剛族土人的風俗習慣，能夠披上山貓的皮，那一定是一個非凡的勇士才是。

端納雖然感到那人的聲音太尖銳，但是決計想不到，那人是一個女人。

直到那人半轉過頭來，端納才看清那個披著山貓皮的人，竟是一個女人。

當那女人向端納望過來之際，端納還看得出她的年紀很輕，身型相當高而苗條，短而鬈曲的頭髮緊貼著，眼睛很大，襯著她黝黑的皮膚，更顯得黑白分明，算得上是剛剛族中的美人兒。

她的神情帶著一種異樣的倔強，但是也可以看得出，有一種極度的無可奈何。

端納感到，自己要是再不表示態度，事情可能十分糟糕了。

他高舉起右手，又將左手放在胸前——那是剛剛族人表示友善的手勢，急急向前走去，一面大聲用他所能表達的土語，道：「我是路過的，絕對沒有惡意，而且，很願意幫助你們。」

端納的話又引起了一陣騷動，只見祭師高舉著雙手，大聲叫了兩下，所有的人全部靜了下來。

祭師轉過身，向端納走了過來，同時叫道：「停步，停步。」

端納依言停了下來，祭師來到了端納的面前，端納才看清，他手中那團毛茸茸的東西，是一簇黑白分明的一種山雉的尾羽。

一看到那團尾羽，端納又怔了一怔。

他所知道的剛剛族人的習俗，只有當舉行葬禮之際，祭師的手中才應該執著這種黑白的羽毛，照鼓聲的哀傷來看，倒有點像喪事，但是，卻又不像。

在端納的知識中，剛剛族人的喪禮是十分隆重的，死者放在木板上，全身塗上油脂，由他的幾個親人抬著，而其餘的族人，則應該圍在死者的屍體之旁跳舞。

可是現在又看不到有這樣的儀式舉行，再加上披著山貓皮的女子，端納真懷疑，自己是不是真的對剛剛族土人的風俗，知道了多少。

他站定了不動，祭師一直來到了他的身前，瞪著眼望定了他，端納勉強笑了一下，道：「很對不起，我不知道你們有不幸的事。」

祭師的面肉抽動了一下，道：「走，快走開。」

端納已經完全定下神來，他笑得也自然得多，道：「照我看，你們好像不是在進行真正的喪事，是不是有人有了麻煩？我可以幫助你們。」

在端納想來，剛剛族人這種不尋常的行動，多半是有什麼人患了重病，土人認為他一定會死了，而這個人的地位又十分重要，所以才有這樣情形的。

端納又想到，在這許多土人之中，沒有看到披黑熊皮的族長，他幾乎已經可以肯定，患重病而瀕臨死亡的，一定是剛剛族的族長。

他隨身帶著不少藥物，可以治療很多疾病，在土人認為必然死亡的絕症，在他看來，可能是十分容易醫治的，所以，他才大膽提了出來。

祭師仍然瞪著端納，還沒有說什麼，那個披著山貓皮的少女已經走了過來，高昂著頭，道：「你幫不了我什麼，別來理我們的事。」

端納笑了一下，道：「我想，一定是族長在生病，是不是？我可以幫他，請相信我。」

那少女笑了一聲，說道：「族長已經死了。」

端納呆了一呆，他料錯了，可是，他心中仍然不免疑惑，族長要是死了，為什麼在喪禮中，見不到他的屍體？

端納吸了一口氣道：「對不起，我料錯了，但是我想，我總可以幫忙的，要是你們真有什麼困難的話。」

那少女冷笑一聲，道：「你是那人的朋友？是那人的同伙？」

這兩句話，實在是來得沒頭沒腦的，端納聽得莫名其妙，不知道是什麼意思。

他呆了一呆，才道：「是不是有人在壓迫你們，逼你們做什麼？」

這一次，端納又想到，可能有白人來到這裏，而只要那白人的手中有槍械的話，剛剛族人實在是無法與之相抗的。

那少女顯然不願再和端納討論下去，昂著頭，轉過身向前走著，一面揚起手來，叫道：「繼續打鼓，告訴他，我來了。」

端納向前看去，看到打木鼓的土人一共有七個，七個土人身上所披的，全是猛獸的獸皮，那表示他們全是族中的勇士。

當木鼓再度響起之時，鼓聲聽來更加哀痛，那披著山貓皮的少女在向前走著，祭師也不再理會端納，跟在少女的後面。

本來聚集在出口處的土人，全都分了開來，形成了一條人龍，在人龍之中，那少女在前，祭師在後，隨著鼓聲在向前慢慢走著。

端納實在不知道確實發生了什麼，但是從那少女剛才那一聲大叫聽來，一定是有人在強迫著剛剛族土人，做他們不願做的事，那是毫無疑問的了。

端納陡地感到了一陣衝動，他大叫著，道：「等一等。」

他一面叫，一面向前奔了過去，當他奔進了人叢之際，看到兩面的土人，全用極其吃驚的態度望著他，端納也全然不加理會，他一直奔到了祭師的身後，又大叫了一聲，伸手拉住了祭師。

端納的動作十分粗魯，他一拉之下，幾乎將祭師的鹿皮拉了下來。

端納也不理會那祭師的反應，立時側身在祭師的身邊奔過去，伸手抓住了那少女的手背，用力將那少女拉得半轉過來。

那少女十分惱怒，怒視著端納，端納不等她開口，就大聲道：「要是有什麼人強迫妳做不願意做的事，妳可以不做，你們雖然住在山中，自己生活，可是一樣也受澳洲政府的保護，沒有什麼人可以強迫你們。」

端納說得很快，很激動，那少女揚起了眉，一直望著他。

端納說完才鬆開了手，這時候，所有的土人都發出極其喧嘩的聲音來，吵成了一片。打鼓的幾個人擠了過來，一個道：「你有辦法對付那個人？」

端納道：「能。」

當然，他不知道自己要對付的是什麼人，但是他想到的，是一個文明人在欺負當地的土人，只要他見到那個文明人的話，他自然有辦法對付，所以他才回答得如此肯定。

所有的人又靜了下來，端納又道：「在哪裏？那人在哪裏？」

他一面問，一面望著在他面前的土人。

在他的追問之下，所有的土人都低下了頭，現出相當害怕的神情來，只有那少女指著狹窄的谷口，說道：「他在那裏面，沒有人知道他究竟在何處，只要他出現，他就帶來死亡。」

端納深深地吸了一口氣，說道：「一個白人？」他做著手勢，指著自己道：「像我一樣的白人？」

少女睜大了眼，不斷的搖著頭，道：「不是，不是白人，不知道他是什麼人，他——他——我們叫他雷神，他掌握著雷的力量。」

端納只感到一陣莫名的憤怒，雖然，他仍然不知道整件事情的眉目，又雖然，那少女說「那人」不是白人，但是，他也可以知道多少眉目了。

端納仍然肯定那人是白人，一定經過化裝，說不定，還化裝成古靈精怪的樣子，而所謂「掌握著雷的力量」，那毫無疑問是現代的槍械。

端納道：「我明白了，我去找他。」

端納這句話才出口，所有的土人同聲「啊」地一聲，不知他們是在表示意外，還是在讚嘆。

端納又道：「我不知道這個人是誰，但是，我相信我一定能對付他。」

祭師擠了過來，道：「你——不怕死？」

端納揚了揚眉，說道：「我有我的辦法，你們不必理會了，你們將他出現的情形告訴我，就行了。」

祭師還沒有開口，那少女就搶著道：「他是去年才出現的，來到我們的村落之中，有兩個人襲擊他，才碰到他的身子，就死了——」

端納連忙問道：「是什麼令這兩個人致死的？」

少女的臉色變得蒼白，道：「雷，就像是天上的雷一樣，雷。」

她一再強調著「雷」，端納點點頭，他知道，手槍發射時的聲響和火光以及手槍的殺傷力，是足以使沒有現代知識的土人，當那是「雷的力量」的。

端納又問道：「後來又怎樣？」

祭師插口說道：「他向我們要了食物，就走了。」

端納道：「他講什麼話？」

祭師眨著眼，道：「我們不懂他講什麼，他——不會講話，只會發出聲響。」

端納皺了皺眉，這一點，和他的設想並不十分相同，但這不要緊，在土人聽來，一個精通九國語言的人，可能也是「不會講話」的。

那並不表示他的設想，是不能成立的。

端納再問道：「以後怎麼樣？他有沒有再來？」

祭師道：「過了很久，月亮缺了二十二次，他才再出現，那是上次的月缺。」

端納心中計算了一下，那就是說，這個人第一次出現之後，幾乎隔了一年，一直到半個月之前，才再度出現。

這時，端納不禁躊躇了起來，如果是一個白人想來統治剛剛族土人的話，怎會隔那麼久才出現一次？

端納感到自己的設想有了破綻了，他不由自主地搖著頭，祭師指著那少女，道：「這一次，那人來了，他要帶走倫倫。」

端納呆了一呆，向那少女望過去，那少女神情悲憤，緊閉著嘴；「倫倫」自然就是她的名字了。

祭師又道：「族長叱他走，他不肯走，族長拿起武器驅逐他，族長是勇士，可以獨立殺死一頭黑熊，但是那——魔鬼有雷的力量，族長死了，他——仍然要倫倫，我們沒有辦法，只好送倫倫給他。」

端納吸了一口氣，他總算明白事情的一大半了。

族長已經死了，所以看不到那披黑熊皮的族長，而被稱為「有雷的力量的魔鬼」，看來一定要倫倫，他們只好將倫倫送給他，以拯救他們全族的人。

自然也是因為這個原因，所以，倫倫才被認為是勇敢的人，而披上了山貓皮。

現在，剩下來的問題是，那個「魔鬼」究竟是什麼人。

他又問道：「那個人——那個魔鬼，他——穿什麼樣的衣服？」

祭師瞪大了眼睛，望著端納，好像他的這個問題問得十分愚蠢，端納又道：「他穿什麼樣的衣服？」

祭師揮舞著雙手，說道：「魔鬼是不穿衣服的。」

端納陡地一呆，道：「什麼？」

祭師道：「他並不穿什麼衣服，和我們一樣，他什麼也不穿，他的身上全是泥漿，有的乾了，有的還沒有乾，他是從泥沼來的，是泥沼中的魔鬼。」

祭師說到後來，聲音急促而尖利，顯然他的心中，充滿了極度的恐懼。

端納本來以為自己已將事情弄得很清楚了，但這時，卻又糊塗了起來。

祭師喘著氣，道：「我們的祖先就曾經說過，在那泥沼中有魔鬼住著，那些魔鬼有雷的力量，就是那種魔鬼，就是那種。」

端納給祭師的話，說得不由自主打了一個冷顫。

端納向祭師揮了揮手，說道：「好了，現在問題很容易解決，倫倫不必去，只要我去見那個人。」

祭師望了端納一會，後退一兩步，用右手指著端納，喃喃有詞唸了一會，才道：「如果你能幫我們，我們奉你為族長。」

端納笑了起來，道：「我不做族長，只不過幫助你們。泥沼離這裏多遠？」

在一旁的倫倫忽然道：「我帶你去。」

端納略呆了一呆，望著就站在他身前的倫倫，這個披著山貓皮的剛剛族少女，在她的臉上，有著極其倔強的一種神情。

一接觸到倫倫臉上的那種神情，端納就覺得自己有點低估她了。

因為一直到這時為止，端納都以為在泥沼中居住的，「有雷電力量的人」，是一個有現代化武器的白人不法之徒，可是如今看來，如果只是一個有現代化武器的白人，是不是令得倫倫這樣的少女屈服，那是很成問題的一件事。

但是，如果不是一個有現代化武器的白人，那麼，「有雷的力量」，那又是怎麼一回事呢？

在端納想著這些事之際，倫倫一直在他身前挺立著，又道：「我帶你去，你可能找不到路，我去過泥沼，雖然族法禁止到那裏去，但是我在很小的時候，就已經偷偷接近過很多次。」

端納不禁笑了起來，毫無疑問，倫倫是剛剛族一個十分傑出的人物。

他也想到，就算自己不出現，倫倫一個人去會那個「有雷力量的人」，只怕她也不肯吃虧。

端納雖然並不完全確知，住在那泥沼中的人是什麼樣的人物，但是，他卻始終覺得沒有什麼多大的危險性，所以他點頭道：「好，只要妳不怕。」

倫倫昂著頭，道：「不怕，就算他用雷電的力量對付我，我也不怕。」

端納攤了攤手，事情就這樣決定了，敲擊木鼓的剛剛族勇士，又擊起了木鼓，硬而短促的鼓聲之中，端納和倫倫並肩向前走去，進了那狹谷。倫倫走在前面，端納跟在後面。

那狹谷有的地方，狹窄得就算人側著身子走，背後也要抵著山壁上。

就像是不知多少年之前，有一柄巨大之極的利斧，在高山之中迅速地劈了一下，然後又縮了回去一樣，所以才留下了這樣的一道縫。

而且，狹窄的山谷比意料中來得長。

那狹谷估計超過一千公尺，才到了出口，出口外，是一片連綿的小山頭，山頭上全是一種焦紅色的石塊，看來像是一個火山的噴口，或是經過火山熔岩洗禮的地方，一點草木都沒有。

端納先生一看到了這種情形，立時站住了不動，這時候，倫倫在他的身邊講了一些話，但是，端納卻完全沒有聽進去，因為，他完全被眼前的奇特情景吸引住了。

端納是一個極其傑出的探測師，他對於各種地質的構造情形，有著透徹的了解，而在大狄維亭山脈之中，找到了火山的遺跡，這一點，是絕不可想像的。

對一個普通的人來說，或許就認為那是火山的遺跡，而忽略了過去，但是對端納來說，他卻知道絕不會，除非他以前所有的知識全都錯了。

端納呆呆地望著那些岩石，然後俯下身來，撫摸著那些岩石，他取出了一支錘子，敲下了一小塊，將石粉放在手心中，小心地觀察著，又用舌尖舐著石粉，嚐嚐它的味道。

當他對那些岩石作了將近十分鐘的觀察後，他已經可以肯定，那的的確確是火山熔岩，但是他心中的疑惑也更甚，因為他同時也可以肯定，這裏是不會有火山的。

他慢慢地站了起來，由於蹲得太久了，當他站起來的時候，雙腿有點痠麻，他看到倫倫正用疑惑的神色望著他。

端納苦笑了一下，道：「真是不可思議，這裏竟然會有火山爆發的跡象。」

倫倫的雙眼睜得更大，問：「火山爆發？」

端納一面做著手勢，一面道：「火山就是會噴出火的山，噴出許多火，很遠的地方都可以看得到，將石頭燒成水一樣，流來流去。」

倫倫用心地聽著，可是端納究竟在講一些什麼，她顯然聽不懂。

端納揮了揮手，說道：「算了，你不會懂的。」

倫倫道：「要是像你那樣，一邊走著，就停了下來吃著石頭，那我們今天晚上，一定到不了泥沼。」

端納苦笑了一下，他將打下來的岩石塊，塞了幾塊在背包之中，準備去作進一步的研究，如果藉此發現大狄維亭山脈，竟是太平洋火山帶的延續，那真是地質學上的一項重大的發現了。

他反手托了托背包，道：「好，我們繼續吧。」

他們繼續向前走著，那種焦紅色的、光禿的岩石，分佈的範圍相當廣。

端納是一面向前走著，一面盡量向前看，他在想，如果這裏曾經有過火山爆發，那麼，一定有一個火山口。

照他發現曾經過溶岩洗過禮的地方向前去，地勢應該是越來越高才合理。

可是他越向前走去，地勢卻越來越低，火山口一定是在高地的，照這樣走下去，根本不能有火山口，但如果沒有火山口的話，那些分明是溶岩凝成的石塊，是哪裏來的呢？

倫倫一直跟在端納的身邊，她不時講幾句話，又向端納問了很多有關「火山」的問題，端納詳細地解釋給她聽，她也似懂非懂地點著頭。

忽然間，倫倫笑了起來，道：「這倒和我們的傳說差不多。」

端納心中動了一動，道：「什麼傳說？」

倫倫向身後指了一指，道：「我們剛才經過的那道窄谷，據剛剛族古老的傳說，本來是沒有的，本來，兩邊的高山長在一起，剛剛族人從來也沒有越過那一座高山。有一天，不知道是多久之前，忽然山的那一面，起了驚天動地的變化——」

當端納才向倫倫問及剛剛族古老的傳說之際，他雖然心中想到了什麼，可是，根本還沒有一個概念，但這時他聽到倫倫那麼說，感到這個古老的傳說，可能其中隱藏著什麼事實。

所以，他忙向倫倫做了一個手勢，道：「等一等，妳說得詳細一點。」

倫倫側著頭，道：「我沒有法子說得詳細，傳說只不過是那麼多。」

她望著端納，端納示意她說下去，倫倫繼續道：「那真正是地動山搖，整座山，所有的山都在搖動，火光高過山脊，使山這邊的人都可以看到，足足一天，大地怒吼，天神震怒，然後才靜了下來，等到靜下來之後，高山裂開了，出現了一道裂谷，我們的祖先認為，那是天賜的機會，使我們可以到山的另一邊去，那一邊，可能有更多的獵物，可供我們作豐富的食用，所以，就有一隊勇士穿過那峽谷，去看一個究竟。」

端納深深地吸了一口氣，問道：「結果，怎麼樣？」

倫倫搖著頭，道：「結果是很悲慘的，當時，由族長帶頭，一共是十二個勇士，穿過那峽谷去，族中的人天天盼望著他們回來，一共過了十二天，一天晚上，族長一個人，才像是喝醉了酒一樣，奔了回來——」

倫倫講到這裏，忽然頓一頓，道：「你看到過我們村口的那個石像？」

端納怔了一怔，一時之間，不知道倫倫這樣說，是有什麼意思，他道：「沒有，我沒有注意到。」

倫倫道：「據說，那個石像，就是照著那個回來的族長的樣子雕刻的，在我爺爺很小的時候，石像就已經有了，那個石像——」

端納忍不住打斷了她的話頭，道：「妳先說，那傳說的結果怎樣？」

倫倫沉默了片刻，才道：「傳說講，那個族長雖然回來了，可是他的全身赤裸，身上全是一個一個的泡，好像是被烈火燒過一樣，他已經不能講話了，真不知道他憑什麼能夠支持回來。當時，族人都嚇壞了，一起圍在瀕死的族長身邊，族長只掙扎著，講了兩句話就死了。」

端納聽得出神，問道：「兩句什麼話？」

倫倫說道：「第一句話，族長吩咐，要將他死前的樣子記住，刻成石像，立在村子口，第二件，是剛剛族的子子孫孫，永遠不許經過那峽谷，絕不准許到山的那邊，去看看那邊有什麼。」

端納呆了半晌，他在忖度這個傳說的真實性，然後才笑道：「每一個民族，都有他自己的傳說的故事。」

倫倫眨著眼，道：「你這樣說，是什麼意思？我們剛剛族人，是從來不說謊的。」

端納忙解釋道：「我不是說你們說謊，問題是，古老的傳說經過了那麼多年，總和當時所發生的情形有點不相同了。」

倫倫的神情很正經，看來極其嚴肅，她道：「或許，但是那個石像，是當時就刻成，一直豎立在村子口上的，它不會有變化！那石像記錄著當時族長臨死前的樣子，全身全是泡，頭髮全都沒有了，你知道我們剛剛族人，每人都有長而濃的頭髮。」

端納皺了皺眉，的確，剛剛族人的特徵之一，是他們每人都有又長又濃、柔軟的頭髮，全都幾乎垂到腰際，可以說得上是世界上最美髮的民族，這樣的一個民族，除非是記錄當時的事實，否則，是決計不會豎立一座石像，竟然是沒有頭髮的。

端納又想著這個傳說，從這個傳說看來，真像是若干年前，這裏真的曾經發生過一次火山爆發，或者是猛烈的地震，使得高山裂了開來。

而出發去探險的十二個勇士，可能是遇上了餘震，或是陷在尚未熄滅冷卻的熔岩之中，所以才遭到了不幸的命運。

這樣的假設，應該是最合理的了。

雖然端納知道，大狄維亭山脈絕不是火山，但看來，這個古老的傳說，除了這樣假設之外，也沒有再合理的說法了。

他向倫倫望了一眼，道：「既然剛剛族有這樣的禁例，為什麼妳——」

倫倫像是知道端納要說什麼一樣，笑了起來，道：「我不同，我是膽子最大的人，全族膽子最大。」

端納笑了起來，道：「全族，包括你們族裏所有的勇士在內？」

倫倫昂著頭，道：「當然，我小時候，一群男孩子想欺負我，和我打賭，說我不敢經過那峽谷，到山的那邊去，我就偏去給他們看。那是我第一次經過那個峽谷，以後，我不知到這裏來過多少次，山那邊有一個大泥沼，也是我發現的。一直到現在，也還只有我一個人敢到這裏來，他們都不敢。」

端納看著倫倫那種自豪的神氣，覺得很有趣，他道：「至少還有我。」

倫倫忙道：「你不同，你不是剛剛族人，你不會從小就聽得大人說：『不要過那邊去，不要過那邊去！』」

端納不得不承認倫倫的話是對的，他點頭道：「不錯，妳的確是極勇敢的人。」

倫倫受到了端納的讚揚，心中十分高興，連跑帶跳地向前奔出了十來步，並且發出了清越的歡笑聲。

可是在奔出了十來步之後，她卻又停了下來，現出了很不高興的神色來。

端納來到了她的身前，道：「怎麼樣？」

倫倫嘆了一聲，道：「我的勇敢，一直得不到族人的鼓勵，他們自己膽子小，不敢過這道峽谷，反倒說我因為違反了族規，而替全族惹了大禍，那個有雷電力量的人，他們說，就是我引來的，是我引來了死亡之神，所以，他們才要我去祭這個死亡之神。」

端納呆了一呆，道：「什麼？不是那個人指定要妳的麼？」

倫倫道：「雖然是，可是我告訴他們，我絕不相信，我們整個族幾百個人，會敵不過一個人，我們應該團結起來，帶著武器，出其不意，由我帶領著，去找那個人，將他殺死。可是他們怕得要命，沒有一個人敢聽我的話，哼，不聽就不聽。」

講到這裏，倫倫又現出倔強的神色來，道：「就算只有我一個人，我也不怕。讓他們送我去好了。」

端納停了下來，望著倫倫。

端納的心中在想，在一個古老的、閉塞的民族之中，居然有這樣一個充滿了叛逆性的勇敢的少女，那真是不可多得的事情。

倫倫也停了下來，道：「你說是不是？」

端納衷心地道：「對。妳的做法很對！妳的族人一時可能不原諒妳，但是，他們終究會知道妳是對的。」

倫倫聽得端納先生那樣講，又高興地笑了起來，端納道：「我還有很遠的旅程，但是時間不會超過一年，當我回來的時間，我一定再經過你們的村子，我要帶妳到雪梨去，去唸書，學更多的東西。」

倫倫搖頭道：「不，我們族裏有人去過雪梨。」

端納道：「是，我見過他們，一共三個人，我的剛剛族語，就是跟他們學的。」

倫倫微笑著，仍然不住地搖晃著頭，說道：「他們說，你們住的地方，一點也不好，可怕得很。」

端納苦笑了一下，道：「也許是，不過妳去看看，自己做一個判斷，總是好的。」

倫倫想了一想，才道：「也好，不過，要是我們敵不過那個人，那也就回不來了。」

倫倫的話，使端納對她的勇敢，有了更進一步的認識，他說道：「絕不會有這種事的，因為──」他略頓了一頓，才道：「因為直到現在為止，我還是不相信，會有什麼人有你們所說的，雷電的力量？」

倫倫低頭向前走著，走了好久，才道：「那麼，我問你，這個人，他一伸手砍在一株樹上，這株樹就起火，斷了下來，這是什麼力量？我只有見過天上的雷電，才有這種力量。還有，他抓住了一個人，這個人就會死，而且死得全身焦黑，臭得不得了，像是雷雨過後，森林中被雷打死的野獸一樣，這又是什麼力量呢？」

端納道：「如果他真有這樣的力量──」

不等端納講完，倫倫已經雙手緊握著拳頭，叫了起來，說道：「他真的有！族長就是那麼死的。」

端納深深地吸了一口氣，事情好像越來越不可理解了。

他沒有理由不相信倫倫的話，不單是因為剛剛族人從來不說謊，而是由於他了解倫倫越多，就越知道她不是一個會說謊的人。

然而，倫倫的話，卻又是無法接受的。

他攤了攤手，道：「好，我相信妳，反正我們就快見到那個人了，是不是？」

倫倫像是還在生氣，急步向前走著。

他們所經過之處，一直只是光禿禿的，暗紅色的岩石，而且地勢越來越向下，這時候，當端納先生略停一停，打量四周圍的情形時，他不禁「啊」地一聲，叫了起來。

當他開始發現那些岩石之際，他覺得，如果附近有一個火山口的話，那麼，他應該越走越高才是，才能發現那個火山口的。

可是此際，當他一直向下，走了將近一小時之際，他才發現，自己早就在「火山口」之中，所以才一直向下走，他一直是沿著火山口在向下走。

然而，那又不是一個火山口，只是一個十分廣大，邊緣的斜度相當低的大坑。

那些顯然是熔岩凝成的石頭，佈滿了大坑斜坡上，而這時，他們已接近這個極大的大坑最底部分了。

這個大坑的邊緣，估計周界，至少有五千公尺以上，那絕計不是火山口，這一點，端納的心中感到很安慰，因為他早就知道，這裏不會有火山的。

可是新的問題又來了，這樣巨大的一個大坑，是由什麼力量造成的呢？看來無論如何，不是天然形成的。

倫倫繼續在向前走，在快接近底部之際，向下的傾斜度比較大；倫倫走得很快，端納一直跟著，在快到底部之際，倫倫指著前面，道：「小心，下面是一個大泥潭。」

端納忙道：「就是那個泥沼？」

倫倫搖頭道：「不是。不過也全是泥漿，再翻過去，就是大泥沼了。我看，泥沼的泥漿，和這個潭的泥漿是連在一起的，地下一定有一個大洞，泥漿就流來流去。」

端納一面聽著，一面向下看去，果然，在那個大坑的底部有個泥潭，泥潭是圓形的，潭的直徑約莫有二十公尺，端納也看出，倫倫的所謂泥漿，其實，只不過是混濁不清的泥水。

端納來到了潭邊，又呆了半晌，看泥水很平靜，就是令得瑞納大惑不解之處。泥潭中的泥水，如果是在翻騰滾動的，那麼就沒有疑問了，可是事實上，水是靜止的，靜止的水，泥應該向下沉，水應該變清，如何還會是泥水呢？

端納俯身捧起一掬水來，不錯，水中含有大量的泥，比中國黃河上游，水最濁的地方，含泥量至少多二十倍，已經接近是泥漿了，可是，黃河的水是奔騰東流的，水中的泥根本得不到沉澱的機會，而這裏的水卻是靜止的，那確是有點不可思議了。

讓濃濁的泥水在指縫中流走，端納的手上，仍然沾滿了不少泥沾在端納手上的泥水，乾得很快，不一會，他的手上，就像是被塗上了一層均勻的泥粉一樣，端納自然而然地搓動著手，想將泥粉搓下去。

而就在他搓手之際，只聽得一陣輕微的「劈啪」聲響，那便是在陽光之下，也可以看到端納的手掌中，有火花在迸出來。而且端納也感到了一陣震動，就像是有一股電流，由他的掌心通過了他的全身一樣。

端納不由自主，發出了一下呼吸聲。

那些乾了的泥粉，是帶電的！

在那一剎間，端納呆呆地站著，實在不知道該作如何表示才好，因為這一切，實在來得太意外了。

任何人在猝不及防的情形之下，被一股電流通過身體，都會受到震動的，但是，如果電源之來源是可以解釋的話，這種震動很快就會過去的，但是現在的情形，是電的來源，也是完全出乎意料之外的。

端納呆立著，雙手張開著，沾在他手上的泥粉，在他剛才搓手之際，已經脫落了很多，但是，還有不少沾在他的手上。

在陽光下看來，細粒的泥粉呈黑褐色，和普通的泥粉完全沒有什麼不同。

端納呆了半晌，再搓了搓手，這一次，一則是由於他有了心理準備，二則，是手上的泥粉已經少了，所以，雖然一搓就有電震的感覺，但還不如上次為甚。

端納吸了一口氣，抬頭向倫倫看去，出乎他的意料之外，倫倫卻並沒有什麼驚訝的神情，照例是用一種十分頑皮的神氣望著他。

端納心中動了一下，道：「妳……妳也試過？」

倫倫點頭道：「是的，這裏的泥水很怪，乾了之後，會爆出小火花來，還會……還會使人有被人呵癢的感覺，很有趣。」

端納又呆了片刻，剛剛族土人自然不知道，被電源突如其來地通過身體的感覺是怎樣的，倫倫用「被人呵癢」來形容，已經算是十分貼切的了。

端納這時，心中充滿疑團，因為以他的知識而論，實在無法解釋，何以會有這種情形發生，不明白何以在泥粉中，會有電存在。

他怔怔地望著那一潭混濁的泥水，心中亂成了一片，他知道，自己一定處在一件十分奇怪的事情的外圍。

他也知道，要是他能夠突破外圍，進入這件事的中心，他一定可以有極大的新發現。

可是端納也知道，這件事神秘的外圍太堅固了，想要突破它，決不是容易的事。

倫倫卻並不覺得這件事有什麼大不了，她只是笑嘻嘻地道：「你的臉色為什麼這麼難看？這裏的泥水雖然古怪，但不會有害的，你看，我一點事也沒有——」

她一面說著，一面跨前兩步，要將腳伸進泥水中去，端納連自己也不知道是什麼原因，陡地叫了起來，道：「不要！」

他叫著，陡地伸手拉住了倫倫，倫倫轉過頭來望著他，看來絕不明白，為什麼他要如此緊張，但是端納已經不由分說地拉著她後退了兩步，同時，急急地道：「我們，我們該趕路了。」

倫倫沒有表示什麼意見，只是點著頭，端納不由自主地喘著氣，向外走了過去。

他們來到這個泥水潭之際，是一直在向下走著的，一直來到了泥潭附近，端納才發現，以泥水潭為中心，四面的斜坡擴展開去，像是一個極大的圓坑。

這時，他離開了泥水潭，就變得一直在向上走，端納的思緒混亂之極，在他一直向上走的時候，他只是亂七八糟地，在想一些不著邊際的問題，自然，那是由於他實在想不到問題的中心，所以，便不得不作其他的胡思亂想之故。

他想到了剛才的那種感覺，用「呵癢」來形容，自然只是剛剛族土人的說法，要讓他來作形容的話，那種感覺，自然不是真正的觸電，最貼切的形容，應該是一種惡作劇的玩具：「電震器」。

那是一種很小的裝置藏在手中，和對方握手，電震器中輕度的電，可以使得不察究竟的人，在剎那間嚇上一大跳。

端納剛才搓手的時候，那種感覺，就像是被人用電震器惡作劇玩弄一樣。

可是，想來想去，還是那個老問題：泥粉之中，怎會有電能呢？

要是天氣十分乾燥，在搓手之際，可能產生靜電，自然也會有火花和輕微的爆裂聲，甚至也會有輕微的震動，但是空氣並不乾燥，絕不是沙漠之中，而且，在泥粉的搖動之中所產生的，好像也不是靜電。

在走上斜坡的那一段路上，端納完全是好像在做白日夢一樣，根本不知道自己是怎樣走上來的，一直到倫倫大聲道：「過了前面那座小山，就可以看到泥沼了。」

端納才如夢初醒似，定了定神，轉過頭來，向已走過的路回頭望了一下。

當他在泥潭旁邊的時候，仰頭向四面看的時候，覺得這裏的地方，像是一個極大的圓坑，這時到了上面，向下看去，「大坑」的感覺更甚。

四周圍的斜壁上，全是那種焦紅色的岩石和寸草不生的泥土，看來，實在像是經過火山熔岩蹂躪過的地方，而那個泥潭，應該就是火山的噴口。

可是，端納知道，那絕不是火山的噴口，整個大坑，看來是被一種什麼巨大的力量，撞擊而成的。

當端納想到了這一點的時候，他不期而然地抬頭向天空望了一眼。

天空上萬里晴空，只有幾絮雲彩，在碧藍的青天下，幾乎停留不動。

端納抬頭向天空看，完全是一種下意識的動作。

因為當他想到這個大坑，是由一種什麼力量「撞擊」而成的話，那麼，這種巨大的撞擊力量，唯一的來源，就是來自天空，來自遠古到現在，神秘而不可測的天空。

不過，端納立時低下了頭來，他覺得自己的這種想法，未免太實際了，他心中苦笑了一下，向倫倫所指的方向看去。

可是，他雖然抬起頭向前看去，但實際上，他卻幾乎什麼也看不到，因為他思緒實在太亂了，以致令得他視而不見。

這時他又想到，那種他還只在感覺上「奇異的巨大的撞擊力量」，是來自天空這一點，未必是不切實際的。

舉一個例來說，要是有一顆隕星，自天而降跌在這裏的話，那麼就有可能，形成一種巨大的撞擊力量，而做成這樣的一個大坑。

當端納想到這一點的時候，他忍不住發出了一下歡呼聲。

因為這樣的假定，不但解決了大坑形成的問題，而且，和很多懸而未解的事，是相吻合的。

如果一顆極大的隕星墜落在這裏，那麼，剛剛族土人傳說中的地動山搖、天崩地裂，也就可以解釋了。

能夠在山地之中，撞出這樣的一個大坑來，這顆隕石一定極大，在它撞中地面的一剎那，的確可以造成地震或火山爆發一樣的效果。

不應該有熔岩的地方而有熔岩凝成的石塊，也是可以有解釋了，隕星在經過地球的大氣層之際，產生巨大的熱量，它的本身可能已在半熔狀態之中，撞到了地面之後，高速的、巨大的撞擊力，又會產生高熱，那種高熱，是足以令得岩石熔化的。

至於那個泥潭，不消說，一定是隕星撞擊之後，最後的墜落點了。

端納對自己的假設，越來越覺得合理，忍不住自己在自己的腿上，用力拍了一下道：「對了。」

倫倫眨著眼，道：「你想到了什麼？」

端納指著還可以看得到的那個泥潭，道：「妳知道這是怎麼形成的？」

倫倫可能連這個問題的本身，都沒有聽得懂，她只是眨著眼。

但是，端納卻不理會倫倫是不是聽得懂，對他自己的假設，他有一種極度的興奮，不論對象是什麼人，他都非對之敘述一番不可。

他大聲道：「是隕星，一顆大隕星。」

他指著天上，道：「妳知道麼？一顆星，跌了下來，跌在這裏，形成了一個大坑。」

倫倫聽了之後，卻笑了起來，道：「你在騙人，天上的星那麼小，就算跌了下來，怎會有這樣的一個大坑？」

端納萬料不到自己的話，竟會召來這樣的回答，他先是陡地一呆，忍不住哈哈大笑起來。

倫倫跟著他笑，倫倫的心目中，顯然是以為端納講了一個笑話，而她聽懂了那個笑話，所以一樣高興。

兩個人笑了好一會，才止住了笑聲，繼續向前走去，端納感到自己對一切不可解釋的事，已經有了一點頭緒，所不明白的，只是何以那泥潭中的泥粉會帶電而已。

再向前走去，端納覺得十分輕鬆，他已經有了一個計劃，準備向澳洲政府提議，派一個勘察隊到這裏來，抽乾泥潭中的泥水，就可能發現在泥潭的底上，找到一塊世界上最大的隕石。等到他們來到了那座小山頭附近之際，已經過了正午了，端納和倫倫找了一個樹蔭，停了下來，端納燃著了一個火堆，煮了一些咖啡，給了倫倫一杯，倫倫小心地嚐著咖啡，不時皺著眉，等到勉強喝完，她才道：「你們喜歡喝這種苦水？」

端納道：「這不是苦水，是咖啡。」

倫倫將「咖啡」兩個字，反覆唸了幾遍，才笑了起來，道：「我不要到城市去過你們的日子，你們或者懂得很多事，但是，實在不懂得生活，看你，喝這樣的苦水，你們的腳上要套上硬套子，使自己的腳變得不能碰到地上，要是沒有了這種套在腳上的硬套子，我看，你們根本不能走路了。」

端納呆了半晌，倫倫口中的「硬套子」，自然就是鞋子，那是文明人不可或缺的用品。

自認過著文明生活的人，沒有一個不穿鞋子的，也絕不會有人以為穿了鞋子，有什麼可笑之處，但是在倫倫的眼中，這種套在腳上的「硬套子」，就成了十分可笑，滑稽的東西。

在自小就赤腳的剛剛族人看來，的確應該如此，他們的一雙腳，可以踏在尖嶙的岩石上而不覺得疼痛，這種本事，絕不是任何文明人所能做得到的。

端納呆了片刻，道：「看來我無法可以說服妳，但是我認為，妳是剛剛族最勇敢的人，如果要使剛剛族人脫離原始的生活，只有妳努力才能改變。」

倫倫搖頭道：「我不會作這種努力，我們生活得很好，為什麼要去改變它？」

端納放好了咖啡，站起身來，道：「對，各人可以有權喜歡自己的生活方式，可是，妳必須承認一點，在沒有別人的干擾之前，你們的生活方式可以保持，一旦有了武力的干擾，你們就吃虧了，例如那個『有雷電力量』的人，就使你們的生活不能繼續下去了。」

倫倫咬了咬唇，道：「我會對付他的，我至多和他同歸於盡。」

端納搖頭道：「要是這個人還有他的同伴呢？」

倫倫顯然未曾習慣對一個問題作深思熟慮，所以她皺著眉，答不上來，只是鼓著氣，向山上攀去。

端納跟在她的後面，一小時後，他們已經來到了那座山頭的上面。

倫倫大聲地指著山下道：「看！」

端納向前看去，一看之下，他不禁也發出了一下歡呼聲，他歡呼的是前面的地形。

山頭下面，是一個相當寬的峽谷，兩面全是相當崇峻的山嶺，所謂峽谷，端納一看就可以看出，那原是一條相當寬闊的河流，只不過河水已經乾涸了。

所以正確的說法，應該說，那是一個相當寬闊的河床，在河床上，還可以清楚地看到許多被水沖成圓形的大小石塊。

在河床的一段，還有著水，水在陽光下，閃著一種奇異的光芒，看來幾乎是泥褐色的，端納也知道，那就是倫倫所說的「泥沼」了。

端納之所以歡呼，是因為他看到了那寬闊的河床，他來此的目的，主要是找尋適合於發電的水源，這樣的一大條大河流，一定有十分急湍的水源，雖然河水已經消失，但那可能是由於某種原因，而使得河水改了道，只要沿著河床向前去，一定可以找到源頭的。

有了這樣的發現，端納對於那個泥沼反倒不十分注意，而倫倫卻陡地叫了起來。

倫倫一面叫著，一面現出十分憤怒的神情來，手指著前面，甚至在發著顫。

端納心中一凜，向前面看去，一時之間，他的心中不禁感到一股寒意。

他看到在那個泥沼之中，有一個人正緩緩地走出來——說是「一個人正在緩緩地走出來」，那只不過是第一個直接的印象和反應。

實際上，卻只不過是一個像是人一樣的東西，在從泥沼中走出來，那東西的身上全是泥漿，但他的樣子，的確是一個人。

端納在陡地一呆之後，立時道：「快伏下來。」

倫倫道：「沒有用的，他知道我來了。」

端納大喝道：「快伏下來。」

他一面喝著，一面近乎粗暴地拉著倫倫，在一塊大石後伏了下來。

這時，他已看到了那個人完全出了泥沼，站在岸邊。

端納取出了望遠鏡來，湊在眼前，調整了焦距。

這時，他已經完全可以看到那個人了。

那的的確確是一個人，雖然他的身上沾滿了泥漿，但他實在是一個人，他有頭，有身體，有手臂，有腿，實實在在是一個人。

然而，望遠鏡雖然將距離拉近，端納還是無法看清那個人的臉面，因為那個人的身上全是泥漿，而且泥漿十分濃稠，端納甚至無法分得清，那人是背對著他，還是面對著他。

端納所看到的，只是那人身上的泥漿，大團大團地向下淌著，有的已經順著他的腳，來到了地面上，聚起了一大堆泥漿。

這種情形，就像是這個人根本是一具蠟像，而這時，正在高溫之下，開始熔化一樣。

這種情形，實在是令人心悸的，這個泥沼，看來不像是那個大坑底部的泥潭，泥潭中的水雖然含泥很多，但還是水，而這個泥沼，卻明明是泥漿，人如何可以在泥漿裏幹什麼？

這時候，端納才知道，自己一開始認為自己要面對的，只不過是一個「有現代武器的白人」這種想法，是如何錯誤。

他吸了一口氣，將望遠鏡遞給了在他的身邊，緊靠著他的倫倫，聲音因為心情的緊張，而有點僵硬，道：「是這個人？」

倫倫接過望遠鏡來，湊在眼前，才看了一看，她就震動了一下，接著，她向端納望了一眼，又湊在望遠鏡中看了看，顫聲道：「就是他。」

倫倫說著，低下了頭，也放下了望遠鏡。

端納又接過了望遠鏡，他看到那個人身上的泥漿，在不斷地向下淌著，他才從泥沼中出來的時候，身形很臃腫，這時，因為他身上的泥漿不斷淌下來，而變得正常得多，但是，還是看不清他的臉面。

端納看到那人緩緩轉過身來，他顯然是面對著端納的那個山頭了，他的臉上全是泥漿，只可以看到他的口在不斷開合，好像是在說話，當然聽不到他的聲音。

而更令人看得心驚肉跳的，是在他口部的開合之間，他臉上在向下淌著的泥漿，有不少進入了他的口中，而他卻全然不覺，好像流進他口中的不是泥漿，而是美味可口的奶油巧克力。

端納也放下了望遠鏡，不由自主喘著氣，倫倫望著他，顯然是在等著他的決定。

端納心中也猶豫不決，他身邊並沒有武器，如果有的話，他會毫不猶豫地向山下走去，去弄清楚那個人，究竟是什麼怪人。

但是他又想到，就算他在山上不下去的話，也是無濟於事的，因為那個人曾到過剛剛族的村落，如果要對他們不利，自然不會就這樣停在泥沼旁邊。

而事實上，的確也像端納所擔心的那樣，那人開始在向前走來，他每向前走一步，在他經過的地方，都有泥漿留下來。

留下來的泥漿，在烈日下很快乾了，變成灰褐色的泥塊，而那人身上的泥漿，也在漸漸地乾著，有的地方也出現了淺褐色，看起來更是難看。

端納還在猶豫不決，倫倫已經不耐煩起來，道：「我們不是來找他的麼？為什麼還躲在大石後？」

端納吸了一口氣，道：「這個人……太……我從來也沒有見過這樣的人。」

倫倫望了端納一眼，道：「本來事情和你無關，你可以快點回去。」

端納陡地一怔，倫倫又立即道：「我寧願向前走，不願意等在這裏，由他來找我。」

端納感到臉上一陣發熱，忙道：「我不是想退縮，我只是在考慮，該怎樣應付？」

倫倫突然掀開了身上的貂皮，取出了一柄鋒利的石刀來，道：「就這樣對付。」

端納搖著頭，道：「妳這柄刀——」

倫倫又道：「我還有勇氣。」

的確，倫倫有著無比的勇氣，這種勇氣不但令人欽佩，而且還可以感染別人。

端納沒有再說什麼，解開了背包，取出了一柄小刀來，遞給了倫倫，道：「這個給妳，比起妳那柄刀有用得多。」

倫倫將那柄小刀接了過來，和石刀插在一起，又用山貓皮將刀掩上，端納也取了一支尖銳的鐵枝在手，那枝鐵枝，本來是他挖掘岩石用的，如果作為武器，當然也有一定的殺傷力的。

他們兩人互望了一眼，一起從大石後站了起來，向山下走去。

那個自泥沼中走出來，全身是泥漿的人，仍在向前走著。

他走得相當慢，當他在向前走來之際，他身上的泥漿一直在繼續乾著，以至他的全身看來，成為一種極為難看的灰白色，而且，看來乾了的泥漿不再脫落，像是一層灰褐色的外殼，聚附在那個人的身體之外，即使是在日光之下，看來也覺得極其詭異。

端納並不是一個有很多冒險經歷的人，這時，他的身子忍不住地在發顫，一股寒意自他的心底深處，直透了出來，使得他無法控制自己的肌肉。

他一面向前走著，一面向身邊的倫倫看了一眼，只見倫倫雙眼直盯著那個泥人，從她的眼神之中，看出她的心中也一樣有著恐懼，可是她的勇氣，卻毫無疑問能夠克服她心中的恐懼。端納暗中叫了一聲「慚愧」，悄悄在衣服上抹去了手心中的冷汗，他咳嗽了一下，清了清喉嚨想說什麼，可是，又實在不知說什麼才好。

本來，他是保護著倫倫，來對付那個「有雷電力量」的人的，可是這時候，他自己的心裏很明白，如果沒有倫倫在他身邊的話，他極可能掉頭奔上山去，再也不到這個地方來了。

他們向下走著，那泥人一步一步向高地接近，雙方的速度都不是很快，但是越是想這一刻慢一點來，這一刻越是來得快，端納和那個泥人終於面對面了。

他們之間，相距大約有六七尺，雙方都停了下來，當端納屏住氣息，打量著對方之際，他甚至要運用極強的意志力，才能令得他上下兩排牙齒，不致發出「得得」聲來。

那個人身上的泥漿幾乎全乾了，那是一種呈現死亡的灰褐色，泥片出現了裂痕，但是，仍然緊貼在他的臉上，由於一直走向前來之際，那人身上的泥漿，已經落下了不少，所以這時乾了之後，還留在他臉上的泥片，並不算是太厚，可以看到那人的輪廓。

那人的臉，看來比平常人來得圓，當端納注視著他的時候，他也一樣注視著端納，在泥塊之中，他的雙眼，發出一種異樣的、令人心悸的光芒。

端納無法在那人的臉上找到鼻子，當然，在泥片之下，端納是應該看不到那人的鼻子的，但是鼻子在臉的中央，是一個隆起的部分，那是應該看得到的，然而，那人臉上的中央，卻是非常平坦的。

端納甚至在那人的臉上，找不到他的鼻孔，只看到他的微張著，口內是鮮紅色的，牙齒白而細，那人的口張闔著，同時發出一種「嘶嘶」的聲響，看來像是他的心中也很緊張，正在喘著氣一樣。

端納深深吸了一口氣，他感到肌肉僵硬，本來他想轉過頭去，看看倫倫的反應，同時通知她站在自己身後的，可是他卻無法轉過頭去，他只感到有人抓住了他的手臂，抓得很緊，那當然是倫倫，同時也聽得倫倫道：「好，我來了，你想怎麼樣？」

端納幾次想開口，卻無法出聲，這時，他聽得倫倫先開了口，那使他心頭感到一陣慚愧，也刺激著他，使他陡然地提起了勇氣來，他先將手臂向後移了移，那是示意倫倫站到他身後去，然後，他沉聲問道：「你是什麼人？」

當他這一句話出口之際，他自己也驚訝於自己聲音的鎮定，而且，看來那個泥人似乎同樣感到害怕，他的話才出口，那泥人就震動了一下，向後退了一步。

這使得端納的勇氣增加，他並沒有逼向前去，不過聲音卻提高了很多，他又厲聲問道：「你是什麼人？你為什麼要害死剛剛族人？」

端納是用剛剛族的土語向那人喝問的，當端納開口之前，他也曾考慮過，對著這樣的一個怪人，應該使用什麼語言，結果，他還是選用了剛剛族土語。因為他感到，那人既然曾和倫倫見過面，又到過剛剛族土人聚居的村落，應該可以聽得懂的。

在他第二次發問之後，只見那人又震動了一下，張大了口，在他的口中，陡地發出一種極其難聽的聲音來，像是一頭狼在受了重創之後，發出的嗥叫聲一樣。

緊接著，只見那人陡地揚著手來，當他揚起手來之際，他整個人已經向前直撲了過來。

端納一直是在極度警覺的戒備狀態之中，那人才一揚手，他也揚起了手中的鐵枝，等那人撲前來之際，他手中的鐵枝也向前擊了出去，那人再發出了一下狂叫聲，雙手握住了鐵枝。

那泥人雙手握住了鐵枝之後，口中不斷發出那種難聽之極的嘶叫聲，端納覺出手中一緊，第一個反應，自然是想將鐵枝自那人的手中奪回來，可是也就在那一剎間，端納陡地叫了起來。那是一種駭然之極的呼叫聲，那根鐵枝握在泥人的手中，可是端納卻在那一剎間，感到了強烈的電擊。

那是真正電流的衝擊，就像那根鐵枝不是握在人的手中，而是插進了一個強烈的電源之中一樣，那種令人全身發震的，全身每一根神經，都因為痛苦而在顫動的電擊，令得瑞納不由自主發出震悸的呼叫聲，而在這同時，他的雙手，也陡地被一股大力彈了開來。

當他雙手被彈開之際，他的手心其實已經被灼傷了，不過端納由於心中的驚怖實在太甚了，所以根本沒有感到任何疼痛，只是聞到了發自他手心的一股被灼傷的焦臭的氣味。也在同一時候，端納也感到了一陣輕微的「啪啪」聲，和看到了在那根鐵枝上，所發出的一連串火花。

那是電，毫無疑問，那是電。

那個泥人，他的手上發著電，強烈的電流傳過了鐵枝，撞擊向端納的身體，若不是強烈的電流衝擊，在一剎之間，將他的雙手彈了開來的話，他一定已經被那股強烈的電流電死了。

端納叫了一聲之後，又不由自主再叫了一聲，在他呼叫間，他看到倫倫已經掣出了石刀和那柄小刀，一起向前拋去。

那泥人也發出極其難聽的嘶叫聲，揮舞著手中的鐵枝，擊向了倫倫拋向他的那兩柄刀。

當鐵枝揮擊那柄石刀之際，並沒有什麼異狀，而當鐵枝擊開石刀之際，鐵枝和刀身相碰，又是一陣啪啪聲，爆出了一連串的火花來，那情形，就像是刀身碰在通電的電線上一樣。

倫倫兩擊不中，還待向前衝去，這時候，端納雖然心中震悸莫名，也知道了「具有雷電力量」的人，究竟是怎麼一回事，但是他畢竟比較鎮定，他一看倫倫還在向前衝去，立時伸手抓住了倫倫的手臂，拉著她，也直到這時，端納才感到自己手心的灼痛。

他拉著倫倫向後退，那泥人順手將手中的鐵枝拋得老遠，雙臂張開著，身子搖擺著，向他們逼了過來，來勢並不很快，可是樣子卻駭人之極，尤其是端納在剛才領教了他的「雷電力量」之後。

面對著這樣一個搖搖擺擺逼近的怪人，端納除了拉著倫倫，一步一步後退之外，實在一點辦法也沒有。

他手拉著倫倫，一直退出了十來步，那怪人一直在向前逼來，倫倫叫著掙脫了端納的手，俯身拾起地上的石塊來，一面叫著，一面向前拋過去。

其中有兩塊石頭，擊中了那個怪人，令得那怪人發出難聽之極的嘶叫聲來。

端納一面喘著氣，一面也和倫倫一樣，俯身拾著石頭，用力向前拋去。

他拋出的石塊，比倫倫拋出的石塊有力得多，有一塊擊中在那怪人的頭部，那怪人嗥叫著，雙臂護住了頭，身子搖晃著，眼中的光芒更甚，可是卻沒有再向前逼來。

端納又接連拋出了兩塊至少有十磅重的石塊，連續擊中在那怪人的身上，那怪人被石塊擊中之後，叫著，身子轉了過去，仍然搖晃著，看情形像是要退回去了。

端納大叫著，雙手一起捧著一塊大石，向前衝了過去，高舉起大石，就向那怪人的背後砸下去。

就在他要將大石砸下去的那一剎間，那怪人陡地轉過身來，雙手托住了那塊大石。

端納和那怪人之間，只隔了一塊大石，他可以清楚地聽到，那怪人口中發出來的「嘶嘶」一聲。

那塊大石並不是傳電體，所以，端納並沒有被電擊的感覺，只不過和那怪人隔得如此之近，他心悸的感覺也越來越甚，他要不停地大叫，來提高自己的勇氣，他和那怪人隔著一塊大石僵持的時間，實在並不太久，他感到那怪人的口，在不斷張闔著，發出「嘶嘶」的聲響，好像是在講一種什麼話。

端納在那一剎之間，突然感到，那怪人的確是想向自己講些什麼，可是自己無法聽得懂他的話，當然，自己的話，他也無法聽得懂。

人和人之間，最大的悲劇是在於互相之間，無法明白對方究竟想表達什麼，端納一想到這一點，立時也想到，自己一上來就用武力對付，或許是錯了。

然而，也就在他剛想到這一點之際，倫倫已經衝了過來，倫倫並不是空手衝了過來的，她的手中，握著兩塊有著銳角的石塊。

那怪人的雙手，正在堅拒端納用力要向下砸下來的那塊大石，是以對於倫倫的襲擊，全然無法防禦，倫倫衝了過來，手中的兩塊石頭，一塊重重地砸在那怪人的肩頭，另一塊，正砸在那怪人的臉上。

那砸在臉上的一下，實在是致命的一擊，那怪人看來一樣受不起，他發出了一下極其刺耳的嗥叫聲，雙手一鬆，動作極快地抓住了倫倫的手。

他一抓住了倫倫的手，倫倫立時尖叫了起來，而在他一鬆手之際，端納手中的大石，也向下疾壓了下去，正重重壓在那怪人的頭頂之上。

那塊大石至少超過五十磅，端納以為這一下砸下去，就算不將那怪人砸死，也一定可以令得他昏過去了。

誰知道那怪人又發出了一下吼叫聲，左臂突然一揮，一下子打在端納的身上。

那一下撞擊，端納是絕對忍受得住的，可是，隨著那怪人的手碰到端納的身子，一股強烈的電流隨之而來，端納整個人都懸空彈了起來。

他聲嘶力竭地呼叫著，而當他在向下跌下來之際，他只覺得全身痙攣，眼前金星亂迸。

他想要竭力掙扎著，使自己站穩和保持清醒，但是卻已沒有這個可能了，他的呼吸窒滯，他眼前發黑，他只可以感到自己是重重摔了下來的，至少摔了下來之後，又發生了一些什麼事，他卻不知道了，他昏了過去。

端納可以估計，他昏迷不醒的時間，大約是四小時左右，因為當他又有了知覺，感到全身的灼痛，像是許多枚極細極細的針，刺在他全身的毛孔之際，他睜開眼看，看到了滿天的晚霞，和半輪西沉的紅日。

端納立時掙扎著想站起來，可是他身子略動一動，那種劇烈的灼痛之感就更甚，令得他不由自主呻吟起來，他無法掙扎起身，只好忍著疼痛，將身子微微撐了一點起來，四面看看。

他看到自己仍然在原來的地方，顯然是他昏過了去之後，未曾移動過，而他的思緒也漸漸回復，他陡然地想到：倫倫呢？

他大聲叫了起來：「倫倫，倫倫！」

可是他的呼叫聲，只帶來了陣陣迴音，倫倫不在，那個自泥沼之中出來的泥人也不見了。

端納咬緊了牙關，喘著氣，大顆的汗自他的額上沁出來，他忍著疼痛，總算站了起來。

四周圍的一切是如此之安靜，遠處的山巒，就在眼前不遠處的大泥沼，靜得連一點聲音都沒有，要不是他全身那種劇烈的疼痛，他幾乎不能想像，剛才發生的一切是事實，剛才的一切，實在像是一場噩夢。

端納費力地解下了身上的背裝，掙扎著向前走去，走向泥沼的邊緣。

那怪人是從泥沼中出來的，當端納和倫倫還在高地上俯瞰泥沼的時候，清楚地看到他自泥沼中冒出來，端納雖然不記得那怪人步出來的正確地點，可是這時，當他向泥沼邊走過去的時候，他卻是有標誌可供遵循的。

因為當那怪人自泥沼中走出來，向前走來的時候，他的身上全是泥漿，那些濃稠的泥漿，在他向前走來之際，不住地自他的身上淌下來，落在地上，這時全乾了，變成了點點斑斑的灰褐色的泥塊，直到泥沼的邊上。

端納就循著那些泥塊向前走著，端納走出的每一步，都是掙扎出去的，他身上的刺痛，足以令得他發狂，但是，他還是掙扎著向前走去。

這時，甚至連他自己也不明白，何以自己要掙扎著向前走去。

倫倫不見了，那怪人也不見了，那怪人是從泥沼中冒出來的，他可能又回到了泥沼之中。

端納已經沒有時間去想，人如何可以生活在泥沼之中，但是他卻想到了一點，他想到，倫倫如果是被那怪人拖進泥沼之中去了，那麼，倫倫一定也已經死了。

他掙扎著走向泥沼，實在是一點意義也沒有的，他根本沒有能力跳進泥沼裏去，將倫倫救出來；可是，他還是向前走著。

然而，端納終於未能來到泥沼邊上，當他走近距離泥沼，大約還有二十多碼，他倒了下來，劇烈的痛楚，又令得他昏了過去。

這一次再度昏迷，他無法知道究竟昏迷了多久。

當他再度醒過來時，他首先的感覺，是聽到一陣吵鬧的機器聲，而當他睜開眼來時，他發現自己是在一輛救護車的車廂之中，車子正在向前駛著，在他身邊的兩個人，一個顯然是醫生，另一個是護士。

端納眨著眼，他想講話，也想掙扎起身，但是那醫生卻伸手輕輕按住了他的心口，道：「別動，端納先生，你最好別動。」

端納喘著氣，道：「我……我……」

他一開口，才發覺自己想要講話，喉頭和聲帶上也會產生一陣劇痛。

那醫生道：「你最好盡量少講話，不過，我想你用最簡單的方式，回答我幾個問題。」

端納點著頭。

那醫生道：「我實在不敢相信，不過從你的傷勢來看，你像遇到了強烈的電流襲擊，這是實在的嗎？」

端納苦笑著，點了點頭。

那醫生皺著雙眉，道：「可是，可是在那個山谷之中，那裏根本沒有任何可以產生電流的東西，你又沒有帶著發電機，我不明白——」

端納喘息著道：「那……泥沼……從那泥沼中走出來的一個人，他……能發電……你們是怎麼……找到我的？」

那醫生並沒有回答端納的問題，只是和護士互望了一眼，低聲道：「替他注射鎮定劑，讓他保持睡眠。」

端納忙道：「醫生，我——」

他只講了三個字，身上的劇痛又使他全身冒汗，護士已經準備好了注射，端納根本無力反抗，而且連口中的抗議也發不出來，注射了之後不多久，端納又昏沉沉地睡了過去。

在接下來的十天中，端納有知覺的時間並不多，醫生不斷讓他睡眠，顯然是希望他在靜養之中，能夠獲得復原。一直到十天之後，端納已經可以起床行走和如常說話了，醫生才允許他接見外人。

第一批進來看他的，是兩個澳洲政府的高級官員，和盟軍的一位高級官員。

這些日子來，端納的心中一直縈著一個疑問，所以，他一見了那三個派遣他去尋找發電源的官員，立時就問道：「救護車是怎麼找到我的？」

一個官員皺著眉，道：「救護站接到了報告，說你有了意外，所以才立即派人去找你的，他們果然發現了你。」

端納忙道：「誰，誰報告？」

那官員道：「幾個獵人，他們打獵，發現你昏迷不醒，怎麼，這很重要麼？」

端納道：「當然，我昏倒在那地方，根本是無獵可打的，怎麼會有獵人經過？」

兩個文官、一個武官，互望了一眼，那軍官道：「無獵可打？普里叢林裏面，有的是野獸啊。」端納陡地一怔，深深地吸了一口氣，說道：「什麼意思？你是說，你們是在普里叢林找到我的？」

那三位官員又互望了一眼，一個文官道：「端納先生，你最好多靜養點，你——」

端納陡地一怔，打斷了他的話頭，道：「別再叫我靜養，我不是在那地方出事的，我是在一條乾涸了的河床，一個泥沼的旁邊出事的，那地方離普里叢林，至少有三十里。」

那位軍官攤了攤手，道：「端納先生，醫生說，你的受傷，是受到了電擊。」

端納道：「是的，那個人——」

端納只講到這裏就停了下來，他自己覺得好笑，因為那三個官員，顯然不相信他的話。

他倒也不想辯明這一點，一個會發電的人，這無論如何是匪夷所思。

但是，他是在哪裏獲救的，這一點倒不能不弄清楚，如果他是在普里叢林中被發現的，那麼就很奇怪：他是如何去到普里叢林的呢？

端納改變了主意，他道：「那個發現我的醫生，是不是可以找到他？」

三位官員又互望了一眼，那軍官伸手按住了端納的肩頭，用一種很同情的口吻道：「端納先生，醫生說你的情緒——」

端納有點發怒，大聲叫道：「別關心我的情緒，多關心一點事實，我不是在普里叢林昏過去的，是在一條乾涸的大河床中段，一個泥沼的旁邊。」

那軍官有點尷尬地縮回手來。

一個官員說：「好，我們可以請那位醫生來，他曾說在救護車裏，你曾經醒過一陣，你一定可以認識他的。」

端納略喘了一口氣，道：「是的，我認識他。」

那三個官員看來已準備離去了，端納實在想將自己的遭遇告訴他們，但是，他也明知他們不會相信，所以他猶豫了一下。

那軍官問道：「端納先生，你想說什麼？」

端納嘆了一聲，道：「你們或者不信，但是，有許多人可以替我作證，他們是剛剛族的土人，在那個泥沼中有一個人，他會發電，我是在和他發生爭執的時候，被他發出來的電量震昏過去的。」

三個官員聽得十分地用心，可是在聽得端納如此說法之後，臉上都現出一種十分古怪的神情來，他們雖然沒有說什麼，但是端納一看到他們臉上的神情，就可以知道，他們並不相信，但是又有點不好意思駁斥他。

這一點，本來也就在端納的意料之中，他揮了揮手，道：「算了，你們當然不信，不過，我總算說過了。」

那軍官笑了一下，道：「請你等一會，我們很快就可以找那位醫生，和你談談的。」

端納躺了下來，雙手交叉著放在腦後，三位官員走了出去，端納的心中十分紛亂，在他昏了過去之後，究竟發生了什麼事，他全然無法想像，而這時候，他最關心的，是倫倫不知怎麼樣了。

當他在泥沼的邊上昏了過去之際，他記得，倫倫是被那個發電的人抓了過去的，看來，倫倫一定已凶多吉少了。

更令端納心中疑惑的，是那個泥人，毫無疑問，那個人有著發電的力量。

雖然那個人的身上有很多泥漿，連他穿了什麼衣服都看不清楚，而且看來身形相當臃腫，但是端納可以肯定的是，他的身上，絕不會攜帶著什麼發電機，除非有一種小型的發電機，可以發出強烈的電流，而體積又小得可以藏在身上，不被人發覺。

那種情形，好像是不可能的，但是比較起來，卻又比一個人能夠發電，要合情理得多了。

思索的結果，端納只好苦笑，他的遭遇，是全然無法想像的事。

他的一生，本來已經充滿了傳奇性，但是，不論他以往的遭遇多麼奇特，也絕及不上這次的十分之一。

想了好一會，端納覺得十分疲倦，又朦朦朧朧睡了過去。

等到他睡醒，已天黑了，病房中的燈光很昏黃，他看到有一個人坐在他的病床旁邊，端納眼動了一動，那人伸手，在他的身上輕輕按了一下，道：「別急，今晚我告了假。」

端納這時已經看清楚，坐在他旁邊的那個人，就是在救護車中，他見過的那位醫生。

端納心中陡地緊張起來，這時候，他究竟為什麼要緊張，連他自己也不明所以，或許是他的心中，怕接受自己是在普里叢林被發現的事實，而如今，發現他的醫生來了，他所害怕的事實真象，變得他無法不接受了。

那醫生幫扶著端納，使他坐了起來，才道：「我是勃朗醫生，你的情形很好。」

端納道：「醫生，請你告訴我，發現我的情形。」

勃朗醫生點點頭：「有人來報告，我們派出救護小組，就在森林中發現了你。那時，你昏迷不醒，正伏在一株斷樹上，救護車無法駛進森林，我們是將你放在擔架上，抬出森林來的，一直到你到了車上，才略為醒了一下。」

端納苦笑了一下，道：「來報告的是幾個獵人？」

勃朗醫生道：「是的，不過，其中的一個獵人說，也不是他們直接發現你的，他們在森林中打獵，有一個裝束很奇特的少女——」

勃朗醫生說到這裏，端納的身子陡地震動了一下，道：「一個少女？」

勃朗醫生點頭道：「是的，據獵人說，那少女說的是剛剛族土人的土語，可是她又披著貓皮，那是只有勇士才能披的皮，那少女面貌很美，在向獵人說及你需要救護之際，情緒很惶急。」醫生話還沒有說完，端納已喊叫了起來：「倫倫！」

勃朗醫生呆了一呆，他顯然不知道端納叫了一下是什麼意思，只是怔怔地望著端納。

端納伸出了手，抓住了勃朗醫生的手背，神情緊張說道：「說，她怎麼了？那少女怎麼了？」

勃朗醫生略帶狐疑地望著端納，道：「那獵人說，那少女說完之後就匆匆走了，他們起先還不相信，後來照那少女所說的方向去找你，不到幾分鐘，就發現了你。」

端納像是完全沒有聽到醫生的那句話一樣，仍然道：「她怎麼了？她怎麼樣了？」

他接連問了幾次，才苦笑了一下，想起勃朗醫生是絕不會知道，倫倫到什麼地方去的，自己再追問也沒有用處，所堪告慰的是，倫倫還能在普里森林出現，可知她一定沒有受什麼傷，她可能已回村子去了，自己復原之後，可以去找她的。

想到了這一點，端納鬆了一口氣，鬆開了抓住醫生的手臂。

勃朗醫生吸了一口氣，道：「先生，我聽過你的一些事，知道你是一個傳奇性的人物，我本人對於『對抗科學』這一類事，是相當有興趣的，我所說的『對抗科學』，是指科學不能解釋的事而言的。」

端納垂下頭，想了片刻才道：「醫生，那麼，你相信，人能發電麼？」

醫生怔了一怔，像是一時之間，不明白端納這樣問是什麼意思，但是他隨即道：「人當然是可以發電的，皮膚的磨擦就可以產生靜電，人的頭髮，更是產生靜電的良好物體，指甲也是一樣。」

端納大搖其頭，道：「不是，我指的不是這意思，我是說發電，真正的發電，可以發出致人於死的電量，至少，是可以致人於昏迷狀態的電量。」

勃朗醫生摸著下顎，咳嗽了一下，並沒有回答。

端納又道：「生物能夠發電的例子不是沒有，不過，我的意思是指人。」

勃朗醫生點頭道：「是的，在海洋生物中，八目鰻是著名的發電生物，牠發出的電量，足以使人致死，牠的體內有發電的組織。另外還有一種淡水魚，被人稱為電鰻的，事實上，牠並不是鰻魚，而是一種泥鰍類的魚，這種魚所發出的電量，也可以令人致死的。」

端納道：「人呢？醫生，人呢？」

醫生搖著頭，道：「這兩種魚能夠發電，全是體內有著發電組織之故，而人，端納先生，你和我都知道，是沒有發電組織的。」

端納嘆了一口氣，道：「是的，我知道，人體內並沒有發電組織，不過，我們見到的……絕不能稱他是一條魚，他是一個人，而且，他是會發電的。醫生，我是被電擊才昏過去的，你是最先看到我的醫生，你應該可以判斷到這一點。」

勃朗醫生皺著眉，道：「是的，這正是我極感疑惑的一件事，我認為不可解釋——」

端納叫了起來，道：「沒有什麼不能解釋，醫生，讓我將全部過程講給你聽。」

勃朗醫生道：「如果你夠精神的話，我當然喜歡聽你的敘述，事實上，我的心中也充滿了疑問。」

端納欠了欠身，勃朗醫生取過了一只枕頭，塞在端納的背後，好讓他坐得舒服一點，然後，端納又喝了幾口水，才將他如何去剛剛族土人的村中，如何遇著倫倫，去見那個有「雷電力量」的人，一切的經過，詳詳細細說了一遍。

端納的那一場經歷，絕不是三言兩語講得完的，而且，端納又講得十分詳細，不但敘述，而且還摻雜著他自己的看法。

由於勃朗醫生聽得十分認真，絕不像那三個官員那樣，聽得端納一提起那個泥沼，就現出不信的神色來，所以，端納也講得十分起勁，一點也不覺得疲倦。

在端納敘述之際，端納的主治醫生曾進來過幾次，觀察端納的情形。

等到端納講完之後，他鬆了一口氣，勃朗醫生將手放在他的手背之上，道：「照我看，不論是什麼樣的不可思議的事，總有一個起源，這件事的起源，一定是那一次不知發生在什麼年代的大爆炸。」

端納吸了一口氣，看來勃朗醫生的思路，比他更遠、更廣，這使他感到很高興。

端納道：「你的意思是，那場大爆炸，形成了那個深坑和火山爆發之後的那種岩石？」

勃朗醫生點頭道：「是的，而且還有一件事，你可能忽略了，就是那次大爆炸之後，帶著人離開村子去察看的族長，後來，不是只有他一個人回來麼？」

端納道：「是的，這又有什麼關係？」

勃朗醫生揮著右手說道：「你不是醫生，當然不注意，我是醫生，照你所說的那種情形看來，那個唯一回來的族長是受了傷，而他的那種傷勢，全然是受了一種輻射光線的灼傷。」

端納有點不明白，一臉疑惑的神色。

勃朗醫生補充道：「關於輻射線，我聽說德國和美國的一些科學家，正在著力研究原子分裂之際的輻射能，而已知的輻射線是X光，過度的X光照射，就會出現皮膚組織壞死、全身潰爛的情形，那正是那個族長回村之後的症狀。」

端納「啊」地一聲，道：「我明白你的意思了，你的意思是說，那次大爆炸，不是人類的力量造成的？」

勃朗醫生的臉脹得很紅，顯然是因為他大膽的假設，而感到極度的興奮，他不住地點著頭，道：「正是那樣。」

他一面說，一面向上指了一指，道：「外來的——」

他的神情又變得十分神秘，道：「外來的，連那個能發電的，住在泥沼中的怪人，都是外來的。」

端納的身子陡地震動了幾下，他的面前雖然沒有鏡子，但是他也可以知道，這時，輪到他的臉上現出那種不相信的神情來了。

勃朗醫生不等端納有任何表示，立時又道：「我對這個人，感到極度的興趣，我想等你復原之後，我和你一起再到那泥沼去走一遭，好不好？」

端納忙道：「好，太好了。」

勃朗醫生深深吸了一口氣，站了起來，端納的主治醫生又走了進來，看他的情形，像是要來提出抗議的，但當他看到勃朗醫生已準備離去，便也沒有再說什麼。

接下來的幾天，勃朗醫生每天都來和端納閒談，他們兩個人，都有意避開再談那個「發電」的人這件事，那是由於這件事實在太玄妙了，而且，他們已經決定了要再前去實地考察，再胡思亂想，也沒有意思。

端納只是將他採集來的，那種焦紅色的岩石樣本，在第二天，交給了勃朗醫生，託他找人去化驗，而端納自己，也在迅速地復原之中。

到了第二十天，端納已經完全復原了，勃朗醫生陪他出院，兩個人一起到了一家地質研究所之中，由一個研究員接見他們。

那研究員看來也知道端納的大名，所以對端納很尊敬，講了很多客氣話，端納有點不耐煩，道：「我送來的樣本——」

那研究員說道：「那是火成岩，是普通火山爆發後的產物，端納先生，一點也沒有什麼特別之處。」

端納道：「你知道，我在哪裏採集來的？」

研究員瞪大了眼睛。

端納嘆了一口氣，道：「是在絕不可能有火山的山脈中。」

研究員看來很不明白端納的意思，但是端納卻已沒有興趣再講下去，他對那研究員禮貌地道了謝，就和勃朗離開了研究所。

端納又到軍部去走了一遭，要了兩柄射程相當遠的手槍和若干子彈，以備再度遇到那個會發電的人之際，可以使用。

端納絕不是一個贊成使用武力的人，但是他也想到過，如果上一次，他有一柄手槍的話，那麼，事情的結果就大不相同了。

他和勃朗醫生，是在他在普里森林之中，被救出來之後的三十天開始出發的。

出發之際，軍部借給他們一輛適合於山地行駛的車輛，使他們可以盡量減少步行，而端納並沒有向軍部透露他再次出發的目的，而他也不是軍部直屬的人員，行動是完全不受拘束的。

當天晚上，他們在山腳下紮營，兩人都顯得很沉靜，第二天一早，他們就開始攀山，他們所經過的途徑，完全是端納第一次的途徑。

當天晚上，他們宿在山頭上，就是一個月前，端納被剛剛族土人的木鼓聲，弄得徹夜難以入眠的地方。

這時候，他們兩人輪流用望遠鏡向下看去，只見剛剛族人的村子中十分寂靜，除了閃爍不停的幾點火光之外，什麼也看不到。

他們在山上生著了一堆篝火，圍著篝火，喝著香濃的咖啡，勃朗醫生突然講了一句話，道：「明天到達剛剛族村子的時候，我們先去看那尊石像，那位死了的族長，臨死之前什麼都不吩咐，單吩咐土人這件事，一定是有理由。」

端納望著山下的村子，事實上，除了漆黑一片之外，幾乎什麼也看不到。他的神情和聲音都很憂鬱，道：「好，不過，我希望先和他們族人接觸。」

勃朗道：「那不礙事，石像在村口，我可以觀察石像，你進村子去。」

端納沒有再說什麼，兩個人隨即鑽進了睡袋之中。

第二天一早，他們將一切收拾好，開始下山，當他們漸漸接近村子之際，居高臨下，已經可以看到不少村中的土人，他們一口氣下了山，到達村口。

端納第一次來的時候，並沒有注意那座石像，這時，卻一眼就看到了。

那座石像聳立在村口，遠看，的確是一個人的雕像，但是一到近處，卻令人不由自主打著寒顫。

那雕像的手工並不算精細，但是，卻十分生動。

當端納和勃朗兩人越走越近之際，他們兩人，都被那座有著震動人心的雕像所吸引住了，他們幾乎是屏住了氣息向前走過去的，一直到了雕像之前才停了下來，然後，又過了很久，才不約而同，一起長長地吁出一口氣來。

那雕像實在太可怕了，可怕在雕像所塑造的那個人，全身幾乎每一處地方，都有著潰爛的洞口，整個臉上全是一個一個的洞，本來應該是鼻子的地方，也不見有什麼東西隆起來。

如果說，那是一個手藝拙劣的工匠所造成的結果，那實在是無法令人相信的，但如果說，那是一個手工極其精巧的工匠的作品，那就更令人不寒而慄，因為，這個人在臨死之際，如果是這樣子的話，那真的太可怕了。

端納和勃朗在雕像前呆立了好一會，端納才道：「醫生，你的意見怎麼樣？」

勃朗醫生的聲音很苦澀，他道：「我……我想不出應該怎麼說才好，實在不知該怎麼說才好，這……種情形，如果是照那族長臨死之前，忠實記錄下來的話，那是超出我知識範圍外的事情了。」

端納吞下一口口水，後退了幾步，他的視線，仍然盯在那座雕像之上。

突然之間，他心中陡地一亮，不由自主指著那座雕像叫了起來，面肉抽搐著，神情十

分可怖，

勃朗醫生忙過去扶著他。

端納喘息著氣，道：「對，對，那個泥人，也就是像這座雕像，他……他……」

勃朗醫生連聲道：「你鎮定一點。」

端納勉力鎮定著，他的手指仍然指著雕像，道：「我是說，如果在那座雕像上，淋上了泥漿，十足就是那個泥人。我在和那個泥人最接近的時候，看到他的臉，就是這樣的臉，再加上封在上面的泥。」

勃朗望著端納，端納的情緒十分激動，還在不斷揮著手。

就在這時，村中有幾個剛剛族人走了出來，那幾個剛剛族人看了端納，立時叫了起來，一面叫，一面奔了過來。

看他們的來勢好像很不友善，勃朗忙拉了端納一下，端納向那幾個土人望去，認出其中有兩個，是當日擊木鼓的剛剛族勇士。

而端納還沒有開口，一個剛剛族勇士，已像是吼叫一樣地問道：「倫倫呢？」

端納的心向下一沉，剛剛族勇士問他倫倫在哪裏，可知，倫倫並不在村子裏。

倫倫不在村子裏，可能自從那天之後，她根本沒有回來過，那麼，她在什麼地方呢？一則是由於思緒煩亂，二則，要向剛剛族人講述經過，似乎也太嫌複雜，端納一時之間，變得連一句話也講不出來。

而圍著他們旁邊的剛剛族人，顯然不耐煩了，紛紛發出了呼喚聲，有的擠了過來，伸手來推端納和勃朗醫生。

醫生看來是第一次經歷這樣的場面，他顯得很慌張，一面被剛剛族人推得跌來跌去，一面大聲叫嚷著，可是剛剛族人的情緒越來越激動，呼叫聲也越來越大，擁過來的人也變得更多。

開始的時候，端納和勃朗醫生還是在一起相互扶持著的，但是當向他們撞擊的剛剛族人越來越多了，喧嘩嘈雜越來越甚，漸漸失去控制之際，幾十個土人擁過來，將他們兩人分了開來。

勃朗醫生大聲叫著，想擠回端納的身邊去，可是有一個土人，自他身後攻了過來，用膝頭在他的後腰重重頂了一下。

勃朗醫生大聲呼叫著，向前跌去，另外兩個土人，又各自揮拳向他擊來。那兩拳，打得勃朗醫生滿天星斗，身不由主向後跌了下去，倒在地上。

在那種混亂雜沓的情形之下，一跌倒在地上，再想站起來就十分困難了。

勃朗醫生在跌倒之後，本能的反應是雙手抱住了頭，身子蜷曲了起來，可是各種各樣的攻擊，向他身上落了下來。

勃朗醫生大聲叫著，他得不到端納的回答，但想得到端納的處境，可能和他一樣，他也想到，如果這樣的情形再持續下去，他和端納一定會被土人打死了。

也就在他想到這一點之際，他忍著痛，向外滾了一滾，在他向旁滾開之際，身上又被踢了幾腳，但是他也有機會拔出了槍來。

他一掣槍在手，就接連放了三槍。

槍聲一響，剛才的混亂立時靜了下來，勃朗醫生掙扎著想站起來，在那一剎間，他根本不知道身邊發生了什麼變化，他被打得腫了起來的眼睛，也不怎麼看得清楚四周的情形。

當他還想繼續射擊之際，只聽得端納的呼叫聲，道：「不，別再開槍。」

勃朗醫生終於搖搖晃晃地站了起來，勃朗醫生站了起來之後，才發現在他的身邊，倒著三個土人，有兩個還在呻吟，上身淌流著血。有一個離得他最近的，顯然已經死了，中槍的地方是在臉部，鮮血迸裂，十分可怖。

而端納正跌跌撞撞在向他走過來，其餘的土人一起在向後退去，現出極其可怖的神情。

端納來到了勃朗醫生的身前，伸手抓住了他的手腕，喘著氣，說道：「天，你幹什麼，醫生，你在幹什麼？」

勃朗也喘著氣，道：「我必須這樣，我們要被他們打死了，不是麼？」

在他們兩人急速地交談之間，又有很多土人，自村落之中走了過來，領頭的幾個，全是披著猛獸皮毛的剛剛族土人。

端納回頭望了一眼，急叫道：「快走。」

他拉著勃朗醫生，向前疾奔出去，他們奔得如此之快，只怕擅於奔跑的剛剛族土人也自嘆不如。而且，那些土人看來也無意追趕他們，所以，他們很快就逃了開去，一直到完全看不到任何人為止。

勃朗醫生苦笑了一下，端納在一塊大石上坐了下來，但是，立即又站了起來，道：「我們一定要找倫倫。」

勃朗醫生雙手掩著臉，道：「找回倫倫來又有什麼用？我又……打死了他們一個……」

端納苦笑著道：「我們找回倫倫，將倫倫送回去，我們可以不必露面。」

勃朗點著頭，神情很難過，端納沒有再說什麼，只是向前走去。

當天傍晚時分，他們已經越過了一個山頭，也越過了剛剛族人的村落，他們並沒停止下來的意思，一直向前走著。

當晚的月色很好，他們在午夜時分，已可以看到了那道乾涸的河床。

端納的聲音很低沉，道：「不遠了。」

勃朗抹了抹汗，道：「我們是停下來休息，還是繼續向前走？」

端納想了一會，慢慢向前走著，在河坡上向下滑去。

河坡相當陡斜，端納與勃朗幾乎是滑下去的，不一會，就到了河底。

在河床底，全是密佈的鵝卵石，大小不一，他們就在河底坐了下來，端納才道：「我們先休息一會。」

勃朗醫生生了火，端納循著河底向前看去，河床一直伸延向前，看來像是沒有盡頭一樣，他們實在已經十分疲倦了，可是他們的心中，有股莫名的緊張，使他們忘記了疲倦。

他們休息了大約半小時，正準備繼續向前走去之際，突然聽到前面，傳來了一陣令人毛髮直豎的叫聲。

那種呼叫聲，在寂靜的原野聽來，實在沒有法子不令人全身打震，兩人呆呆地望著聲音傳來的方向。這時，他們還看不到任何東西，可是那種呼叫聲，一下又一下地傳來，使得他們不由自主，緊握住對方的手。

足足有三分鐘之久，呼叫聲才停了下來。

勃朗醫生呻吟地叫道：「天！這是什麼人發出來的聲音？」

端納立時道：「那個會發電的泥人。」

端納曾經見過那個泥人，也聽到過那個泥人發出的聲音，雖然這時，那種呼叫聲聽來是如此淒厲和令人心悸，但是，端納還是可以分辨得出，那的確是那個會發電的泥人所發出來的。

勃朗的神情駭然，道：「他——正在向我們走來？」

端納深深地吸了一口氣，並沒有回答，他根本不必回答，他們已可以看到河岸上，有人出現了。

在河岸上，有一個人正迅速地向前奔來，那人奔得十分快，離他們兩人，大約還有二百碼左右。

端納一看到那奔過來的人，立時高舉雙手，叫了起來：「倫倫，倫倫。」

奔過來的那人，停了一停。

當她停止的時候，毫無疑問，那是倫倫。

端納忙向前奔去，衝上了河坡，勃朗緊跟在他的後面。

倫倫在略停之後，又向前奔來，他們很快就會合，倫倫喘著氣，雙手抓住了端納的雙臂，一句話也講不出來。

端納剛想問倫倫，突然之間，他揮動著手，將倫倫拉到了自己的身後。

這時候，勃朗醫生也看到了，沿著河岸，另外有一個人，正蹣跚地向前走來。

那人的身形十分臃腫，在走動之際，身上不斷有東西落下。

在月光下看來，那個蹣跚向前走來的人是深褐色的，而當他漸漸來到近前之際，可以清楚地看到，那人的身上全是泥漿，看來，他像是一個隨時可以溶成一灘泥水的泥漿人。

勃朗醫生不必端納再說什麼，就可以知道，那就是那個會發電的泥人了。

而勃朗醫生也沒有考慮，立時就握了手槍在手。

那泥人在離開他們約有十碼之處停了下來，當他站定不動之際，他身上的泥漿，更是簌簌不絕地落了下來，看來真是詭異之極。

端納是見過那個泥人的，這時，他心中雖然一樣驚悸，但是還比較好一點，可是勃朗醫生就不同了。

固然，勃朗醫生已經聽端納講起過一切，也知道在泥沼之中，有著這樣的一個怪人存在，但是，聽人家敘述是一回事，自己親眼目睹，又是另一回事。

親眼看到一個人，看來完全像是泥漿堆成的一樣向前走來，而且，又停在離自己如此之近的地方，那種感受，實在是無法形容的。

當那泥人停下來之後，剎那之間靜到了極點，只聽得泥漿自那怪人身上滴流下來，落在地上所發出來的「啪啪」聲。

那種「啪啪」聲，實在十分低微，可是這時候聽來，就像是沉重的鼓聲，在敲擊著人心一樣。

首先打破靜寂的是倫倫，這時，她陡地叫了起來，道：「走，快走！」

倫倫一叫，那泥人也有了反應，他下垂的手開始揚了起來，而且揮動著。

當他雙手揮動之際，在他手臂上的泥漿，更是四下飛濺開來。

他沾滿泥漿的手臂，本來看來相當粗，但隨著他手臂不斷的揮動，手臂上的泥漿迅速脫落，很快地，他的手臂看來，便和尋常人的手臂一樣粗細了。

他不但揮動著手臂，而且還張大了口，發出了如同狼嗥一般的叫聲來。

倫倫仍然在叫著：「快走，快走！」

她一面叫著，一面向前衝了過去，而就在這時候，槍聲響了。

開槍的是勃朗醫生，或許他是怕倫倫受到那泥人的傷害，也或許是，他的忍受已到了極限。

在曠地之中，槍聲是如此驚人，接連響了四下，倫倫陡地站定，那泥人的身子搖晃著，慢慢倒了下來。

「非人協會」的大廳堂中靜得出奇，只有兩柄煙斗，由於煙絲已快燃盡，而吸煙的人還在不斷地吸著，所以在煙斗內，發出了「滋滋」的聲響。

每一個人的視線，都集中在端納先生的臉上，端納先生像是想抹去各人投在他臉上的視線，伸手在臉上重重地抹了一下。

各人都在等他繼續說下去，他說到他和勃朗醫生，在泥沼的附近，又見到了那泥人，也見到了倫倫，而勃朗醫生向那泥人連發了四槍，那泥人漸漸倒了下去。

可是，端納先生伸手在臉上重重抹了一下之後，卻很久不出聲，看來，他像是不願意講下去。「非人協會」會員之間的傳統是，如果一個會員不願意說話了，那麼，其他的人，多半是不會催促他說下去的。

可是這時候，情形有點不同，一則，端納先生的故事並未曾說完，二則，端納先生是要介紹一個新會員入會的；而且在事前，他曾經宣布過，他要推薦入會的那個人，快要到達這裏了。

他要推薦入會的會員是什麼人？是那個會發電的泥人？抑是剛剛族的少女倫倫？還是勃朗醫生？

新的會員入會，需要得到全體會員的同意，那麼，其他的會員，似乎有權利知道再往下去的經歷。

范先生摸著下頦，他老成持重，一時之間看來不想開口。

阿尼密輕輕吸著煙斗，他一向不喜歡說話，這時也不會例外。

史保先生怔怔地望著他身邊小几上的一盆仙人掌，好像正在將端納先生奇異的故事，轉述給那盆仙人掌聽。

那身形結實，像是體育家一樣的會員，自顧自地吸著煙斗，閒閒道：「以後，怎麼樣了？」

端納先生又伸手撫了一下自己的臉，現出很疲倦的神色來，道：「其實，我已講完了，勃朗醫生的那四槍，全射中在那泥人的身上，他在倒了下去之後，就沒有再動過，他死了。」

各人互望了一下，史保道：「他死了，那麼，你要推薦入會的——」

端納先生搖著頭，道：「不是他——」

他頓了一頓，又道：「或許，我應該再補充一點，當時，那泥人倒了下去，我們仍然僵立著，只有倫倫奔向他，在他的身邊屈著一腿，慢慢跪了下來，同時抬頭望著天，一動不動。我一看到這種情形，心中的吃驚，實在難以形容。」

史保揚著眉，道：「你為什麼要吃驚？」

端納先生還沒有回答，范先生已經沉靜地道：「澳洲剛剛族土人的風俗，只有在丈夫死了之後，女人才用這樣的姿勢跪在丈夫的屍體旁，表示向無涯的青天，訴說自己心中的哀傷。」

史保和范先生同時發出了「啊」一聲；端納先生的聲音很苦澀，道：「是的，當時我極度地震驚，勃朗醫生也極其震驚，他也知道土人的這個習慣，他的震驚可能在我之上，因為是他開槍的，他甚至握不住槍，槍落到了地上。倫倫一直保持著那樣的姿勢不動，我向前走去，來到了那泥人的身邊，泥人身上的泥漿，已經只剩下了薄薄的一層，他的體形看來和常人無異，槍孔處也有鮮紅色的血流出來。勃朗醫生來到了我的身後，我給他以鼓勵、安慰的眼光，他也慢慢地跪了下來，伸手按住泥人的脈門，然後道：『死了。』」

史保立時道：「那泥人究竟是什麼人？他就算死了，也可以解剖他的屍體，看看他的體內是不是有發電的組織，像電鰻一樣。」

端納先生道：「本來我是準備這樣做的，但是，他是倫倫的丈夫，沒有一個剛剛族女人，會願意見到任何人觸及她丈夫的屍體的，除非先殺死她。各位知道倫倫是怎麼樣的一個女子了，我們無法做到這一點，我們只是看著倫倫，將那泥人的屍體負在肩上，慢慢走向泥沼，然後，將泥人的屍體拋進了泥沼之中，屍體很快地沉進了泥漿之中，而且，再也沒有法子找到他了。」

各人互望著，范先生道：「對於這個泥人，究竟是什麼人？你有沒有概念？」

端納道：「沒有，但是我敢說，他和若干年前的那巨量的輻射能，一定是有關的，而且，他必須生活在泥漿之中，他的構造必然和普通人，有著極度不同的地方，可惜我們無法做進一步的研究。我甚至相信，那個泥沼，也是他不知用了什麼法子，截斷了河流而形成的。當然，那只不過是我的想像。」

史保點頭道：「是的，照你的敘述來看，這位會發電的泥人先生，如果他還沒有死的話，足以成為我們協會中最有資格的會員，但是他已經死了，而且屍體沉在大泥沼之中，我不明白，你要推薦什麼人入會？」

各人都向端納先生望去，顯然他們的心中，有著同樣的疑問。

端納還沒有回答，總管突然推門走了進來。

總管推開門走進一步，朗聲道：「各位先生，有一位女士來了，是端納先生請來的。」

端納忙站了起來，總管也閃開了身子，一個少婦緩緩走了進來，她有著棕黑的皮膚，明澈的眼睛，身上的衣服雖然寬大，但是，卻遮掩不了她隆起的腹部。

雖然她是孕婦，不過她向前走來的步履仍然很穩定，而且，幾乎是立即地，所有的人都發覺，她的腳上，並沒有「那種硬皮套子」——鞋子。

其餘的人也站了起來，端納上前握住了這位少婦的手，又轉過身來，道：「各位，這就是倫倫。」

范先生用簡單的剛剛族土語道：「妳好，我們正在等著妳。請坐。」

端納要扶倫倫坐下，但倫倫卻有禮地輕輕推開端納，自己坐了下來。

各人都不出聲，心中卻有同一疑問，倫倫無論如何，是不夠資格作為「非人協會」的會員的。端納先生望著各人，道：「各位，我要推薦入會的新會員，就是倫倫將要生養的孩子，是那個泥人和倫倫的孩子，這孩子將是世上獨一無二的。」

剎那之間，各人都挺直了身子。

端納又道：「倫倫懷孕已經六個月了，我們不知道再過多久她才會分娩，因為她的胎兒，肯定和普通人是不同的。自懷孕第五個月起，倫倫已經感到，她的胎兒同樣具有發電的能力，那種電能，可以通過她的身子輸出，使電流測度表感受得到。」

各人都吸了一口氣，同時點著頭，這自然是有資格加入「非人協會」，作為新會員的了。

端納又道：「我建議，我們協會，應用盡一切力量，來照顧倫倫和她的嬰兒。」

各人又點了點頭，表示同意。

而在各人討論的時候，倫倫一直平靜地坐著，雙手輕放在隆起的腹部。

她將分娩一個什麼樣的嬰兒？沒有人知道，也沒有人能在事先猜得出來，不過，有一點是可以肯定的，這個嬰兒，是一個能發電的人，像他那來歷不明的父親一樣。

〈完〉

倪匡奇幻精品集 07

非常人傳奇之魚人

作者：倪匡
發行人：陳曉林
出版所：風雲時代出版股份有限公司
地址：10576台北市民生東路五段178號7樓之3
電話：(02) 2756-0949
傳真：(02) 2765-3799
執行主編：劉宇青
美術設計：許惠芳
行銷企劃：林安莉
業務總監：張瑋鳳

出版日期：2019年11月
版權授權：倪匡
ISBN ：978-986-352-759-6
風雲書網：http://www.eastbooks.com.tw
官方部落格：http://eastbooks.pixnet.net/blog
Facebook：http://www.facebook.com/h7560949
E-mail：h7560949@ms15.hinet.net
劃撥帳號：12043291
戶名：風雲時代出版股份有限公司

風雲發行所：33373桃園市龜山區公西村2鄰復興街304巷96號
電話：(03) 318-1378
傳真：(03) 318-1378
法律顧問：永然法律事務所 李永然律師
北辰著作權事務所 蕭雄淋律師

行政院新聞局局版台業字第3595號 營利事業統一編號22759935

定價：240元

國家圖書館出版品預行編目資料

非常人傳奇之魚人／倪匡著. -- 初版 --
臺北市：風雲時代，2019.10- 面；公分

ISBN 978-986-352-759-6（平裝）

857.83 108014680